6
내가
연인이
될 수 있을 리
없잖아,
무리무리!
(※무리가 아니었다?!)
WATA-NARE
미카미테레렌
타케시마 에쿠

아, 괜찮아요~, 일행이 있거든요~♡
세이라
하루나의 친구.
중학생 코스플레이어
『세라라』로 활동 중.
오늘은 하루나 일로 하실 얘기가
있다고 듣고 나왔어요.
미나토
하루나의 친구.
패션 디자이너를
꿈꾸는 여자아이.

하루나
레나코의 여동생.
똑 부러지는 성격의 인싸.
나, 오늘부터
학교 안 갈 거거든.

우리는 어떻게든 자세를 바꿔가며,
욕조에 등을 기대고서
서로를 마주 보는 포즈로 자세를 잡았다.

언니, 다리가 걸리적거리는데—.
지금 가슴 크다고 자랑하려는 거야?

{사츠키&카호 with 차이나 드레스}

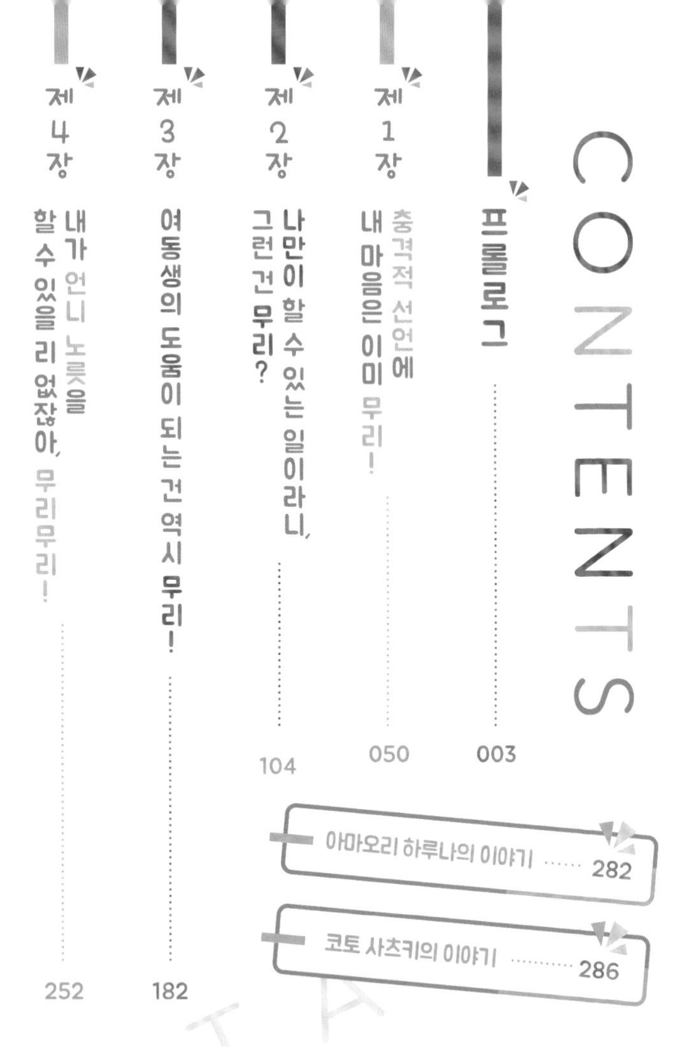

CONTENTS

본문 컬러, 흑백 일러스트 타케시마 에쿠

프롤로그

여러분, 평안하신가요. 우후후, 아마오리 레나코랍니다.

이 세상이란 오늘도 정말로 아름답네요……. 저는 이 세상 모든 만물을 사랑한답니다……. 마치 보석처럼 반짝이는 고귀한 하루하루를…….

짧은 가을을 폴짝 뛰어넘고 이제 곧 겨울을 향해 손을 뻗기 직전인 11월의 방과 후, 나는 폴짝폴짝 뛰는 것처럼 가벼운 발걸음으로 길가를 걸으며(아마오리 레나코는 남들 있는 곳에서 진짜로 폴짝 뛰진 못하는 아이니까……), 행복을 곱씹고 있었다.

대체 어떤 일이 있었는가.

그건 말이지, 우후후…….

아지사이 양과 키스를 했다구!

키스한 지도 한참 지났지만, 무적이 된 것만 같은 기분은 나날이 지속 중. 내 자기긍정감은 상시 MAX 상태라 마치 영원히 사라지지 않는 치트 능력을 손에 넣은 듯한 느낌이었다.

그렇다. 옆을 스쳐 지나가는 시바견을 내려다보며 가슴에 손을 얹고 마음속으로 외쳤다.

이 몸은 바라기만 한다면 언제든지 아지사이 양한테 키스를 받을 수 있는 사람이 됐다는 뜻. 어떠냐? 부럽지 않니? 멍멍아.

거리에 색채를 더해주듯 피어난 산다화를 올려다보며 살포시 미소를 지었다.

보니까 너도 예쁘긴 하네. 제법 인기 좀 있겠는걸? 하지만 내 마음에 피어난 아름다운 아지사이 꽃에 비하면…… 후훗, 나도 참, 미안해. 아지사이 양이랑 비교하는 건 아무리 그래도 너무 심했지☆.

길 한복판에서 아이 러브 유라고 외치고 싶은 기분으로 폴짝폴짝 춤추듯이 약속 장소에 도착했다.

그러자──.

"늦었잖아─! 레나찡!"

눈꼬리를 한껏 치켜세운 카호 짱이 기다리고 있었다.

"10분이나 지각이라고! 늦는 거야 괜찮다 쳐도 늦는다면 늦는다고 연락을 제대로 해주든가."

나는 찰랑이며 머리카락을 쓸어 넘겼다.

"미안미안, 카호 짱. 잠깐 강아지나 꽃송이랑 인사를 나눴더니 늦어버렸네. 미안행☆ 그치만 내 귀여움을 봐서 용서해 줘. 응?"

"뭐어야? 이 자식……."

카호 짱의 눈이 가늘어졌다. 위압감이 느껴지기 시작했다.

아니 뭐, 근데 여기서 카호 짱에게 야단맞는다 해도 『그래도 나는 아지사이 양한테 키스 받을 수 있는걸』이라고 생각할 수 있으니까. 역시 아지사이 양의 키스가 가진 힘은 절대적이다.

앞으로 미래에 내가 무슨 일이든 건성건성 하는 나태한 인간이 된다고 하더라도 확실한 행복이 보장되어 있어. 누가 뭐라고 해도 나는 아지사이 양이 키스를 해준 여자——.

"어휴 정말이지—. 그치? 아 짱—."

그러자 카호 짱이 바로 옆에 있는 사람에게 동의를 구하듯 바통을 넘겼다.

"으, 응. 제대로 연락을 주지 않으면 걱정하게 되잖아. 그러면 안 돼, 레나 짱."

옆에 선 미소녀—— 세나 아지사이 양에게 『떽』 하고 혼이 난 순간 내 장밋빛 미래 예상도는 산산조각이 났다.

그, 그치만, 나는!

나는 아지사이 양이랑 키스했는데…!

하지만 여기서 **아지사이 양한테 미움받게 되면** 영영 그럴 수 없게 되는 거야……?!

발밑이 휘청인다.

양손으로 얼굴을 덮었다. 나는 쓰레기다. 손안에 들어온 너무나도 커다란 행복에 눈이 먼 나머지 내가 설 자리조차 잃고 말았다. 맞아, 그건 내가 열심히 노력한 끝에 받은 상이었어. 빈둥빈둥 시간을 보내기만 해도 얻을 수 있는 로그인 보너스 같은 게 아니었다.

가장 중요한 사실을 잊고 있었다. 아지사이 양의 키스를 손에 넣기 위해선 앞으로도, 지금보다 훨씬 더 노력을 거듭해야 한다는 사실을.

그러지 않으면 언젠간 아지사이 양한테 버림받고, 아지사이 양의 키스는 내가 아닌 다른 누군가의 손에 들어가게 되겠지.

한번 손에 닿았던 만큼 그게 얼마만큼의 가치를 지니는지 절절히 실감했다.

나는 하염없이 눈물을 줄줄 흘렸다.

"죄, 죄송해요…… 저, 앞으로도 노력할 테니까……. 앞으로도 쭉! 영원히! 버림받지 않도록 제대로 노력할 테니까! 진짜 열심히 할 테니까!"

"그, 그렇게까지 화나진 않았는데?!"

"정말 귀찮은 여자라니까!"

카호 짱이 어이없어하는 외침이 쇼핑몰 입구에 울려 퍼졌다.

열심히 할 테니까아!

이날 방과 후, 나는 카호 짱, 그리고 아지사이 양까지 셋이 함께 쇼핑하러 쇼핑몰에 왔다.

나만 따로 선생님이 부르시는 바람에 둘은 먼저 가 있으라고 보냈다. 그래 놓고 미리 정해둔 약속 시간에 늦어버리다니, 모든 건 내 부덕의 소치…….

"뭐— 조금 늦은 것쯤은 괜찮아—. 쇼핑도 무사히 마쳤으니까."

한차례 쇼핑을 마치고서 카페로 향했다.

쇼핑백을 옆에 내려둔 카호 짱이 나른한 표정으로 따뜻한 코코아를 홀짝인다.

"요즘 갑자기 꽤 추워졌네."

마찬가지로 짐을 넣어두는 바구니에 쇼핑백을 내려둔 아지사이 양이 양손으로 허브티가 담긴 컵을 들며 웃었다.

이 두 사람── 코야나기 카호 짱과 세나 아지사이 양은 나랑 같은 반 친구다. 우리 셋에 나머지 둘을 더해서 **퀸텟**이라는 이름으로도 불린다. 마치 아이돌 그룹 이름처럼 들리는데 실제로도 그런 의미로 쓰이는 거나 마찬가지다.

코야나기 카호 짱은 아담한 체구에 머리카락을 사이드테일로 묶고 있는 슈퍼 인싸 미소녀다. 언제나 해님같이 웃는 표정이면서, 커뮤니티 능력은 퀸텟 안에서도 발군. 무척이나 발이 넓어 선배와 동급생을 가리지 않고 많은 애들의 귀여움을 독차지하고 있다. 아시가야 고등학교의 공인 여동생이다.

다양한 그룹에 속해 있어서 스마트폰을 잠깐만 방치해 놓아도 라인 메시지가 하루에 999건쯤 쌓이는 게 일상이라나. 나로선 도저히 상상조차 가지 않는 인생이지만 본인은 즐거운 모양이다.

다만 콘택트렌즈를 빼면 인싸 코스프레가 풀려서 나랑 똑같은 아싸 캐릭터로 변해버린다는 믿기 힘든 약점을 갖고 있다. 내성적으로 변한 카호 짱은 정말 말도 못 하게 귀여워서 매일 안경을 쓰고 학교에 와줬으면 싶다. 제가 더 우위에 설 수 있으니까요!

그리고 또 한 사람.

세나 아지사이 양은 내 여자…… 여자친…… 소중한 사람이다!

키는 나랑 비슷한 정도. 빈틈없이 공을 들인 폭신폭신한 긴 머리카락에는 가볍게 컬이 들어가 있다. 방긋방긋 웃고 있는 얼굴에서 뿜어져 나오는 힐링 효과는 뒤뚱뒤뚱 걷고 있는 새끼 펭귄 2억 마리와 비견될 정도. 상냥하고, 귀엽고, 친절하고, 도무지 같은 인간이라고 생각하기가 힘들다. 그야말로 아시가야의 천사.

자기 발로 여기저기를 들쑤시며 얼굴을 내미는 카호 짱과는 다르게 아지사이 양은 기본적으로 수동적이라, 누군가가 말을 걸면 거기에 알맞게 대응을 해주는 타입의 강자다. 그래서 비교적 내 곁에 있어 줄 때가 많다. 아지사이 양은 나에게 있어선 학교라는 이름의 진공 공간 속에서도 살아갈 수 있게 해주는 우주복이다.

정말로 항상 언제나 굉장히 많이 신세를 지고 있어서, 만약 자기가 신세 진 사람한테 주스를 사줘야 한다는 법률이 실시된다면 나는 지금 당장 아지사이 양네 집을 오렌지 주스로 침수시켜야 할 것이다. 물론 카호 짱네 집도 마찬가지다.

그리고 그런 완벽한 미소녀인 아지사이 양과 나는, 지금 **사귀는 사이다**.

어째서 내 최애였던 여자애와 이런 관계가 되었는가, 아직까지도 잘 이해가 안 되지만 아무튼 나는 행복하다.

요전번에는 키스까지 했다고. 헤헤헤……. 아지사이 양은 첫 키스였다고 들었다.

그 말인즉슨 내가 아지사이 양의 인생을 책임져야 한다는 뜻일까?

큰일 났네. 나 같은 게 열심히 한다고 해서 가능한 일인가 이게……. 사츠키 양이랑 키스했을 땐 진지하게 현실을 마주했다간 죽어버릴지도 모른다는 핑계로 어떻게든 현실에서 눈을 돌려 회피했는데…….

갑자기 속이 울렁거리기 시작했다.

"미안해, 아지사이 양……."

"뭐?! 괘, 괜찮아. 오늘 늦은 건 다음부턴 되도록 미리 연락만 해주면 되니까. 응? 나, 나야말로 말이 너무 심했나 봐, 미안해."

떽, 이라고 겨우 한마디 한 것조차 말이 너무 심했다며 고개를 숙이는 아지사이 양을 보며 나는 어마어마한 죄책감에 휩싸였다.

아마……. 나랑 사귀지 않았더라면 아지사이 양은 한 나라의 왕자님이나 공주님 같은 사람한테 눈에 띄어 첫눈에 반했다며 고백받았겠지. 무도회장이나 뭐 대충 그런 곳에서…….

그런 다음 온 세상의 사랑을 받는 공주님으로서 국정이나 외교, 세계 평화를 위해 노력하며 지구에서 가장 행복한 인생을 보냈을 거야. 그런데 내가 그 인생을 빼앗고 만 건가……? 평범, 보통, 양산형 여자를 목표로 하는 내가……. 극악무도한 범죄자잖아…….

"보니까 레나찡, 또 성가신 생각에 빠진 표정을 짓고 있다냥. 됐으니까 그냥 내버려 두자, 아 짱."

"어어……? 그래도……."

"있지있지, 아 짱은 오늘 아직 시간 있어—?"

"응, 시간은 괜찮아. 사실 오늘은 엄마가 꼬맹이들을 대신 봐주고 계셔."

"좋았어! 그러면 어떻게 할까나. 나는 케이크도 주문해 버릴까!"

"앗, 그럼 나도."

카호 짱과 아지사이 양이 즐겁게 대화하는 소리를 들으며 나는 일단 정신을 차리기로 했다. 이럴 때 나 혼자 풀이 죽어 있다니, 그건 너무 꼴사납잖아! 풀 죽어 있는 건 집에서 혼자 이불 속에 있을 때 해도 된다고! 자자, 멘탈 리셋!

억지로 고개를 들자, 카호 짱이 타이밍 좋게 메뉴판을 건넸다.

“자자, 레나찡은 뭘 주문하겠는감?”

“아, 그럼 나는 초콜릿 케이크로…….”

“오케이―. 여기요―.”

카호 짱이 솔선해서 나머지 두 사람 것까지 주문한 다음, 천천히 일어났다.

“그럼 나는 잠깐 화장실에 다녀올게!”

“응, 잘 다녀와.”

손을 흔들어줬다. 그러자 자리에 남은 건 나와 아지사이 양. 알 수 없는 어색함!

아지사이 양이 커다란 눈동자에 걱정스러운 기색을 띠고서 나를 비춘다.

“레나 짱. 또 뭔가 고민거리가 있는 거야?”

“그, 그런 건 아닌데요……. 왠지 너무 행복해서 겁이 난다고 해야 하나…….”

“아…… 그런 쪽으로…….”

내 입으로 하는 소리인데도 얘는 어쩜 이렇게 귀찮은 여자일까…… 싶은 생각이 든다.

“내 마음이 조금은 전해졌을 줄 알았는데…….”

“그, 그거야! 물론이지!”

살짝 입술을 비죽 내미는 아지사이 양(입술을!)에게 나는 황급히 손을 내저으며 변명했다.

"나는 아지사이 양을 소중하게 생각하고, 아지사이 양도 나를 소중하게 여기는 건 알아! 그래서 나도 노력하겠다고 결심한 건데……. 그러니까 제대로 노력해야겠다고 다시 한번 기합을 넣는 중이라고 해야 하나! 아니면 어깨에 힘이 너무 들어간 탓이라고 해야 하나!"

"음……. 응, 알았어. 그 점을 잘 이해한다면야 괜찮아."

아지사이 양이 활짝 웃었다. 윽, 귀여워.

"신경 쓰이는 게 있다면 뭐든지 말해줘. 어떤 사소한 일이라도 괜찮으니까. 있지, 나도 레나 짱에 대해서 더더욱 많이 알고 싶거든."

"네, 넵……."

아지사이 양은 저렇게 따뜻하게 말해주지만……. 아무리 그렇게 말해도 내 싫어하는 부분을 좋아하고 좋아해서 또 좋아하는 사람한테 보여주고 싶은 마음은 없다. 관심을 바라고 행동하는 아이 같잖아…….

그러니까 나는 내가 할 수 있는 일은 최선을 다해 노력하겠어. 만약 정말로 한계까지 몰린 끝에 저번에 열이 나도록 아팠을 때처럼 도저히 손을 쓸 수 없는 상황에 놓인다면, 그럴 때는.

"……확실하게 아지사이 양을 의지하도록 하겠습니다."

"응."

내 말을 들은 아지사이 양은 그제야 안심했다는 듯이 미소를 지었다. 그리고선 손가락 하나를 세워 보이더니.

"아, 혹시 나한테 말하기 힘든 일이라면 마이 짱한테 상담해도 돼. 나보다 마이 짱이 더 얘기하기 편할 수도 있고…….”

“엥?! 어째서 그런 말을 하시는 거죠?! 아지사이 양!”

“음~, 그냥 왠지~.”

별 뜻 없다는 목소리로 굉장히 의미심장한 말을 남기는 아지사이 양.

나는 몹시도 켕기기 시작했다.

“아, 아닌데요?! 저랑 마이는 뭐라고 말해야 하나! 원래는 서로를 배려하고 숨겨야 하는 부분까지도 전부 까발려지는 바람에! 그래서 거리감이 확 좁혀졌을 뿐이니까요! 사실은 잘못된 일이라고요! 아지사이 양 쪽이 무조건 옳아요!”

“그러려나~.”

조금도 믿어주지 않는 표정이잖아!

응, 하고 아지사이 양은 양손을 마주치며 천사와도 같은 미소를 띠었다.

“그럼 언젠가 나를 마이 짱처럼 『아지사이』라고 불러주면 그땐 확실하게 믿어줄게.”

“……………………………뭐?!”

나는 시선이 사로잡힌 듯 아지사이 양을 응시했다.

한창 머리를 말리는 도중 갑자기 드라이어기가 나한테 말을 건 듯한, 원숭이가 지배하는 외계 행성이라고 생각했던 곳이 사실은 지구라는 걸 깨달은 듯한, 상식이 뿌리부터 흔들리는 감각이었다.

“아지사이 양을…… 이름으로……?”

“으, 응.”

한참 동안 넋을 잃고 있던 나는 천천히 고개를 저었다.

"미안합니다, 아지사이 양…… 그것만큼은 무리예요……."

"그 정도로……?"

"코끼리는 하늘을 날 수 없는 것처럼 저는 아지사이 양을 경칭 없이 이름으로만 부를 수 없어요."

"그 정도로?!"

생물학적인 관점에 입각한 견해를 밝혔더니 아지사이 양은 머리를 감싸 쥐었다.

"그, 그렇구나……. 어쩐지 미안해, 그런 소릴 가볍게 말해서……. 그런 강한 신념을 가지고 경칭을 붙여 부르고 있을 거라곤 생각을 못 해서."

"그렇다니깐요. 아지사이 양을 경칭도 없이 이름으로 부르라니, 아무리 아지사이 양이라고 해도, 해도 되는 말과 안 되는 말이 있다고요."

"그 정도로………………."

내가 팔짱을 끼며 말하자 아지사이 양은 슬픈 어조로 중얼거렸다. 결코 이 점만큼은 흔들려선 안 된다.

예전에 아지사이 양을 여동생처럼 취급했을 때『아지사이 짱』이라고 불렀던 적이 있긴 하지만 그건 어디까지나 역할 놀이였으니 아슬아슬하게 오케이다.

아지사이 양이 분위기를 전환하려는 것처럼 밝은 목소리를 냈다.

"아, 그치만. 나도 말하고 보니 레나 짱을 그냥 이름으로만 부르기는 힘들지도."

"아지사이 양이 저를 친근하게 불러주는 건 전혀 상관없지만요."

내 눈을 똑바로 응시하면서 아지사이 양이 언니처럼 웃었다.

"레나코."

"——?!"

훅 들어오잖아…….

아지사이 양이 테이블 위로 손을 뻗으며 내 눈을 가만히 바라본다.

"어때? 레나코."

"으으."

뭔가, 뭔가, 인간을 넘어선 상위 존재에게 귀여움받는 듯한, 그런 거역할 수 없는 압도적인 느낌과 부끄러움이 밀려와!

여기가 카페고, 서로 마주 보는 위치에 앉아있는 상황이니까 그나마 낫지, 만약 단둘이 있는 상황에서 귓가에 직접 속삭였다면 1초 만에 배를 까뒤집고서 항복할 것 같아!

"아, 아지사이 양……."

"……레나코."

자기 쪽으로 이끄는 것처럼 천천히 손을 뻗어 온다. 그러다 내 손가락이 아지사이 양의 손바닥에 맞닿으려던 순간, 아지사이 양이 손을 뒤로 뺐다.

"아핫."

얼굴을 발갛게 물들이고서 아지사이 양이 웃었다.

"여, 역시 조금 부끄러웠네, 레나 짱."

"그, 그러네요, 아지사이 양……."

하아아아……! 나도 쑥스럽게 웃으면서 마음속으론 절절하게 숨을 내쉬었다.

나는 아지사이 양을 정말 좋아하는구나!

이 사람 진짜로 귀여워! 진짜 말도 못 하게 좋아―!

그런 식으로 둘이 함께 몸을 배배 꼬고 있었더니 화장실에 갔던 카호 짱이 돌아왔다.

바로 자리에 앉지 않고 테이블 옆에 우뚝 멈춰서서는 중얼거린다.

"……왠지, 새콤달콤한 분위기가 느껴진다냥."

"어?"

내가 고개를 들자 카호 짱은 여봐라는 듯이.

"에잇."

하고선 **아지사이 양의 무릎 위에 앉았다**!

"무무, 무무무슨!"

교실에서 가끔 장난으로 여자애들끼리 서로 무릎 위에 앉거나 그럴 때는 있다. 하지만 이곳은 카페. 게다가 카호 짱이 앉은 곳은 일본 3대 절경 중 하나, 아지사이 양의 무릎 위…….

나, 나도 한 번도 앉아본 적 없는데! 남의 시선 따위 아랑곳하지 않는 사람들조차 바로 정색할 만한 카호 짱의 방약무인한 행동에, 아지사이 양은 분명 난처하게 얼굴을 찌푸리고 있겠지 싶어서 시선을 돌렸는데.

"갑자기 왜 그래? 카호 짱."

"그냥 왠지!"

그냥 왠지가 왜 또 나오냐고! 그런 애매모호한 말로 이 험난한 세상을 살아갈 수 있을 거라고 생각하는 거냐! 이 여고생 녀석!

그런데 아지사이 양에게서는 싫어하는 기색을 찾아볼 수 없었다! 어째서?!

"아. 그러고 보니 조금 있다 문방구에 잠깐 들러도 될까? 꼬맹이들이 쓸 거를 산다는 걸 깜박했거든."

"응, 그야 물론이지!"

"아니 왜 아무렇지 않게 대화하는 건데?!"

"어?"

아지사이 양의 눈이 동그래졌다.

아뇨, 그런 귀여운 표정을 지으셔도!

"무릎 위에 앉아 있잖아?! 카호 짱이! 어? 뭐야 혹시 이거 내 눈에만 보이는 거야?!"

"갑자기 무서운 소리 하지 말라냥, 레나찡. 이 정도야 맨날 하는 짓이잖아."

"맨날?! 맨날 이런 짓을 했어?!"

카호 짱이 아지사이 양의 양손을 잡더니 안전벨트처럼 자기 배에 둘렀다. 한 마디로 뒤에서 꼭 껴안는 듯한 포즈다. 어이 인마! 적당히 하라고!

"무슨 아지사이 양을 마치 자기 것인 것마냥……!"

"무슨 소릴 하는 거야, 레나찡. 마치 내가 강제로 시키고 있는 것처럼 말하지만 보다시피 아 짱은 이렇게 좋아하고 있다고."

"이럴 수가 말도 안 돼."

쯧쯧쯧, 하며 의기양양한 표정으로 손가락을 흔드는 카호 짱. 무릎 위에 앉아 주는 게 기쁘다니, 그런 건 반려동물이나 갓난아기, 손주 같은 애들이 할 때나 그런 거잖아…… 라고 생각했는데.

"그치—."

"으, 응."

해님처럼 방긋 웃는 카호 짱의 밝은 미소를 눈앞에서 받은 아지사이 양은 살짝 얼굴을 붉히면서 고개를 끄덕였다. 뭣?!?!?!

아지사이 양, 방금까지 나랑 좋은 분위기 아니었어?!

아지사이 양은 무릎 위에 앉은 카호 짱을 품 안에 안은 채, 마치 밤중에 몰래 도넛을 먹는 모습을 가족에게 들킨 것처럼 어쩐지 멋쩍은 미소를 지었다.

"카호 짱이 귀여워서 그만."

그거야 부정할 수 없는 말이지만…….

"우리 집은 동생 둘 다 남동생이잖아? 귀엽긴 해도 남자애니까……. 그래서 그런지 나는 조그만 여자애들이 귀여워서 어쩔 줄 모르겠거든……. 봐, 카호 짱 손이 나보다 훨씬 작아. 참 신기하지, 키도 5센티밖에 차이가 안 나는데."

"간지럽다냥."

카호 짱이 눈꼬리를 접으며 웃었다. 나는 눈앞에서 펼쳐지는 아지카호의 향연에 도저히 믿을 수 없는 심정이었다.

아냐, 듣고 보니 확실히……. 학교에서도 아지사이 양과 카호 짱은 단둘이 있을 땐 뭔가 포근한 분위기를 풍기고 있었다는 느낌이 들기는…… 한데……!

"아, 케이크도 가지고 와줬구나. 어어, 이대로라면 조금 먹기 힘드려나?"

"그럼 내가 앙— 하고 먹여줄게."

"그래—."

"?!?!"

스킨십에 한없이 관대한 아지사이 양과, 스킨십이 한없이 많은 카호 짱이 함께 엮이면 이렇게 되는 거야……?!

둘 다 항상 있는 일 아니냐는 표정을 짓고 있는데, 나보다 훨씬 더 연인처럼 꽁냥대잖아!

그때 카호 짱이 갑자기 내 쪽으로 시선을 돌렸다.

"레나찡. 혹시 부러운 걸까나—?"

"엇?! 아뇨! 딱히 그런 거 아닌데요?!"

"흐응—. 그래, 그렇구나. 뭐, 아 짱 무릎 위는 내 특등석이니까 말이지."

그렇게 말하는 카호 짱의 표정은, 장난감을 사달라고 조르는 아이 앞에서 방금 선물 받은 똑같은 장난감을 품에 안고는 승리감을 뽐내는 심술궂은 꼬마의 표정 그 자체였다.

"당장 따라 나와!"

"어? 어?!"

아지사이 양이 쩔쩔매며 당황했다. 나도 모르게 흥분하고 말았다.

"레나 짱, 미안해. 저기, 이러는 거 싫었어……?"

"앗, 아니, 그게 말이지."
아지사이 양이 한껏 미안해하는 목소리에 머릿속이 단숨에 새하얘졌다. 실수했다. 이럴 생각이 아니었는데! 이게 다 카호 짱 때문이야!
"아지사이 양은 잘못한 게 없으니까 괜찮습니다! 아지사이 양이 하는 행동들은 언제나 올바르고, 인류는 아직 어리석기 때문에 때때로 도리에서 벗어날 때가 있을지도 모릅니다만, 언젠가는 분명 함께 공존할 날이 올 거라고 믿고 있으니까요!"
"그게 무슨 뜻이야……?"
"레나찡이 또 입에서 나오는 대로 아무 말이나 하는 것뿐이다냥."
출근하는 직장인을 쳐다보며 무심하게 하품하는 길고양이처럼, 별거 아니라는 듯이 툭 말하고서 카호 짱은 아지사이 양의 무릎 위에서 일어나더니.
"뭐, 먹기 불편할 것 같으니까 일단 비켜줄게."
"으, 응."
명랑한 목소리와 함께 자기 자리로 돌아갔다. 내가 불만을 담아 노려보자 카호 짱은 어땠냐는 듯이 윙크로 화답했다. 처음부터 나를 곯려주려는 수작이었잖아?!
"그나저나 아 짱은 참 좋은 누나구나—."
"어어—? 그런가."
케이크를 먹으면서 두 사람은 다시 잡담을 나눴다. 나는 여전히 방금 전의 광경 탓에 가슴이 두근거리는 중인데…….
"언제나 동생들을 우선으로 생각하고, 상냥한 데다 예쁘고 귀엽기까지 하니 최고야. 나도 아 짱 같은 언니가 있었으면 좋겠다냥.”
그건 그래.
“칭찬이 너무 과해. 그러고 보니 카호 짱도 전에 언니가 있다고 그러지 않았어?”
“아—, 응. 그게— 우리 집은 아빠가 재혼해서 의붓언니가 생겼답니다.”
엇, 그런 거였구나.
카호 짱은 포크를 입에 물고서
“뭐, 그다지 대화를 나누는 편은 아니야—. 서로 맞는 취미도 없는 것 같고. 뭐라고 해야 하나, 서로 조심스럽게 대하는 그런 느낌?”
“마치 생판 남과 한 지붕 아래 있는 느낌이네…….”
“대충 그런 거지—.”
만약 나라면 어땠을까, 하고 상상해 보니 엄청나게 거북했다. 아니, 그래도 카호 짱은 나랑은 다르게 금방 친해질 수 있을 것 같은데.
“음—, 어쩌면 나를 싫어하는 걸지도. 봐, 나는 제법 미소녀잖아?”
손을 뺨에 가져다 대면서 눈을 깜빡깜빡거리는 카호 짱. 그리고선 푸훗, 웃음을 터트렸다.
“만약 아 짱 같은 언니였다면 금방 허물없이 친해졌을 텐데 말이야. 아니면 레나찡처럼 순수한 천연계 언니라든가.”
“천연?!”

엥, 그런 소리 처음 들어봐…….

천연 계열이라는 건『저는 오므라이스를 못 먹겠어용—☆ 왜냐하면 병아리들이 너무 불쌍하잖아요☆ 우엥— 우엥—☆』이러는 여자한테 쓰는 표현이라고 생각했어.

내가 그런가? 그건 아니지? 그럼 나는 천연계가 아닌 거지? 증명 완료된 거 맞지?

"아, 듣고 보니 레나 짱네 집은 여동생이랑 아주 사이가 좋지."

"뭐어—……?"

어째서일까. 아지사이 양한테 그런 말을 들으니 무슨 수를 써서라도 반박하고 싶어진다.

"레나찡 여동생이라면 저번에 농구할 때 연습을 도와줬던 애지."

"응. 하루나 짱이라고 해. 아주 예의가 바르고, 성실하고, 착한 애야."

"레나찡이 처음 듣는 소리라는 것처럼 고개를 갸웃거리고 있는데."

"어째서?!"

어디 사는 하루나 짱을 말하는 걸까. 어쩌면 근처에 아마오리라는 성을 쓰는 집이 또 있는 걸지도 모르겠다.

"우리 여동생은……. 건방지고, 약삭빠르고, 말싸움에 능하고, 걸핏하면 언니 머리 위에 서려고 하는 호랑이 새끼 같은 녀석이야."

"묘사가 굉장한걸."

"그거 내가 아는 하루나 짱 맞아?!"

이상하네. 아지사이 양과 내가 가진 이미지 간에 격차가 너무 크다. 그 녀석 혹시 이중인격인가?

“어, 그거, 자기 가족일수록 왠지 칭찬하는 말이 잘 안 나온다거나 그런 거지?”

아지사이 양이 최대한 잘 포장해 주었다. 나는 여동생이 저지른 악행 리스트를 낱낱이 공개하고 싶은 충동에 휩싸였지만, 속좁은 여자라는 인상을 주고 싶지는 않아서 생각만으로 끝내기로 했다. 감사하거라, 여동생.

“오, 그렇게 보면 우리 셋은 퀸텟 내에서도 형제자매가 있는 세 사람이잖아. 마이마이도, 사 짱도 외동인 모양이니까.”

“카호 짱은 여동생이고, 나랑 아지사이 양은 언니 누나구나.”

내가 그렇게 말하자 카호 짱이 입가에 손을 대고서 나를 보며 장난스럽게 웃었다.

“어쩐지 레나찡은 그다지 언니라는 느낌이 안 든단 말이지. 막내 같아.”

“응석받이로 자란 느낌이 난다는 뜻이야?!”

내가 비명처럼 외치자 아지사이 양도 웃었다.

아니아니, 나 언니 노릇 잘했었잖아?! 그치? 아지사이 짱! 응?! 맞지?!

즐겁고 떠들썩한 쇼핑을 마치고 나는 집으로 향했다.

훗훗훗. 처음으로 나 혼자서 새 신발을 샀어.

여동생의 힘을 빌리지 않고서! 고등학교 데뷔 이후 이렇게까지 진화하다니, 대단하지—. 내년쯤엔 혼자서 스타벅스에 가서 어쩌고프라푸치노도 종횡무진(?) 주문할 수 있게 될지도 몰라.

그렇게 집에서 가까운 역에서 내려 집 근처까지 도착했을 때 익숙한 모습이 눈에 들어왔다.

공원 구석. 그네에 덩그러니 앉아있는 애는, 아까 친구들과 화젯거리로 삼았던 내 여동생—— 아마오리 하루나였다.

어라? 뭐 하고 있는 거지?

중학교 교복을 입고서 끼익— 끼익— 소리를 내며 그네를 흔들고 있었다. 학교 가방을 멘 채인 걸 보면 학교 마치고 집에 오는 길이었나 보다. 이 시간이면 아직 부활동을 하고 있을 시간일 텐데.

왠지 모르게 분위기가 어둡다. 거리가 멀어서 잘은 모르겠지만…… 뭔가 충격적인 일이라도 있었던 걸까?

아항—. 그런 거구나.

딱, 느낌이 왔다. 나는 득의양양한 웃음을 지으며 여동생을 향해 다가갔다.

"뭐 곤란한 일이라도 있는 모양이구나, 동생."

"언니?"

고개를 든 여동생이 의심스럽다는 듯이 눈썹을 찌푸렸다.

"……뭐야? 표정이 징그러운데."

이 자식……. 입을 열자마자 아싸한테 해서는 안 될 말을……. 내가 여기서 마음에 상처를 입고 엉엉 울음을 터트리면 어쩔 작정이야. 분명 난처해하겠지. 확 저질러 버릴까.

스멀스멀 치미는 나쁜 생각들을 머릿속에서 털어버리면서 옆 그네에 앉았다.

"왜 이런 곳에서 이러고 있는지 내가 한번 맞춰볼까?"

"……뭐어?"

"집 열쇠를 어디 떨어트린 거 맞지? 거기에 더해 스마트폰 배터리도 나간 거야. 그래서 막막한 상황에 이런 공원에 앉아 그네나 흔들고 있던 도중 구원의 여신이 나타났다. 바로 맞췄지?"

엄지로 구원의 여신을 척 가리키며 말하자, 여동생은 잠깐 나를 물끄러미 바라보더니 빵점을 맞은 학생을 생전 처음 마주한 선생님처럼 성대하게 한숨을 내쉬었다.

"언니는…… 진짜 바보구나……."

"그게 무슨 뜻이야?!"

아주 절절하게 통감하는 목소리로 말했다고, 이 녀석…….

"그런 소리 하면 집에 들여보내 주지 않을 거거든!"

"잘 갖고 있어. 열쇠."

"뭣이라……."

"애초에 만약 진짜로 떨어트렸다고 해도 밤까지 친구 집에 있으면 되는 거고, 스마트폰 배터리도 친구 충전기를 빌려서 충전하면 그만인데."

"이론 무장이 완벽하잖아……. 그렇다면 나를 함정에 빠트리려고 여기서 기다리고 있었어……?"

"……언니는…… 진짜 바보구나……."

"두 번 말했어—!"

사람이 친절한 마음을 발휘해서 말을 걸어줬건만—! 반쯤은 바보 취급하며 놀려주려는 목적도 있긴 했지만!

"그거."
"……응?"
여동생이 내 손에 들린 종이봉투를 가리켰다.
"웬일이야. 신발을 산 거야? 언니가? 혼자서?"
"나도 신발 정도는 혼자서 살 수 있다니깐."
가슴을 펴고 말했다. 그런데 여동생은 게슴츠레한 눈초리다.
"수상해."
"뭐, 뭐가? 아니, 하나도 안 수상한데! 쉬운 일이라고! 물건을 들고 계산대로 가서 점원이 말하는 금액을 일본 은행권으로 지불하면 끝인 일이잖아?!"
"그 브랜드. 지금 여고생들 사이에서 한창 유행하는 브랜드거든. 가격 대비 퀄리티도 꽤 훌륭하다는 평이야. 게다가 다른 패션에 맞춰서 신기도 편해. 언니가 우연히 그런 신발을 딱 맞게 골랐을 리가 없어."
내 머릿속에 있는 카호 짱이『제가 브랜드를 추천해 줬습니다』라고 적힌 플래카드를 들고 나타나는 바람에 황급히 고개를 털어서 쫓아냈다.
"그, 그 정도는 나도 알고 있었어!"
"흐──응. 뭐, 상관은 없는데."
훗……. 또 승리를 거두고 말았군. 언니의 위엄을 보여주는 결과가 되었는걸……. 그런데 어째서 이렇게나 허무한 걸까. 그렇구나, 승리란 허무한 것이구나…….
여동생은 새치름한 표정으로 그네를 흔들었다.

"그럼 앞으로는 뭐든 다 혼자서 살 수 있다는 뜻이겠네. 나도 어깨의 짐을 덜었어. 지금까지 언니의 고등학교 데뷔에 어울려 주느라 화장품부터 미용실에, 옷차림까지 전부 다 골라줬으니까. 게다가 공짜로. 이야— 이제부터는 혼자서 열심히 노력해 봐."

"비겁하잖아!"

노을이 진 공원 안에서 절규했다.

"내가 혼자서 살 수 있을 리가 없잖아! 무리무리! (※무리였다!) 라고! 친구가 골라준 브랜드란 말이야!"

"처음부터 괜히 허세 부리지 말고 솔직하게 털어놨으면 됐을 것을."

여동생이 뜨뜻미지근한 시선을 보냈다.

이 자식, 언니의 위엄을 뭐라고 생각하는 거야!

으으, 용서 못 해……. 나보다 두 살이나 어린 녀석이…….

"내가 무언가를 붙들고 일어서는 단계를 넘어 걸음마를 졸업하게 된 무렵에도 여전히 수정란이었던 주제에……!"

"그 시절까지 거슬러 올라가지 않으면 내세울 게 없다는 점이 정말 슬프지 않아?"

여동생님의 말씀대로였다. 나는 풀이 죽어 축 처졌다. 이대로 조개가 되고 싶어. 아니면 지금이라도 아지사이 양의 여동생으로 다시 태어나 사랑을 한 몸에 듬뿍 받고 싶어.

"아— 정말이지—. 귀찮다니깐……. 미안미안, 내가 말이 너무 심했어."

그네에서 휙, 하고 내려온 여동생이 내 머리를 탁탁 두드리듯이 난폭하게 쓰다듬었다.

"으으, 완전 얕보이고 있어……."

"죄송합니다—. 건방진 소리를 했습니다—. 언니는 실제로도 열심히 하고 있다고. 같이 쇼핑하러 갈 친구가 생기다니, 1년 전의 나한테 그런 말을 하면 절대로 안 믿었을 거야. 네네— 참 장하네요—. 오구오구 잘한다—."

완전 어린애 취급당하고 있는 거야 좋다고 치고……. 고개를 들자 여동생과 눈이 마주쳤다.

여동생은 날씬한 허리에 손을 올리고서 고개를 갸웃했다.

"왜?"

"아니……. 어쩐지 하루나한테 그런 식으로 칭찬을 들으니 저절로 자기방어 본능이 작동해서……."

"우와. 짜증 나."

"야 인마—!"

"됐으니까 그만 가자. 슬슬 추워지기도 했고."

척척 걸어서 혼자 공원을 빠져나가는 여동생. 너는 왜 그렇게 자유로운 건데! 해적왕이냐!

여동생의 뒤를 황급히 따라갔다.

"아, 도중에 잠깐 편의점에 들러도 될까? 아이스크림 먹고 싶어."

"바로 방금 추워졌다고 말했으면서……."

"아이스크림은 별개잖아. 자, 특별히 돈 쓸 기회를 줄 테니까."

"나는 아까 신발 사느라 돈을 쓰고 온 참인데?!"

"뭐어—? 항상 입에 달고 다니는 소리잖아. 언니의 위엄, 맞지?"

"뭐냐고 진짜! 알겠어, 사줄게! 언니라고 좋은 점이라곤 정말 하나도 없어—!"

나보다 키가 큰 여동생 옆에 나란히 섰다. 아하하, 웃는 여동생의 표정에선 아까까지 공원에 있을 때 엿보였던 어두운 분위기가 말끔하게 지워져 있었다.

정말이지……. 이 녀석은 진짜 옛날부터 건방지고, 약삭빠르고, 말싸움에 능하고, 걸핏하면 언니 머리 위에 서려고 하는 호랑이 새끼 같은 녀석이라, 내가 걱정할 만한 일이라곤 전혀 없었구나. 사실 애초부터 걱정도 안 했지만!

"그러고 보니까 말인데, 언니."

여동생이 갑자기 걸음을 멈췄다. 나는 몇 발짝 더 걸어가다가 "응?" 하고 대답하며 고개를 돌렸다.

석양 속에서 여동생이 우두커니 서 있었다. 언니인 내 눈으로 보기에도 평소와 다른 점이라곤 찾아볼 수 없는 기색. 그런 평소 그대로인 여동생이 나한테 툭 말했다.

"……. 머리, 많이 자라지 않았어? 슬슬 미용실에 가는 게 어때?"

"어? 아, 응."

마치 휘어질 리가 없는 공이 갑자기 눈앞에서 휜 듯한 위화감이 느껴지는 말이었다.

사실 진짜로 하려던 말은 따로 있었던 것 같은 느낌이 들었다. 그냥 왠지 모를 느낌일 뿐이었지만.

"미용실이라……. 어? 미용실?"

"응. 혼자서 노력해 보겠다고 말했지."

히죽히죽 웃는 여동생. 나는 가슴이 덜컹했다.

"그러니까 그건 아까 솔직하게 아니라고 했잖아?! 자자, 하루나도 같이 가자!"

"에이—. 나는 한창 머리를 기르는 중인걸."

"아이스크림 두 개 사줄게!"

"글쎄— 어떻게 할까나—."

명랑하게 깔깔 웃는 하루나의 뒤를 종종걸음으로 쫓아갔다.

이렇게 나와 하루나의 사이만큼은 앞으로도 서로 밉살스러운 말을 주고받으며 계속 이어질 거라고 생각했다. 고등학교 데뷔를 하기 전부터 변함이 없었던 우리 사이는 앞으로도 쭉 변하지 않을 거라고.

하지만 변하지 않는 건 없었다.

머리카락이 계속 자라는 것처럼. 한번 자른 머리카락은 원래대로 돌아오지 않는 것처럼. 그건 설령 자매 사이라 할지라도 피할 수 없는 법칙이라는 사실을.

나는 머지않아 깨닫게 되었다.

＊＊＊

"언니—, 이제 가자—."

"아, 응. 잠깐 기다려."

나는 허둥지둥 신발을 신었다. 요전에 카호 짱과 아지사이 양이랑 같이 쇼핑했을 때 샀던 스니커즈다.

신발을 신고 서둘러 일어나다 앞으로 고꾸라질 뻔했다. 으왓.

"뭐 하는 거야."

여동생이 잡아준 덕에 간신히 균형을 잡았다. 어휴 살았다.

"하, 하루나가 자꾸 재촉하니까 그렇지."

"아니 미리 시간 예약까지 해뒀으니까 서두르는 게 당연하잖아. 태평하게 낮잠까지 잔 쪽이 잘못이지."

떳떳한 표정으로 지당한 말을 하는 여자. 당연하지 별에서 왔냐고……!

"오늘은 할 일이 많으니까 빠릿빠릿하게 움직여. 먼저 미용실부터."

"으, 응."

질풍신뢰와도 같이 성큼성큼 걸어가는 여동생의 뒤를 허겁지겁 따라갔다.

단골 미용실은 놀랍게도 조금 멀리 있는 역까지 가야 한다. 처음 여동생이 그 미용실을 소개해 줬을 때『머리를 자르러 전철을 타고 간다니, 인생을 살면서 한 번도 떠올린 적 없는 발상이야……』라는 생각을 했었다.

오늘은 빨간 날. 여동생도 오랜만에 부활동을 쉬는 모양인지 아침부터 부산하게 움직이는 중이다.

믿을 수 없게도 이 여자는 쉬는 날에도 아침 7시에 일어난다는 특이한 습성을 보유하고 있어서, 그 덕분에 아침 차리는 김에 같이 먹으라면서 나까지 엄마 손에 붙들려 침대에서 끌려 나오는 신세가 되고 말았다. (그런 다음 다시 침대로 돌아가 한숨 더 자는 바람에 시간이 이렇게 된 건 덤이다.)
터벅터벅 역을 향해 걸으면서 여동생에게 물었다.
"그렇게 아침 일찍 일어나서 지금까지 뭐 했어?"
"뭐냐니, 평범하게 밖에서 뛰고 왔는데."
"아침 댓바람부터 러닝 하는 사람은 평범한 사람이라고 부르지 않아……."
"그런 다음 샤워를 하고, 엄마가 아침을 차리는 걸 도와드리고, 숙제하고, 엄마랑 같이 세탁소 다녀오고, 잠깐 동영상 시청도 하고, 점심을 만들고."
나는 몸을 떨며 전율했다. 너무나 바른 생활 소녀잖아……!
"장래에 에세이 책이라도 출판할 생각이야?!"
"아니 평범한 건데."
"뭐든 아무 데나 평범평범평범평범이라고 갖다 붙이고! 너 같은 애가 있으니까 이 세상을 평범하게 살아가기 위한 허들이 한도 끝도 없이 올라가는 거라고! 자기가 노력하는 재능을 가진 특별한 초인이라는 사실을 좀 자각해 주셨으면 좋겠는데요!"
"뭐야 그거, 칭찬하는 거야??"
여동생은 고개를 갸웃거렸다. 비꼬는 거야!

우리가 도착한 화사한 미용실은 하루나가 친구한테 들어서 알게 된 가게라고 한다.
나는 몰랐던 사실이지만 아무래도 인싸들은 다들 자기만의 선호하는 미용실이 있는 모양이다. 과연 그런 거구나. 나도 FPS를 하면서 이 마우스가 아니면 게임을 할 때 불편하다고 느낄 때가 있으니까. 아마 그거랑 비슷한 거겠지.
"안녕하세요—."
붙임성 있는 웃음으로 표정을 전환한 여동생이 접수처에 있는 언니에게 말을 걸었다.
"아, 하루나 짱. 그리고 언니분도. 안녕하세요."
"아, 안녕하세요."
그렇다. 이곳에서 나는 『언니분』이라고 불리고 있다. 어디까지나 여동생의 부속품이다. 새로운 스마트폰을 사면 같이 딸려 오는 이어폰 같은 거다. 그래서 오히려 마음이 편하다.
"지금 담당자분이 오실 테니까 짐은 사물함에 넣고 잠시 기다려 주세요~."
권유에 따라 소파에 앉아 기다린 다음, 하루나와 나란히 앉는 자리로 안내받았다.
"하루나 짱, 오늘은 어떻게 할래—?"
"아, 그럼, 앞머리 잘라 주시고 자란 만큼만 다듬어 주세요!"
옆에서 잔뜩 들뜬 운동부 여자애의 목소리가 들린다. 변함없이 누구에게나 좋은 인상을 남길 법한 훌륭한 내숭이다. 과연 아지사이 양마저 속아 넘어갈 만하다.
한 박자 늦게, 매번 나를 담당해 주시는 직원분이 다가왔다.
"와아~☆ 언니야 완전 진짜 대박 오랜만~☆ 또 와줘서 엄청 기뻐~☆"
와, 왔다—!

"자, 잘 부탁드립니다!"

여동생을 흉내 내서 목소리만큼은 씩씩하게 인사하며 고개를 숙였다.

"오케~☆"

미용실에 올 때마다 나를 맡아주시는 담당 선생님은 앞에 '초'라는 수식어가 붙을 정도의 갸루다.

머리는 금발이고, 앞머리에는 핑크색 그라데이션이 들어가 있다. 화려하게 반짝이는 화장에 딱 달라붙는 청바지. 게다가 무려 셔츠는 배꼽이 드러난 크롭티다. 무서워!

"응응, 그래서 오늘은 어떡할래—? 귀엽게? 예쁘게? 아니면 신세계로 여행을 떠나볼까?"

"어, 저기그게, 어어."

신세계는 대체 뭐야……. 원피스 얘기하는 건가? 그야 갸루는 원피스를 좋아할 것 같은 이미지가 있긴 한데……!

어째서 이분이 내 담당이 된 걸까. 처음 예약했을 때 여동생이 『혹시 지명하고 싶은 사람 있어?』라고 묻는 말에 똑바로 대답하지 못했던 내 잘못일까? 처음 가는 미용실인데 지명하고 싶은 사람이 있을 리가 없잖아!

그래, 스마트폰. 스마트폰에 해야 할 말들을 메모해 왔어. 나는 똑똑해! 언제까지고 여동생한테만 의지할 수는 없으니까!

"그게 있잖아요, 저기."

"컬러를 넣어보는 것도 짱 귀엽겠지☆ 아, 그건 그렇고 언니야는 발레아쥬도 잘 어울릴 삘이잖아? 학교 분위긴 어때? 그건 에 바라는 느낌?"

"네? 발레? 뭐요?"

"대비 효과를 약하게 해서 내추럴한 느낌으로~☆ 우하, 언니야는 하이톤으로 밝게 해도 상승 효과가 완전 팍팍 나지 않을까?"

갸루의 웃는 얼굴이 주는 위압감이 장난 아니다. 그건 그렇고 하는 말들이 무슨 소린지 하나도 모르겠다.

동시에 두 가지 일을 할 줄 모르는 나는 저 말들 앞에 얼어붙어서 기묘한 침묵을 낳고 말았다. 어색함이 식은땀이 되어 등줄기를 타고 흘러내린다.

어째서 미용실 직원은 가게에 오는 손님들이 전부 패션 파워 MAX의 슈퍼 우먼이라고 단정 짓고 다가오는 걸까. 좀 더 내 수준에 맞춰서 다가와 줬으면 좋겠다.

게임 캐릭터처럼『우리 가게는 18가지 헤어스타일 중에서 고를 수 있습니다』라고 해주거나! 자유도 높은 커스터마이징은 하고 싶은 사람만 하는 요소라고!

패닉에 빠져 있던 도중 여동생이 끼어들었다.

"아, 그런 건 괜찮아요. 언니는 평소 하던 스타일대로 해주면 충분해서요!"

"라져라져☆"

갸루 디자이너 선생님은 밝은 목소리와 함께 손가락으로 오케이 마크를 그리며 알아들었다는 신호를 보냈다. 사, 살았다…….

나는 여동생한테 눈빛으로 감사를 전했다. 여동생은 그런 내 쪽으로는 시선 한번 주지 않고서 담당 선생님과 물 흐르듯 자연스레 담소를 나눴다. ……뭐, 상관은 없는데!

일단 위기는 넘긴 모양이다.

"그럼— 시작할게—☆"

"부, 부탁드릴게요."

후우. 이걸로 내가 할 일은 끝났다. 이제부턴 자동 진행이다.

시간이 지나면 알아서 헤어스타일이 정리되는 시스템. 머리카락이 사각사각 잘리는 느낌은 싫지 않으니 눈을 감고 마음 편히 그 감각에 몸을 맡겨 볼까…….

"있지, 언니야 요즘 학교는 어때—?"

"엥?!"

그렇게 잡담 타임이 시작됐다. 진정한 지옥은 이제부터다……!

"언니. 그럼 다음은 옷을 보러 가볼까…… 어라, 언니? 언니—?"

"어, 어어…… 응……."

미용실을 다녀와 한껏 산뜻해진 머리카락과는 반대로 내 얼굴은 시체처럼 넋이 나가 있었다.

"왜 미용실 디자이너들은 계속해서 말을 거는 걸까……. 현대에 바벨탑을 다시 세워서 미용사 선생님의 언어만 소멸시키고 싶어……."

"뭔 소릴 하는 거래……."

여동생이 차게 식은 눈으로 나를 보았다. 크윽.

"그치만 절대로 도망칠 수 없는 상황에서 일상 대화를 강요하다니, 형벌이나 마찬가지잖아……."

"그런 생각을 하는 사람은 세상에 언니뿐이야."

"거짓말이야!"

여동생이야 모르겠지만 세상에는 나와 같은 동지들이 얼마든지 있다고! 주로 SNS라든가…… SNS 같은 곳에!

"이미 나한테 남은 커뮤력은 제로야……. 오늘은 이대로 바닥을 기며 살아갈래……."

"딱히 상관은 없는데."

여동생과 나는 역 앞에 있는 상점가에 왔다. 목표는 겨울옷 확보다.

"그건 그렇고, 언니야말로 겨울옷을 갖고 싶었으면 저번에 같이 쇼핑했던 친구들이랑 사러 왔으면 되는 거 아니야?"

"그, 그건."

나는 눈을 마주치지 못하고 이리저리 시선을 피했다.

이것도 여동생은 결코 이해하지 못할 고민이겠지만……. 반쯤 체념하는 심정으로 입을 열었다.

"친구랑 옷을 사는 건 왠지 창피한걸……."

"어? 왜?"

"그야 센스를 시험받는 거잖아."

"??"

여동생은 한층 더 의아하다는 표정으로 고개를 갸웃거렸다.

나는 초보자한테도 상냥한 여자니까 알아듣기 쉽게 차근차근 설명해 주도록 할까.

"알겠어? 여자들끼리 옷을 사러 간다는 건 자기가 가진 센스를 증명하는 자리이기도 해. 만약 어처구니없을 정도로 촌스러운 옷을 골랐다간 친구들이 다들 『우와ㅋㅋ 이건 아니지ㅋㅋ 아니면 혹시 웃으라고 개그 치는 거야? ㅋㅋ』라고 지적할 테고, 앞으로 뭘 고를 때마다 『아마오리한테는 안 물어봤는데ㅋㅋ』라는 말이 따라붙으며 평생 놀림감이 될 거야."

"우와아…… 귀찮아……."

이 자식! 카호 짱이랑 똑같은 소리를!

"그런 생각을 하면서 사는 사람은 세상에 언니밖에 없을 거야."

"진짜로 있다니깐! SNS 같은 곳에!"

그래서 카호 짱한테는 가게 위치만 물어본 다음 나 혼자 가서 신발을 사 왔던 거다. 내가 신발을 고르는 모습을 아무한테도 보여주지 않으려고!

이어서 머리를 감싸 쥐었다.

"더군다나 만약 이 옷 어때? 라는 질문이 들어오기라도 했다간! 내 옷조차도 잘 모르겠는 마당에 남한테 잘 어울리는지 어떤지 알 리가 없잖아! 그야 내 친구들은 다들 착한 애들이긴 해! 착한 애들이지만 『그건 그런데 애는 센스가 괴멸적인 수준을 넘어 가히 재앙이란 말이지ㅋ』라는 인상을 연이어 주게 된다고! 그런 건 싫어!"

"언니는 삶이 즐거워?"

순수한 질문을 던지는 여동생.

모르겠어……. 괴롭고 힘든 점들이 더 많을지도 몰라…….

"아냐, 그래도 즐거워……. 요즘은…… 굉장히 즐거워……."

"그렇구나…… 다행이네……."

여동생이 어깨를 토닥토닥 두드려 주었다.

"그러니까 내가 센스가 없다는 사실을 들키기 전에 어떻게든 나한테 센스를 장착시켜줘, 하루나."

"진짜 뻔뻔스럽네."

여동생이 웃는다.

"내가 산 패션 잡지 같은 건 일단 읽어보고 있지?"

"뭐, 그렇지……."

"애매한 대답."

"그야 읽고는 있지만 그걸로 뭘 배우고 있다는 느낌이 안 드는 걸……. 그치만 모델분들은 다들 미인이잖아……. 미인이 입으면 뭘 입어도 잘 어울리는 것처럼 보여……."

"또 그런다. 그렇게 비관적으로 생각하는 습관은 버리는 게 좋아."

"윽……."

"먼저 자기가 좋아하는 경향을 딱 정하는 거야. 큐트한 계열이냐, 캐주얼이냐, 아니면 유행에 따르겠다는 식으로. 그런 다음 그 경향에 맞춰 패션을 따라 해보다가 이어서 자주 유행에 오르는 트렌드를 기억해 봐. 그런 다음 옷을 입는 방식, 소품, 색 조합에 중점을 두고서…… 아니, 말로 설명해 봤자 이해하기 힘들려나."

내 표정이 점점 핼쑥해지는 걸 본 여동생이 쓴웃음을 지었다.

"그러면 다음에 한가할 때 어떤 식으로 읽어야 하는지 가르쳐 줄게. 그때 페이스 매치도 해보자."

"페이스 매치?"

"음, 앱을 사용해서 모델의 얼굴을 내 얼굴로 바꿔 넣어보는 거야. 체구도 다르고 골격도 다르니까 100% 확실하게 알 수 있는 건 아니지만 그렇게 하면 얼마나 나한테 어울리는지 대강 알 수 있잖아."

"그런 게 있구나……. 어, 혹시 나만 빼고 온 세상 사람들은 다 아는 사실……?"

"그건 잘 모르겠는데."

여동생은 한숨을 쉬면서 어깨를 으쓱했다.

"뭐, 모르는 것 자체는 딱히 잘못이 아니야. 배울 의지가 있다면 하나씩 하나씩 기억해 나가면 되는 거잖아. 그렇게 차근차근 노력한 끝에 친구도 사귀게 된 거 아니야?"

"네…… 열심히 하겠습니다……."

"순순해서 좋네."

내심으로 그건 내가 할 말인데, 싶었다. 여동생은 순순할 땐 이것저것 아주 꼼꼼하게 가르쳐 준다. 그래서 입으로는 불평불만을 말해도 나는 여동생 곁에서 떨어질 수가 없는 거다.

"사탕과 채찍이야……."

귀여운 미소를 지으며 여동생이 나를 돌아보았다.

"채찍만 있는 게 좋아?"

"사탕만 있는 코스는 없는 건가요?!"

"시급 2000엔쯤 준다면야, 뭐."

"비싸!"

"언니는 오냐오냐해주면 한도 끝도 없이 기어오르잖아."

내 마음속의 사츠키 양이 『맞는 말이야』라며 고개를 끄덕거렸다. 절대로 한패가 되도록 놔둬서는 안 되는 최악의 콤비야!

"나에 대해 뭘 안다고 그래!"

분한 마음에 외쳤다. 여동생은 발걸음을 멈추지도 않고 바로 상점가 안의 옷 가게로 들어가 버렸다.

이러면 나 혼자 길거리에서 소리를 지르는 이상한 사람이 되잖아! 바로 손절하다니—!

오늘 하루, 미용실에 쇼핑까지 어울려 준 답례로 여동생한테 케이크 세트를 사준 다음, 우리는 집으로 향하는 길에 올랐다.

노을빛으로 물든 하늘 아래에서 여동생이 상쾌하게 웃었다.

"정말— 그때 언니 진짜 웃겼어."

"그렇다고 점원분한테 물어보고 오라고 시키는 건 아직은 너무 난이도가 높은 거 아닐까!"

나는 양손에 쇼핑백을 들고 있었다. 이유는 몰라도 여동생 짐까지 내가 들어주는 중이다. 어째서일까. 언니라서 그런 걸까. 이름뿐인 언니…….

"아무리 그래도 너무 어물어물거리잖아. 굳이 패션 잡지 같은 걸 읽지 않아도 결국 패션 트렌드에 제일 빠삭한 사람은 옷 가게 점원분이거든. 그냥 맘 편히 물어보면 되는 거야. 『어느 쪽이 잘 어울린다고 생각하세요—?』 이렇게."

"그 말에 바로 호구 잡혀서 팔다 남은 재고 상품 처리에 이용당

할지도 모르잖아!"

"왜 남의 악의만을 굳게 믿는 거야??"

여동생이 순수한 의문을 던졌다.

이상하다. 인싸인 여동생이 타인의 선의를 믿고 있고, 어른스러운 내가 사람의 악의에 물들어 있다니……. 보통은 반대 아닌가……?

"하아— 이런 이런. 오늘 하루 같이 돌아다녀 봤지만, 언니는 아직 내 레슨을 졸업할 수 있을 것 같지가 않네."

"진도가 느린 학생이라 죄송하네요……."

"바로 주눅이 드니 무슨 말을 못 하겠다니깐."

여동생이 활짝 웃으며 놀리는 말에 찍소리도 못했다.

나를 하나부터 열까지 훤히 알고 있는 여동생한테는 앞으로도 평생 가도 못 이기겠다는 생각이 든다.

아무리 친구가 늘어나도, 연인을 사귀어도. 내가 진짜로 마음속 깊은 곳의 속내를 말할 수 있는 상대는 가족—— 그중에서도 아마 여동생뿐일 거다.

구기대회의 험난한 과정을 겪으며 때로는 남한테 미움을 받을 용기도 필요하다는 사실을 알게 되었지만……. 그래도 만약 미움받는 일 없이 넘어갈 수 있다면 그보다 좋은 일은 없다.

아마오리 레나코가 부정적인 시선을 가지고 세상을 삐딱하게 보고 있다는 점은 남들에게 드러낼 수 있을 만한 부분이 아니다.

그러니까 여동생은 나에게 꼭 필요한 사람인 거겠지.

……아마도.

"어라?"

그러던 중 몇 발짝 앞서서 걷고 있던 여동생이 나를 돌아보며 멈춰 섰다.

"언니, **어쩐지 걸음이 좀 어색하지 않아**?"

"어?"

나는 움찔했다.

"딱히, 아무것도 아니야."

여동생은 내 말을 무시하고서 등 뒤로 돌아 들어왔다.

"아, 혹시 신발에 뒤꿈치가 쓸린 거 아니야? 언제부터 이랬어?"

"어, 그게……."

여동생의 추궁을 피하려는 듯이 슬쩍 고개를 돌렸지만, 여동생 상대로 그런 잔수작이 통할 리도 없었고.

"언제부터야?"

"……카페에서 나올 때쯤부터."

사실은 아까부터 계속 아팠다. 어떻게든 괜찮은 척하고는 있었지만…… 결국 들키고 말았다.

"왜 말 안 했어."

여동생이 허리에 손을 올리며 어처구니없어하는 표정을 지었다.

"으으, 말하기 싫었어……."

"그러니까 왜."

"그치만 이건 내가 처음으로 직접 산 신발이니까……."

"?"

여동생은 고개를 갸웃거린 다음 "아아" 하고 납득했다.

"내 조언 없이 신발을 샀는데, 그게 잘못된 선택이었단 사실을 들켰다간 또 『혼자서는 정말 아무것도 못 하는구나—』라고 바보 취급당할 거라고 생각했어?"

"으으으으으."

나는 굴욕감에 고개를 떨구며 주먹을 움켜쥐었다.

발은 엄청 쓰리기 시작했고, 진짜 최악이야. 이래서 들키기 싫었던 건데!

"바—보."

"너, 너 정말—!"

울컥해서 고개를 든 순간, 여동생이 내 쪽으로 등을 돌리고서 쭈그려 있는 모습이 보였다.

"자."

"……뭐야?"

"집까지 얼마 안 남았으니까. 내가 업어줄게."

"엥……."

나는 눈을 끔뻑거렸다.

"뭐, 뭐어?! 내가 언니인데?!"

"내가 더 힘이 세잖아."

"그게 지금 무슨 상관이죠?!"

"시끄럽네. 발이 아픈 거잖아. 자. 아무도 안 보니까 빨—리— 업—혀—."

"나중에 이걸 빌미로 아이스크림을 갈취당할 거야……."

"그런 소리 안 한다고!"

“……진짜로? 진짜 진짜로?”
“진짜로! 끈질기네!”
여동생이 돌아보며 재촉하듯이 노려보는 통에 나는 단념하고서 여동생의 등에 몸을 맡겼다.
“젠자앙…….”
이렇게 된 거 쇼핑백은 팔꿈치에 걸고 얌전히 여동생의 목에 팔을 둘렀다.
“이럴 땐 고맙다고 해야지!”
“고맙다아……!”
“이렇게 고마움이 하나도 안 느껴지는 고마워는 처음 들어보네.”
여동생은 투덜거리면서도 나를 업고 걸어갔다.
내 복잡한 심경과는 정반대로 여동생의 걸음걸이에는 흔들림이 없었다. 그야말로 사람 하나쯤 업고 걷는 것 정도야 아무렇지도 않다는 것처럼.
“……무겁지?”
“하나도. 발목을 삔 애를 업고서 보건실까지 갔던 적도 종종 있으니까.”
“진짜로 정말로 정말로 진짜로? 요즘 나 또 몸무게가 늘었는데.”
“그건 그래. 그런 의미에선 엄청 무거울지도. 우와— 무거워라—. 200킬로는 나가겠어—.”
“요게—!”
뒤통수를 퍽퍽 때려주고 싶어! 하지만 업어주는 사람한테 그런 짓을 하는 건 너무 매너 없는 행위라서 도무지 이 마음을 풀 길이 없어! 나는 내 팔뚝을 꼬집는 걸로 이 분노를 풀기로 했다. 그저 고통이 증가할 뿐이었다.

"언니, 있잖아."

"……뭡니까."

"삶이 즐거워?"

나는 머뭇거렸다.

아까도 대답한 것 같은데…….

"……즐거워. 요즘은 특히 더."

"그거 다행이네."

이 위치에선 여동생의 표정이 보이지 않았다.

어째서 그런 질문을 하는지도 알 수 없었다.

"하루나는 어쩐지."

"응."

"……많이 컸네."

한순간 대화가 끊겼다.

왠지 모르게 문득, 어렸을 때도 이런 일이 있었던 것 같은…… 그런 기억이 떠오르려고 하는 타이밍에 하루나가 웃는 기척이 느껴졌다.

"뭐, 그렇지."

우리는 잠시 후 집에 도착했다.

신발에 쓸려 까진 곳을 소독한 다음 반창고를 붙이고 욕실에 들어갔다.

그리고 바로 다음 날이었다.

아침밥을 먹은 다음 책가방을 챙기러 내 방으로 향했다. 그러던 도중 복도에서 여동생과 마주쳤다.

"아…… 저기."

"응?"

"……어제는, 그게, 고마워……."

정말로 창피했지만, 아무튼 신세를 진 사람으로서 감사 인사는 하자는 생각에 최대한 시선을 피하면서 그렇게 말했다. 그러자 하루나는 무슨 일이 있었는지 기억이 안 난다는 것처럼 고개를 갸우뚱하면서.

"? 아니야, 별것도 아닌걸."

야! 내가 모처럼 용기를 냈는데! 정말 감사 인사를 하는 보람이 없는 녀석이야!

인싸는 인생의 밀도가 높다 보니 아싸라면 잊지 않고 머릿속에 계속 담아둘 만한 일들도 금방 잊어버린다는 나만의 가설에 설득력이 더해지는 순간이었다. 뭐, 저는 고등학교 데뷔를 성공적으로 이뤄낸 인싸지만요!

이제 됐어, 학교나 가자…… 하고 발걸음을 옮기려고 했던 순간 깨달았다.

여동생은 아직도 잠옷 차림이었다. 아침 연습이라는 수수께끼의 문화를 받아들이고 있는 여동생은 기본적으로 나보다 빨리 집에서 나가야 할 텐데.

"어라? 부활동 쉬는 날이야?"

그렇게 말을 건 순간 여동생이 멈춰 섰다.

언니인 내 눈으로 보기에도 평소와 다른 기색이라곤 찾아볼 수 없었다.

그런 평소 그대로인 여동생이 고개만 돌려 나를 보며 입을 열고서.

“아니.”

명랑하고 쾌활한 목소리로 나에게 툭 말했다.

“나, 오늘부터 학교 안 갈 거거든.”

멍하니 넋이 나간 나. 그런 내 옆을 가벼운 발걸음으로 지나쳐 걸어가는 여동생. 당황하며 몸을 돌리자, 여동생은 “자자, 서두르지 않으면 학교 늦겠다”라며 나를 재촉했다.

나는 3초 정도 우두커니 제자리에 정지해 있다가 힘껏 외쳤다.

“뭐어?!”

아마오리 하루나는 옛날부터 요령이 좋은 녀석이었다.

어렸을 적, 둘이서 밤늦게까지 놀다가 들켰을 때도, 여동생은 저 혼자 약삭빠르게 말 잘 듣는 착한 어린이 같은 표정을 짓고서 반성하는 척만 한 다음 혼나는 일 없이 그냥 넘어갔다. 나는 언니라는 이유로 두 배로 혼났다. 그 시절부터 여동생에게선 낌새가 보였다.

지금도 그렇다. 운동도 그냥 잘하는 정도가 아니라 중학생 들어와서 처음 시작한 배드민턴부에서 도 대회(?)까지 진출해 버리고. 매일 늦게까지 부활동 하느라 체력을 소진하는 주제에 공부마저 잘하고. 대체 어떻게 되어 먹은 거람.

그런 여동생이 사실 학교에선 친구도 못 사귀고, 남들 눈도 제대로 마주치지 못해서『후, 후에에엥, 언니이……』같은 소리나 하며 언제나 내 소매만 잡아당기기 일쑤인 어리광쟁이였다고 한다면 그나마 귀여워해 줄 여지가 있었을지도 모르겠지만, 그런 점은 눈 씻고 봐도 찾아볼 수 없었다.

당연히 친구들도 잔뜩 있고, 성격도 명랑하고, 낯을 가리거나 사람 사귀는 걸 꺼리지도 않는다.

스포츠맨이라서 그런 걸까, 쭉 뻗은 다리에 비율 좋은 몸매, 키도 언니보다 훨씬 크다. 그뿐만 아니라 나랑 비교하면 훨씬 세련되고 얼굴도 압도적으로 예뻐…….

내가 콤플렉스 덩어리가 된 원인 중 절반 이상은 이 녀석 때문 아닐까. 모든 면에서 나보다 우수하고 나이도 어린 여자애와 비교당하며 사는 인생! 젠장!

……왠지 하루나보고 얘가 우수하니 뛰어나니 하는 것보단, 오히려 하루나랑 같이 살면서도 마음이 꺾이지 않은 나를 칭찬해야 하는 거 아냐?

다시 말해 오히려 내가 더 대단하다는 뜻…….

……뭐, 아무튼 그런 못난 언니에게 있어서.

아마오리 하루나는 얄미울 정도로 잘난 여동생이었다.

알람에 눈을 뜨고, 세면대로. 잔뜩 흐트러진 머리카락을 빗질하면서 느릿느릿 이를 닦는다. 평소보다 조용한 아침이었다.

여느 때 같으면 진즉에 준비를 마친 여동생이 나랑 세면대 쟁탈전을 벌였을 참인데(그리고 대체로 내 패배로 끝나곤 하지만) 오늘은 나 혼자뿐.

왠지 모를 어색함을 느끼며 방으로 돌아가던 때.

슬쩍, 여동생 방이 눈에 들어왔다.

"……."

숨을 죽이고서 살그머니 문을 열어보았다.

열린 문틈 사이로 엿보니 침대 위가 부풀어 오른 게 보였다.

……자고 있네.

슬슬 준비하지 않으면 지각이 아슬아슬한 시간대다.

정말로 학교에 안 갈 생각인가.

나는 석연치 않은 기분을 품고서 문을 닫았다.
엄마가 여동생은 뭐 하니, 하고 묻기라도 하면 난처하니까 재빠르게 현관으로 향했다.
집안을 향해 인사를 던졌다.
"다녀오겠습니다—."
엄마가 잘 다녀오렴, 하고 배웅하는 목소리를 등 뒤로 들으며 오늘도 학교로 출발했다. 이제는 이렇게 학교에 가는 게 당연한 일이라고 생각한다.
여동생도 분명 그랬을 텐데.

"다녀왔습니다—."
오늘은 아무도 놀자고 얘기를 꺼내는 사람이 없어서 평소보다 일찍 집에 왔다. 딱히 뭔가 신경 쓰이는 일이 있어서 일찍 온 건 아니지만.
현관에는 당연한 듯 여동생의 신발이 놓여 있었다.
이 녀석, 진짜로 학교를 쉬었구나.
내 방에 책가방을 놔두고서 한숨 돌린 참에 똑똑, 노크 소리가 들렸다.
"언니—."
"응."
켕기는 구석이라곤 조금도 찾아볼 수 없는 표정으로 실내복 차림인 여동생이 자연스럽게 내 방문을 열었다.
학교를 땡땡이쳤는데도 이 당당한 태도…… 보통 담력이 아니야…….

그러더니 나를 향해 손을 내민다.

"아무거나 게임 좀 빌려줘."

"게임……?"

"응, 심심풀이용. 시간이 너무 많이 남거든—."

"어어—."

내가 우물쭈물하는 사이에 여동생이 방 안으로 들어왔다. 어지간히도 흥미 없이 친구 쇼핑에 억지로 따라온 사람 같은 표정으로 내 사랑스러운 게임 선반을 쳐다본다.

"뭐가 뭔지 하나도 모르겠네. 뭐 괜찮은 거 없어?"

"무슨 초밥집 단골손님 같은 말투로 물어보셔도."

나는 여전히 의자에 앉아있는 상태. 내 방인데도 어쩐지 마음이 불편했다.

"어제는 못 물어봤는데, 있지……."

"응?"

"왜…… 학교에 안 가는 거야?"

쭈뼛거리면서 묻자, 여동생이 나를 빤히 바라보았다. 윽.

"그걸 언니한테 말할 필요가 있어?"

"피, 필요야 없겠지만……."

양손 가득 얼음을 움켜쥔 듯한 냉담함에 나도 모르게 여기서 대화를 끝내고 싶어진다.

하지만…….

"왜, 봐봐, 어쩐지 엄마도 미묘한 표정이었으니까."

"……언니가 그런 소리를 해?"

맞는 말이긴 한데!

한때 방에 틀어박힌 등교거부아였던 나는 벌써 백기를 들고 싶어졌다.

"자기가 지금은 성실하게 학교에 나가고 있다고 해서 옛날에 등교를 거부했던 과거가 사라지는 건 아니야. 그렇다고 그 시절 일을 누가 꼬치꼬치 캐묻는 건 싫잖아."

"으으……. 그, 그치만……."

"됐으니까 그만."

휘휘 손을 내젓는 여동생. 이 얘기는 이걸로 끝이라는 듯 짐짓 밝은 목소리를 냈다. 살았다. 아니 안도하면 안 되잖아.

"그래서 어떤 게 재밌어?"

"거기 꽂혀 있는 게임들은 전부 다 재미있는데……."

왠지 모르게 여동생의 페이스에 휘말리게 된다.

"총으로 사람을 쏘는 거 기분 좋아?"

"한번 시작하면 끊을 수 없게 돼."

"우와아……."

솔직하게 대답했을 뿐인데 질색하는 반응이다. 사람을 무슨 범죄자라도 되는 것처럼 쳐다본다. 현실과 게임을 구별하지 못하는 녀석들은 이래서……!

"어— 그럼 제일 재미있는 게임은 어떤 건데?"

"제일……?"

나는 여동생 옆에 서서 턱에 손을 가져다 댔다.

제일이라……. 궁극적인 질문이다.

아냐, 여동생은 아무것도 모르는 상태로 질문한 거야. 여기서 엄밀하게 각각의 게임성의 차이를 들먹이며 설명해 봤자 아무런 의미도 없어. 그냥 자기만족에 불과해.

그러니 나는 적당한 게임 하나를 골라『이게 제일 재밌어』라고 말해주기만 하면 충분해.

훗, 나도 나 자신을 통제할 수 있게 되었군.

마음속으로 만전의 준비를 갖추고서 입을 열었다.

"예를 들어 이 게임은 3인이 한 팀이 되어 노는 온라인 FPS인데 재미는 있지만 출시된 지 상당히 오래된 게임이라 이제 와서 뉴비가 이걸 시작하면 처음에는 상당히 고생할 수도 있고. 이쪽 게임은 최신 작품이라서 유저가 많고 꽤 북적북적하게 즐길 수 있는 대신 아직 밸런스 조정이 덜 된 상태라 앞으로가 더 기대된다고 해야 할까. 아아, 이거라면 초보자도 쉽게 적응할 수 있고 막 출시된 게임이니까 지금 이 타이밍에 즐겨보는 것도 나쁘지 않을 거야. 비주얼은 좀 어린애 취향처럼 보일지도 모르지만 상당히 본격적인 작품이고 파고드는 재미가 있어."

그렇게 말을 맺은 다음.

……나는 손바닥으로 얼굴을 감싸 쥐었다.

어째서. 어째서 나는 성장하지 못하는가.

게임에 대해 떠들 수 있는 타이밍이 오자마자 상대도, 때와 상황도 구별하지 못하고서 그저 내가 가진 지식을 주절주절 떠벌리고 만다. 어리석은 여자다…….

그런데 여동생은 마지막까지 귀 기울여 들어주더니 "흐응—" 하고 고개를 끄덕였다.

"그럼 동영상으로 본 적도 있으니까 이걸로 빌려 갈게. 게임기는?"

"아, 게임기는 그쪽에……. 잠깐만 기다려."

꽂혀 있던 선들을 뺀 다음, 함께 여동생 방으로 갔다.

여동생 방은 내 방보다 훨씬 여자애 방이라는 느낌이 확 풍겼다.

일단 갖고 있는 옷의 양만 봐도 단위가 다르다. 차마 옷장에 다 들어가지 못한 옷들이 옷걸이에 잔뜩 걸려 있었다.

책상과 책꽂이에는 배드민턴 교본이 여러 권 꽂혀 있는 게 보였다. 여기저기에 놓여 있는 늑대 인형은 여동생이 좋아하는 캐릭터다.

그러고 보니 이렇게 여동생 방에 들어오는 건 오랜만일지도.

여름방학 때 여동생 친구들이 집에 놀러 왔던 날 이후로 처음일지도 모르겠다.

여동생은 볼일이 있을 때 내 방으로 성큼성큼 밀고 들어오지만, 나는 기본적으로 여동생 방에 잘 안 들어가니까.

거의 쓰지 않는 컴퓨터 모니터에 게임기를 연결하자 영상이 나왔다. 새로운 계정을 생성한 다음 여동생한테 컨트롤러를 건넸다.

"어떻게 하는 거야?"

"음, 있지, 먼저 튜토리얼을 해야 하는데."

자리에 앉아 이것저것 조작법을 가르쳐 주었다.

여동생도 게임을 한 번도 해본 적이 없는 건 아니라서 가르쳐 주면 금방금방 흡수했다.

왠지 사츠키 양한테 게임을 가르쳐 줬을 때를 떠올리게 된다.

"그렇구나, 알았어. 4 대 4로 하는 단체전이구나."

"맞아맞아."

"그런데 이 게임, 아군이 못하면 엄청 스트레스 받을 것 같아."

"그렇지, 일종의 정신 수양이야. 플레이하면 할수록 무슨 일에도 쉽게 마음이 흔들리지 않는 부동의 멘탈을 손에 넣을 수 있어."

"손에 못 넣었잖아, 언니."

"…………."

도무지 반박할 말이 없었으므로 나는 입을 다물기로 했다. 침묵은 금이다.

그러다가 문득 깨달았다. 여동생의 오른손에 반창고가 여러 장 붙어 있었다.

"어라? 어디 다쳤어?"

"아— 응. 살짝 까지는 바람에."

흐음—. 나는 별다른 말은 하지 않고서 여동생의 플레이를 지켜보았다.

여동생은 주저하는 기색 없이 몇 번인가 캐주얼 매치를 돌렸고, 그때마다 눈썹을 찌푸렸다.

"쏘는 게 한 대도 안 맞는데."

"초보자용 무기로 바꿔 끼는 게 좋아."

"하지만 이 무기가 귀여운걸."

"그러면 그 신념을 관철할 수 있을 만한 『힘』을 기르는 수밖에 없지."

내가 지극히 당연한 말을 하자, 여동생이 짜게 식은 눈으로 바라본다. 어째서?!

"아까부터 상당히 잘난 척하는데 언니가 그렇게 잘해? 그럴싸한 소리로 대충 말하는 거 아냐?"

"무슨 소릴!"

컨트롤러를 홱 낚아채서는 설정 화면을 열어 평소 내가 쓰는 설정으로 바꿨다. 그렇게까지 말한다면야 모범을 보여주도록 할까!

여동생이 애를 먹던 무기를 들고서 배틀 개시!

"우와—."

곧바로 여동생은 내가 연구를 거듭해 몸에 익힌 화려한 기술을 보고서 눈길을 빼앗긴 듯 감탄사를 내뱉었다. 후후후. 어떠냐 여동생아.

"언니가 총싸움 게임을 하는 모습을 제대로 보는 건 처음인데 뭘 하는 건지 하나도 모르겠어……. 극혐……."

"뭣이라?!"

못하면 『거봐—』라는 소리를 하고, 잘하면 욕을 한다니, 완전 무적이잖아! 나보고 어쩌라는 거야!

삐익— 소리와 함께 한 판이 끝났다. 나는 스코어보드 위에 찬란히 빛나고 있는 두 자릿수 킬을 손가락으로 가리켰다. 여동생이 화면에서 눈을 돌리길래 바로 화면을 사진으로 찍어서 여동생 스마트폰으로 여러 장 보내줬다.

"알겠으니까! 그래그래 참 잘하네—!"

머리카락을 찰랑 넘겨주고서 설정을 원래대로 돌린 다음 컨트롤러를 건넸다.

"뭐, 내 동생도 노력하면 언젠가는 이 정도야 할 수 있게 될 거야. 99%의 노력과 1%의 그럴 만한 재능이 있다면 말이지. 응? 파이팅☆"

"언니 주제에……!"

아마오리 에디슨 레나코의 명언에 여동생이 이를 부득부득 갈았다. 짜릿한 기분이야!

언니의 위엄을 완벽하게 과시한 다음 만족하고서 자리에서 일어났다.

"그러면 열심히 해봐. 이게 질리면 다른 게임도 여러 가지 있으니까 빌려줄게."

"응……. 일단은 조금만 더 이걸로 해볼게. 빌려줘서 고마워."

"아, 응."

방에서 나가기 직전에 구부정하게 몸을 내민 여동생의 등을 응시했다. 책상다리로 앉아 품에 쿠션을 안고서 몸을 내밀고 있던 여동생이 내 시선을 깨닫고선 뒤를 돌아보았다.

"왜?"

깜빡이는 커다란 눈. 얼마 전에 미용실에 다녀와서 산뜻하게 가다듬은 길고 윤기가 흐르는 머리카락. 피부도 깨끗하고 몸매도 좋다.

미소녀라고 칭하기에 조금도 부족함이 없는 여동생.

나는 고개를 흔들었다.

"아무것도 아냐, 그럼 갈게."

문을 닫고서 한숨을 푹.

……결국 중요한 부분은 아무것도 물어보지 못했다.

상대가 여동생이라 어떻게 물어봐야 할지 잘 알 수 없었다는 점도 있지만…… 게임 실력을 뽐내고서 으쓱대기만 했다. 잘난 척하며 뿌듯해할 때가 아니라고.

나는 인간으로서의 능력이 바닥이야…….

가슴이 답답했다.

마지막 보물 상자를 끝까지 찾아내지 못한 채 포기하고 던전에서 탈출하는 심정으로 나는 내 방으로 돌아왔다.

여동생이 요령 좋은 녀석인 건 확실하다. 하지만 내가 느끼기엔 오히려 『성실한 사람의 대표격』이라는 이미지가 더 뚜렷하다.

생각과 신념이 확고한 성격은 엄마한테 물려받은 거겠지. 자기 나름대로 OK인 부분과 그렇지 않은 부분을 분명하게 선을 긋고 구분 짓고 있어서, 만약 내가 분위기에 휩쓸려 생각 없이 이상한 짓을 저지르기라도 하면 『그러면 안 되잖아』라고 확실하게 말해 준다.

그렇게 판사 모드로 변한 여동생의 말은 한 마디 한 마디가 정론의 탄환이라 나는 그때마다 벌집이 되기 일쑤였다.

여동생을 통해 배운 점도 셀 수없이 많다.

상식에 관해서는 특히나 더 그렇다.

『있잖아, 언니. 누군가가 나한테 뭔가를 해줬다면 그게 아무리 사소한 일이라고 해도 고맙다고 인사하는 게 좋아. 설령 호의를 가지고 해준 일이라고 해도, 그 사람 입장에선 마음 한구석에서 내가 기껏 해줬는데, 같은 생각을 하기 마련이니까.』

이 말은 내가 아싸에서 인싸로 탈바꿈하기 위해 한창 특훈을 받던 시절 들었던 말이다.

『있잖아, 언니』라는 말로 시작하는 가르침을 통해 인간관계의 중요한 부분들을 잔뜩 배웠고, 많이 혼났다.

하지만 여동생이 가르쳐 준 말을 흡수한 끝에 지금의 내가 있다.

만약 여동생이 아무것도 특출난 점 없는 평범한 사람이었다고 해도, 나는 그 성실함만으로도 존경심을 품고도 남았겠지.

뭐, 성실할 뿐만 아니라 어마어마한 재능도 있고, 거기에 더해 항상 내 머리 꼭대기 위에 서려고 하니까 무지 열 받는 거지만!

그래도…… 그렇기 때문에 무언가에서 눈을 돌리려고 하는 것처럼 보이는 지금 여동생의 모습이 무척이나 부자연스러워 보였다.

＊＊＊

아무리 그래도 오늘은 학교에 가겠지. 아냐, 말은 저렇게 해도 내일은 학교에 가겠지.

그런 느낌으로 먼발치에서 여동생의 모습을 기웃거리며 상황을 살피는 사이 사흘이 지났다.

여전히 여동생은 학교에 가려는 기색이 없다.

그렇지만 방 안에 하루 종일 틀어박혀 있기만 한 건 아니고, 저녁 식사 때는 얼굴을 비추는 데다 집안일도 성실하게 돕고 있었다.

아빠도 엄마도 동생한테 이런저런 말을 건네고 있었지만, 수확은 전혀 없었던 모양이다. 그런 대화를 들을 때마다 내 위장이 욱신욱신 쑤셨다.

그도 그럴 게, 등교 거부로 집안의 불화를 초래하는 행동은 옛날에 내가 저질렀던 짓과 똑같으니까……!

여동생이 그런 의도를 가지고 행동하는 건 아니겠지만 말이지……. 과거의 상처를 계속해서 후벼 파이는 기분이었다.

나로서는 도저히 마음을 편히 놓을 수 없는 시간만이 하염없이 이어졌다.

＊＊＊

"잘 먹겠습니다—."

학생 식당 테라스 좌석에서 밝은 목소리가 울려 퍼졌다.

"자, 잘 먹겠습니다."

이튿날 학교. 오늘은 오랜만에 퀸텟 다섯 명이 다 함께 모여 점심 식사다.

"와오! 마이마이, 초 호화로운 그건 뭐야?!"

"오늘은 도우미분이 바빴거든. 그래서 쉬는 시간에 배달 도시락을 전달받았어. 호화로워 보여도 직업상 먹지 못하는 반찬도 많으니까 부디 도와주면 고맙겠는걸."

반짝반짝 빛나는 미소를 짓고 있는 이 여자애는 오우즈카 마이. 우리 퀀텟의 부동의 센터이자 현역 톱모델인 미소녀다.

성적 우수, 운동신경 발군, 일본인과 프랑스인의 쿼터고, 어머니는 어패럴 브랜드 QR(퀸 로즈)의 사장님. 스펙을 열거하는 것만으로도 독후감 원고지를 꽉 채울 수 있을 정도로 휘황찬란한 빛을 품은 터무니없는 여자애다.

아시가야 고등학교 내에서는 이른바 『슈퍼 달링』이라고 불린다. 남자 여자를 불문하고 대단한 인기를 자랑하는 얘한테 만에 하나 누군가 연인이 생긴다면 그 소식은 틀림없이 인터넷 뉴스에 바로 실리겠지. 하하…….

"어라? 레나코?"

꿈에서나 볼 법한 상상 속의 미소녀 뺨치는 마이가 내 얼굴을 들여다보았다.

푸른 눈동자와 눈이 마주치자, 나도 모르게 몸이 굳었다. 알고 지낸 지 반년이 넘었는데도 이 미모에는 익숙해지지 않는다. 평생 가도 그런 날은 오지 않을 거라는 생각마저 든다.

"왜, 왜 그래?"

"아니, 무슨 일이라도 있는 걸까, 싶어서 말이지."

나한테 마음을 써주는 마이의 말에 이번에는 다른 의미로 몸이 굳고 말았다.

짐작 가는 점이야 뭐, 차고 넘칠 정도지만……. 아무래도 말하기는 꺼려진다.

집안 문제니 만큼 이런 자리에서 꺼내기에 적절한 화제는 아니지 않을까…….

그러자 옆에 앉아있던 긴 흑발 롱헤어의 미소녀가 조용히 입을 열었다.

"너는 풀 죽어 있는 사람을 보면 그런 식으로 전부 말을 걸고 다닐 작정이야?"

마이가 어깨를 으쓱했다.

"아무리 그래도 그건 힘들지. 내 몸은 하나밖에 없으니까. 그러니까 나는 특별한 사람에게 더욱 마음을 쓸 뿐이야. 레나코가 그렇지, 물론 너도 그중 한 명이고, 사츠키."

"……그러고 보니 너, 좋아했던 책의 결말을 보고 내가 충격받아 있었더니 어떻게든 격려해 주겠답시고 비행기 티켓을 끊고서 알렉산드리아 도서관으로 끌고 가려고 했었지……."

"그런 일도 있었던가. 왜, 너는 도서관을 좋아하니까."

"그 이후 나는 네 앞에선 함부로 풀 죽은 모습조차 보이기 힘들어졌는데, 그 점에 대해서는 뭐 할 말 없어?"

"네가 언제나 씩씩해 보여서 참 기뻐."

"사츠키 양, 하지 마. 책을 휘두르려고 하지 마. 무서워."

싱글벙글 웃는 마이 옆에서 천천히 문고본 책을 슉슉 휘두르는 여자애는 코토 사츠키 양. 마이가 활기찬 미소녀라고 친다면, 검은 생머리를 길게 늘어뜨린 사츠키 양은 차분한 미소녀다.

마이는 표정이 풍부하고 말투도 온화해서 붙임성 좋은 인상을 주는 편이지만 사츠키 양은 반대다. 순도 100%의 『미(美)』다. 딱딱한 표정도, 예리한 눈빛을 쏘아내는 길고 샤프한 눈도, 빈틈을

찾을 수 없는 올곧은 자태도, 모든 게 아름답다는 인상으로 이어진다.

시대를 타고났다면 그 미모로 경국지색이라는 소리를 들었을 법한 사츠키 양이지만 놀랍게도 실제로는 상냥한 마음씨를 가졌고, 엄마를 향한 효심이 지극한, 무지막지 귀여운 여자애다.

게다가 나를 **유일무이한 진정한 절친**으로 여기고 있지. 저번에 사소한 해프닝이 있긴 했지만, 서로 우정을 언제까지고 변치 않은 채 영원히 이어가자고 맹세한 사이다. 어휴 정말이지, 사츠키 양은 나를 너무너무 좋아해서 탈이라니깐.

"아마오리. 지금 무슨 생각을 했어?"

"머릿속으로 무슨 생각을 하든 그건 그 사람의 자유 아닐까요?!"

찌를 듯한 예리한 안광 앞에 놓인 나는 스나이퍼의 표적이 된 병사처럼 몸을 떨었다. 사츠키 양은 초능력자가 아닌가 싶을 정도로 감이 날카롭다. ESP 테스트를 해보면 100점이 나올 것 같아.

오우즈카 마이와 사츠키 양. 그리고 카호 짱, 아지사이 양에 더해 또 한 명, 도무지 써먹을 구석을 찾아볼 수 없는 엑스트라의 면상을 한 양산형 여자애까지 포함한 다섯 명이 아시가야 고등학교 1학년 A반이 자랑하는 사이좋은 그룹. 이름하여 『퀸텟』이다.

마이가 꺼낸 말을 듣고서, 이번에는 아지사이 양까지 내 쪽으로 걱정스러운 눈길을 보냈다.

"레나 짱, 무슨 일이라도 있는 거야?"

"그, 그게, 그러니까……."

친구들의 시선이 나한테 모여든다.

이 네 사람 모두 나에게 있어선 함께 이런저런 일들을 겪었던, 누구 하나 빠짐없이 둘도 없는 소중한 친구들이다. 재들 역시 나름대로 나를 신경 써주고 있는 건 틀림없겠지만……. 그거랑 별개로 이렇게 주목을 받는 상황은 여전히 불편해!

하지만 나도 성장했어! 이 상황을 타개하기 위한 방법을 두 가지나 즉석에서 떠올렸다. 먼저 첫 번째는 이 자리를 원만하게 수습할 센스 있는 농담을 해서 모두를 웃음바다로 만드는 방법. 무리다!

그래서 나는 또 하나의 선택지, 분위기를 망치지 않기 위해 아무 말도 없이 침묵하기를 골랐다. 내가 할 수 있는 거라곤 이것밖에 없었다. 선택지란 대체.

"……."

『…………』

어라?! 분위기가 무거워졌어?!

어째서 아무도 대화를 계속 이어가려고 하지 않는 거야?! 평소랑은 다르잖아?!

나는 그때그때 상황에 맞춰 임기응변으로 분위기를 파악할 능력이 없으니까, 어느 정도 패턴을 외운 다음 거기에 해당하는 정답대로만 행동하는 방법으로 MP 소모를 억제하고 있었는데 이래서야 뭘 어떻게 해야 좋을지 알 수 없어서 막막해진다.

"됐어."

몹시도 어쩔 줄 모르는 내 표정을 본 사츠키 양이 아무래도 좋다는 듯이 입을 열었다.

“누구든 말하고 싶지 않은 일들이 하나둘쯤 있는 법이잖아. 억지로 캐묻는 건 상대가 아마오리라고 해도 칭찬받을 일이 아니야.”

사, 사츠키 양……! 고맙습니다!

역시 말하고 싶지 않은 일들로 온몸을 채우고 있는 사람은 하는 말도 다르네! (칭찬임.)

“하긴 그것도 그런가—. 그러고 보니 저번에 말이지——.”

카호 짱도 고개를 끄덕이며 그 말을 받았고, 드디어 응어리져 있던 분위기가 풀렸다.

나는 티 나게 가슴을 쓸어내렸고, 이리하여 이 상황은 어떻게든 원만하게 정리되었다……고 안심한 탓에.

“…….” “…….”

뭔가 생각에 잠긴 듯한 표정을 짓고 있던 두 사람의 모습은 놓치고 말았다.

그날 집에 돌아가는 길.

웬일로 마이가 나한테 말을 걸었다.

“같이 하교하지 않겠어? 레나코.”

“어? 그, 괜찮긴 한데.”

“그래, 바래다줄게.”

오우즈카 마이가 누군가한테 같이 하교하자고 말을 걸다니, 전대미문의 사태다.

평소라면 나도 몸 둘 바를 모르며 사양했겠지만, 나는 구기대회에서 오우즈카 양을 『마이』라고 부른 여자.

주변 사람들도 나의 특권을 인정하고서…… 인정하고 있는 걸까……? 모르겠어. 겁이 나기 시작했다. 너무 우쭐거렸다간 학교 뒤 으슥한 곳으로 불려 갈지도 몰라.

최대한 목소리를 낮춰서 "고, 고맙습니다…… 오우즈카 양……" 하고 대답했다.

그러자 마이는 마음에 들지 않는다는 표정을 지었다.

"거리감이 느껴지는걸……."

"윽……. 고, 고마워, 마이……."

"뭘 이런 걸 가지고."

마이가 생긋 웃었다.

언제나처럼 학교 근처에 대기하고 있던 리무진에 올라탔다.

운전석에 앉아 있는 사람은 오늘도 변함없이 오우즈카 가를 섬기는 도우미 겸, 마이의 매니저인 하나토리 씨. 그 실체는 마이사츠 과격파이자, 마이를 신처럼 받들어 모시는 미인 언니다. 그리고 마사지 실력이 뛰어나다.

"앗, 안녕하세요."

나 역시 하나토리 씨랑은 이제 서로에 대해 속속들이 아는 사이라(엉큼한 의미는 아니고!) 밝게 인사를 나눴다.

"안녕하십니까."

그러자 하나토리 씨도 가볍게 인사를 돌려주었다. 이제 제법 스스럼없는 사이가 된 느낌이 든다!

그렇다, 오로지 마이의 행복만을 바라고 있는 하나토리 씨는 내가 마이랑 사귀고 있다는 사실을 탐탁지 않게 여기고 있지만……. 그래도 내가 마이를 진심으로 마주하고 있다는 점은 어느 정도 인정한 모양이니까.

언젠가는 활짝 웃으면서『어서 타시죠, 아마오리 씨!』라고 말해주는 날이 올지도 몰라.

뭐, 그전까지 내가 품고 있는 비밀을 들키지 않는다면 말이겠지만. 들키는 순간 하나토리 씨가 형법 199조를 실천하게 될 거거든. 에헷☆

그런데 리무진에는 이미 타고 있는 사람이 있었다.

응?

"야, 야호—."

귀여운 미소를 지으며 나에게 손을 흔들어 주는 천사는 세나 아지사이 양이었다.

어째서?!

"자, 그럼 출발해 줘, 하나토리 씨."

"알겠습니다."

앗!

나를 따라 뒤이어 리무진에 탄 마이까지 셋이 뒷좌석에 나란히 앉게 되었다.

뭐야뭐야, 이게 대체 무슨 상황……?!

"이런, 혼란스럽게 만들어 미안해. 다만, 아무리 해도 마음에 계속 걸렸거든."

"응……. 점심시간에 레나 짱이 계속 복잡한 표정을 짓고 있었잖아?"

좌우에 앉은 여자애들이 교대로 내 귀에 속삭여서.

두 사람의 마음 씀씀이는 그야말로 눈물이 날 정도로 기뻤지만.

문제는 이 상황——.

헉. 날카로운 시선이 느껴진다.

"레나코는 의외로 문제가 있으면 혼자 속에 품고 있는 타입이라는 걸 저번 구기대회를 통해 알게 됐으니까 말이지."

"응응. 그래서 나랑 마이 짱이 함께 한 번만 더 물어보자고 얘기를 나눴어. 그야 우리는 레나 짱의——."

"——와아아아아악!"

돌연 괴성을 지른 나를 보며 마이와 아지사이 양이 『엥?』 하는 표정을 지었다.

백미러 너머로 하나토리 씨와 눈이 마주쳤다. 하나토리 씨는 살짝 눈썹을 찌푸렸을 뿐 감정의 변화는 엿볼 수 없었다.

하지만 지금은 결코 방심할 수 없는 상황이었다.

"그, 그러네요! 두 사람 다 제…… 소중, 소중한 사람인걸요! 이야, 기쁜걸! 너무 기뻐서 나도 모르게 막 소리를 질러버렸네! 아하하!"

그렇다. 나랑 아지사이 양, 그리고 마이는.

셋이서 사귀는 사이다.

그것 자체는 괜찮다. 아니 괜찮지는 않은데! 그래도 괜찮아. 셋이 함께 얘기를 나누고 정한 거니까 최소한 우리 셋은 이 관계를 받아들였다.

문제는 지금 이 차를 운전하고 있는 언니—— 하나토리 씨다.

하나토리 씨는 마이의 행복만을 바라고 있고, 만약 마이를 두고 양다리를 걸치는 인간이 혹시라도 있다면 그 사람을 죽일 거라고 단언했다.

에이 뭐, 어디까지나 만에 하나의 이야기지만요. 마이를 두고서 양다리를 걸치는 인간이 이 세상에 있을 리가…… **지금 여기 있군요!**

"그, 그렇구나, 레나 짱. 응…… 물론 우리한테도 소중한 사람이야."

"그럼. 함께 레나코의 괴로움을 나눠 가지자고 맹세한 사이니까."

어쩌지. 갑작스레 찾아온 목숨의 위기 탓에 두 사람이 감동적인 말을 해 주는데도 전혀 가슴에 울리질 않아.

"그래서 있지, 혹시라도 레나 짱이 도저히 말 못 할 일이 아니라면."

"그래. 만약 곤란한 일이 있다면 부디 말해줬으면 해."

"아하하! 그, 그렇군요! 이야— 둘 다 이런 나한테도 너무나 상냥해서 어쩐지 식은땀이 멈추질 않네! 아이 기뻐라!"

어떻게든, 어떻게든 이 타이밍에 『연인』이라는 키워드가 나오지 않게, 양다리를 걸치고 있다는 사실을 하나토리 씨한테 들키지 않게 대화를 이어갈 수밖에 없어.

문제는 그게 나한테 가능한 일일까. 뭐, 못하면 그냥 죽는 거니까 해낼 수밖에 없지만요!

"말씀 나누는 중에 죄송합니다, 아가씨."

너무 놀라서 심장이 입 밖으로 튀어나오는 줄 알았다.

"무슨 일이야? 하나토리 씨."

두근두근두근두근.

환청까지 들린다. 『아뇨, 혹시 그 여자는 아가씨랑 사귀는 몸이면서 다른 여자랑도 사귀는 건 아닌지요?』 그 말에 나는 『그런데요 뭐 문제라도 있어요?! 미리 말해두겠는데 저를 죽이면 마이가 슬퍼할 텐데요?! 그걸 알고는 계시나요?!』라며 온 힘을 다해 역정을 내는 거다. 그런 내 모습을 마이와 아지사이 양이 봤다간, 앞으로도 나를 계속 좋아해 줄 거라는 미래가 보이지 않아. 싫어…….

"아뇨, 먼저 어느 곳부터 가면 될지 여쭤봐도 되겠습니까?"

"아, 그러고 보니 그걸 말 안 했었지. 먼저 아지사이네 집으로 가줘."

"알겠습니다. 말씀해 주셔서 감사합니다."

대화를 들은 아지사이 양이 감사를 담아 꾸벅 고개를 숙였다. 그런 다음 미소를 띠며 나를 향해 시선을 돌렸다. 히, 히익…….

"레, 레나 짱?! 왠지 안색이 엄청 안 좋은데?!"

"그, 그런가요? 기분 탓이라고 생각하는데요."

입꼬리만 움직여서 웃는 표정을 만들고는 있지만 어쩌면 머리카락이 반쯤은 새하얗게 새어버렸을지도 모르겠다는 생각이 들었다.

두 사람은 서로 살짝 눈짓을 주고받더니.

"……역시 레나 짱, 말하는 게 내키지 않는…… 거지?"

"그렇군……. 힘이 되어줄 수 있을 줄 알았는데 괜한 참견이었던 걸까…….”

아니야. 그게 아니라고. 이건 그냥 다른 이유 때문이야. 이 자리에 있는 사람 중 잘못한 사람은 아무도 없어. 아니지, 내 잘못인가……? 내가 행복하게 살고 싶다고 바랐기 때문인가……?

그냥 빨리 본론으로 들어가서 대화를 진전시키자! 죽느냐 사느냐의 갈림길에 몰리면서까지 숨길만한 일도 아닌걸!

“그, 그게 아니라, 그게, 저기—! 사실은 우리 여동생이 등교 거부를 선언해서 그래요!”

그렇게 말하자.

“하루나 군이?”

“엇, 어째서.”

마이와 아지사이 양의 안색이 변했다.

그러고 보니 둘 다 여동생과 안면이 있는 사이야!

“그런데 나한테는 이유를 얘기해 주질 않아서……. 사실 나도 예전에 이런저런 일들이 있었기 때문에 물어보기가 힘들다고 해야 하나, 캐묻기가 좀 그래서.”

내가 예전에는 음침한 아싸였다는 사실을 아는 사람은 퀸텟 내에서 사츠키 양뿐이다. 등교 거부를 했다는 사실은 아무한테도 말하지 않았다.

마이가 표정을 찌푸렸다.

“그런 일이라면 가족한테는 이유를 말하기 힘들지도 모르겠는걸.”

“그럴 가능성도 있겠네……. 그렇구나, 그래서 레나 짱 그렇게 괴로운 표정을…….”

아지사이 양은 자기가 더 마음이 아픈 것처럼 고개를 숙였다. 죄, 죄송합니다. 제 표정이 이런 건 그냥 단순한 생존본능이에요…….

“학교에 가지 않게 된 지 사흘이나 지났거든요……. 그러다 보니 아무래도 걱정이 돼서.”

걱정된다는 말은 거짓말이 아니다. 여동생이 걱정되는 것도 있고, 집에서 얼굴을 마주칠 때마다 중학교 시절의 내 모습을 보는 것 같은 기분이 자꾸만 든다.

무슨 일이 있는 거라면 사정을 얘기해 줬으면 좋겠다. 어쩌면 내가 힘이 되어줄 수 있을 가능성도…… 상당히 낮긴 하지만 제로는 아니니까…….

그러던 중 마이가 깜짝 놀랄만한 제안을 꺼냈다.

“흐음…… 그렇다면 우리가 하루나 군에게 직접 얘기를 들어보는 건 어떨까.”

“뭐?”

아지사이 양도 손뼉을 쳤다.

“그것도 일리 있는 방법일지도.”

“그, 그치만.”

내가 허둥거리고 있는 와중에도 이야기는 착착 진행됐다.

“아, 응. 갑자기 다 함께 찾아가면 조금 깜짝 놀랄지도 모르겠네. 그럼 한 명씩 찾아가 보는 건 어떨까?”

“그렇군. 그렇게 하지.”

대화와 대화가 마무리되는 타이밍을 간신히 찾아낸 내가 황급히 끼어들었다.

“그, 우리 여동생한테 그런, 그렇게까지 해주는 건 내가 미안하다고 해야 하나.”

“그렇지만…….”

누구보다도 상냥한 마음씨를 지닌 아지사이 양이 조심스럽게 입을 열었다.

“레나 짱의 여동생이라서 그런 것도 당연히 있지만, 하루나 짱이랑은 연락처도 교환한 사이니까. 이제는 내 후배라는 느낌도 들어서 그래. 후배가 남들한테 말 못 할 고민을 품고 있다면 선배로서 얘기를 들어주고 싶은걸.”

“아지사이 양…….”

누구보다도 인간으로서의 능력이 월등한 마이가 미소를 지었다.

“그런 거야, 레나코. 어때? 만약 괜찮다면 우리도 하루나의 고민을 들어주고 싶은데 그건 폐가 될까?”

그런 말까지 들으면 나는…….

역시나 거절할 수 없어서 고개를 저었다.

“아, 아니야……. 폐라니 전혀 그렇지 않아! 아주 마음 든든해……!”

나로선 불가능했지만, 마이와 아지사이 양이 대신 말해준다면 그건 광명이라고 표현할 수준이 아니다. 한줄기 태양의 빛이다.

어떤 섬세하고 예민한 문제라도 이 두 사람이라면 솜씨 좋게 상대방의 꽁꽁 언 마음을 녹이고 흉금을 터놓게 만들 수 있겠지.

최소한 나보다는 훨씬 나을 거다!

아지사이 양은 거기에 더해서.

“있지, 레나 짱. 만약 괜찮다면 사츠키 짱과 카호 짱한테도 애기해 봐도 될까? 분명 두 사람도 점심시간에 있었던 일을 걱정하고 있을 거야.”

그건 정말 고마운 말이긴 한데…….

우물쭈물하고 있는 내 손 위로 마이가 부드럽게 손을 포갰다.

“애기를 꺼내 보는 것만이라면 괜찮지 않을까. 사츠키도 카호도 귀 기울여 들어줄 게 틀림없어.”

마이가 부드럽게 타이르는 말에는『확실히 그럴 것 같아』라고 생각하게 만드는 힘이 있다. 꽁꽁 얼어있던 내 마음부터 이미 사르르 녹았다.

“으. ……폐, 폐가 가지 않는다면야…….”

“그래.” “응.”

반대편에서 아지사이 양도 내 손을 잡아주었다.

좌우의 두 사람은 한없이 따뜻했다. 하지만 이 따뜻함은 내가 연인이라서 보여주는 따뜻함이 아니다. 사람 자체가 따뜻한 마음씨를 지닌 것이다.

나는 고등학교에 들어온 뒤로 정말 친구 운을 타고났다. 어쩌면 앞으로 이런 친구들을 평생 만날 수 없을지 모를 정도로…….

방금까지 오로지 나 혼자 살아남으려고, 어떻게 하나토리 씨를 잘 속여넘길 수 있을지만 고민했던 나는 내심 반성했다. 그래. 사람과 사람은 제대로 이야기를 나누면 분명 서로를 이해할 수 있는 거야.

어쩌면 하나토리 씨도 그렇게 나쁜 사람은 아닐지도 모른다. 말투와 눈빛이 험하다 보니 오해를 사기 쉬울 뿐이지 양다리를 걸치고 있다는 점도 솔직하게 얘기하면 의외로 선뜻 넘어가 줄지도…….

그도 그럴게 마이의 도우미분인걸. 착한 사람 옆에 쭉 있다 보면 몸도 마음도 착한 사람한테 물드는 법. 그래, 마치 나처럼——.

마이가 미소를 지었다.

"뭐, 하루나는 나와 레나코가 결혼하게 되면 나한테도 처제가 되는 아이니까 말이지. 나한테 있어서도 가족과 마찬가지야."

"——?!"

누가 봐도 농담조로 말한 말에, 나는 화들짝 놀라 눈이 커다래졌다.

"마, 마이 짱은 대담하네……. 나까지 두근거렸어."

아지사이 양이 짐짓 놀랐다는 듯이 손바닥으로 부채질을 했다.

"후후후. 그렇게 말하는 아지사이는 어떻지?"

아니——.

"뭐어~? 나는 아직 거기까지는 생각해 본 적이 없다고 해야 할까……."

몸을 배배 꼬는 아지사이 양이 얼굴을 발갛게 물들이고서 나를 곁눈질로 힐끗거렸다.

얘들아 잠깐.

마이사츠 과격파는 지금의 발언을 듣고서.

"…………."

별달리 아무 말 없이 차를 운전하고 있었다.

세, 세이프인 걸까……? 지금 건 세이프 맞지?! 입 밖으로 확실하게 내뱉은 사람은 마이뿐이고 아지사이 양은 두루뭉술하게 말했잖아?! 처음부터 양다리를 걸치고 있다고 의심한 게 아니라면야 이 말을 듣고 눈치채진 못하겠지?! 하나토리 씨, 눈치 못 챈 거 맞죠?!

아지사이 양이 먼저 집에 도착해서 내리고, 그런 다음 내가 차에서 내릴 때까지도 하나토리 씨는 마지막까지 아무 말도 하지 않았다. 세이프인 거 맞죠?!

나는 점점 의심암귀에 물들고 있었다.

『지금 대화로 양다리를 걸치고 있다고 눈치채셨나요?』라고 물어볼 수도 없는 노릇인 나는 평생 이 자책의 망령과 싸울 수밖에 없다. 괴로운 인생이라고!

다음 날, 『여동생이 등교 거부를 선언해서』라고 사정을 털어놓는 자리가 마련되었다.

사츠키 양도, 카호 짱도, 각자 자기 나름대로 도와준다는 모양이다. 정말 최고의 친구들이다.

마음속의 하나토리 씨가 전기톱에 부릉부릉 시동을 걸면서 속삭였다. 『착한 사람 곁에 계속 있으면 몸도 마음도 착한 사람한테 물드는 법일 텐데, 어째서 당신은』 이렇게.

싫어! 마음속의 하나토리 씨 같은 건 키우고 싶지 않아! 나는 온 힘을 다해 딜리트 키를 연타했다. 다행히도 그날 이후로 상상 속의 하나토리 씨가 다시 나타나는 일은 없었다.

하지만 언젠가 제2, 제3의 하나토리 씨가…………

그건 됐으니까! 지금은 나보다 여동생이 먼저야!!

＊＊＊

"그럼 가볼까, 레나 짱."

"네!"

웃는 얼굴로 나에게 손짓하는 아지사이 양.

하아, 귀여워……. 그냥 귀여움의 결정체야…….

아마오리 하루나를 구해내기 위해 모인 네 명의 미소녀. 오늘은 그 시작으로 아지사이 양이 우리 집에 와주기로 했다.

첫 발안자인 마이는 아쉽지만 요즘 일이 많이 바쁜 모양이라 일주일쯤 후에나 스케줄이 빈다고 한다.

하지만 그런 상황이라도.

시작이라고는 해도 아지사이 양이 우리 집에 와주시는 거니까 말이죠. 저따위는 비교조차 안 되는 언니 파워의 소유자인 아지사이 양이 얼굴을 비추면 어차피 여동생 속성에 불과한 하루나쯤이야 일격에 녹아웃이야. 후후후.

그런데 아지사이 양은 나와 단둘이 있게 되자마자 갑자기 말수가 줄어들었다! 어째서?!

집으로 향하는 길. 역에 도착하고 나서도, 전철에 탄 다음에도 아지사이 양은 여전히 묵묵히 입을 다물고 있다. 계속해서 안색을 살펴봐도 묘하게 눈을 마주치지 않는다.

어, 이게 대체……?!

“호, 혹시 긴장하고 있나요? 아지사이 양.”

저는 지금 긴장하고 있는데요!

그게 아니라면…….

두려운 가능성에 생각이 닿았다.

설마 하나토리 씨한테 직접 이런저런 말을 들은 게 아닐까……?

『미안해, 레나 짱. 조만간 하나토리 씨가 보낸 암살자가 그쪽으로 향할 거야. 살아남을 가능성은 한없이 낮겠지만 아무튼 열심히 해봐ㅋㅋ』라는 말을 듣게 되는 건가……?

그게 아니라면 나도 모르는 사이에 뭔가 실례되는 짓을 저지르는 바람에 아지사이 양의 마음을 상하게 했나……?

안 되겠어! 짐작 가는 점이 너무 많잖아!

그런데 내 말을 들은 아지사이 양은 그제야 정신이 들었다는 표정으로.

“앗, 미, 미안해. 잠깐 다른 생각을 하느라…….”

“아, 그랬구나. 그렇구나, 다행이야……. 내가 잘못해서 그런 게 아니었어……. 나도 모르는 사이에 난폭한 말투를 썼다거나, 뭐 그런 이유로 아지사이 양을 불쾌하게 만들어서 이제 절교당하는 게 아닌가 싶었어……. 이제 내 인생은 끝장이라고 생각했어…….”

“나랑 레나 짱은 이제 그런 실수 한 번으로 깨질만한 사이가 아니거든?!"

아지사이 양이 언제나처럼 태클을 걸어줬다.

아아, 아지사이 양의 태클이야. 오장육부에 스며드는 느낌.

"그보다 레나 짱이 아니더라도 겨우 그런 일 가지고 토라지진 않아!"

"아아, 리필까지 해줬어……. 배가 빵빵해……."

"어? 뭐가?"

아지사이 양의 태클을 하늘에서 내리는 단비처럼 감사히 음미하고 있었더니 아지사이 양이 어리둥절하게 물었다. 아뇨, 아무것도 아닙니다. 그저 제가 행복감에 휩싸였을 뿐이에요.

"그게—, 있잖아……."

아지사이 양이 머뭇머뭇 망설이면서 손가락을 꼬았다. 귀엽구먼.

"뭔데뭔데?"

"음……. 조금 창피하지만 확실하게 얘기하는 편이 좋겠다 싶어서."

시선을 힐끗거리기도 하고 입만 오물거리며 망설이던 기색을 보이다가 마침내 결심을 다진 아지사이 양.

그 귀여운 몸짓으로 미루어 짐작하건대 나한테 신랄한 말을 하려는 건 아닌가 보다, 하는 믿음이 생겼다. 믿음이 생겼나? 진짜 생겼나? 아무래도 내가 워낙 이러니까 말이지…….

저 귀여운 입술에서 『역시 학교에서 나올 때 둘이 따로따로 나올 걸 그랬네, 레나 짱……. 우리가 같이 다니는 모습이 친구들

사이에서 소문이라도 퍼지면 창피하니까……』 이런 지옥 같은 거절의 말이 나오는 게 아닐까 싶어서 덜덜 떨고 있었더니.

"단둘이 있게 되면 물어보려고 생각하고 있었는데…… 저번에 그거, 싫었어?"

"…………."

나는 입을 다물었다. 저번에 그거……?

대체 뭘 말하는 거지……?

리무진에 탄 뒤 하나토리 씨가 집까지 바래다줬던 날……? 같이 점심을 먹었던 날……? 그보다 더 이전에 있었던 일…………?

나는 태어난 날부터 지금까지 있었던 모든 일을 주마등처럼 머릿속으로 반추해 봤다. 하지만 아지사이 양한테 불쾌한 일을 당했던 기억은 그중 단 한 번도 없었다.

역 하나를 지날 정도의 시간을 들여서 신중하게 고개를 좌우로 저었다.

"싫은 일 같은 건…… 하나도, 없었는데……?"

"그, 그래……?"

아지사이 양은 불안한 기색이다. 역 하나를 지날 정도로 시간이 지난 다음에서야 대답이 돌아왔기 때문일지도 모르겠다.

"……그래도, 그다지 좋은 행동이 아니었네— 싶었거든. 그, 레나 짱 앞에서 다른 여자애랑 딱 달라붙어 있는 거……."

"어?!"

"그야 나는…… 일단 레나 짱의, 여자친구니까……."

아지사이 양의 얼굴이 새빨갛게 물들고 있었다.

"——."

안구 깊숙한 곳까지 울리는 충격이 전두엽을 강타했다.

그, 그런 거였나!

신발을 샀던 날 있었던 일이다.

카호 짱이 아지사이 양 무릎 위에 앉았고, 아지사이 양은 카호 짱을 꼭 안아줬었다. 그때 일을 말하는 거였다.

한참 전에 있었던 일을! 계속 마음 한구석으로 신경 쓰고 있었던 거야?! 아지사이 양이?!

그런, 마치 내가 할법한 행동을…………!

"아냐, 그건!"

나는 허둥지둥 손을 내저었다.

"전혀 불쾌하게 느끼지 않았으니까!"

"하지만 왠지 끄으응, 하고 부루퉁한 표정이었잖아……?"

그건 그래서가 아니라! 카호 짱이 대놓고 우쭐대는 표정으로 나보다 우위에 섰다는 듯이 구니까! 그거에 살짝 욱했을 뿐이라! 그때 냈던 불만 섞인 신음 소리는 전부 카호 짱을 향한 거니까요!

살짝 마음을 가다듬고서 입을 열었다.

"이, 있잖아. 나는 아지사이 양한테 부루퉁한 표정을 지은 적은 단 한 번도 없어! 아지사이 양이 누구랑 대화하든! 그냥 인기 많구나— 라는 생각밖에 안 하니까!"

"……그, 그런 거야? 하지만 그…… 질투하게 된다거나, 그렇지 않아?"

"아냐아냐! 전혀 아냐! 아지사이 양을 보고 질투심이라니, 그런 일은 단연코 없어!”

내가 아지사이 양의 자존감을 높여주려고 필사적이다 싶을 정도로 단언하자.

아지사이 양은 쿠웅— 하고 충격받은 표정이었다.

어째서?!?!?!?!

“그, 그렇구나아…….”

“응! 그야 아지사이 양은 모든 사람한테 인기가 있는걸! 아시가야의 천사인걸! 나 혼자서 아지사이 양을 독점해선 안 된다는 점을 아주 잘 알고 있는걸!”

“그렇구나아…….”

수습하려고 말을 덧붙이면 덧붙일수록 아지사이 양이 점점 풀이 죽어간다! 도와줘요, 사츠키 양!

나도 모르게 스마트폰을 손에 쥐었지만, 아무리 그래도 지금 이 상황에서 아지사이 양을 방치한 채 사츠키 양한테 전화를 걸었다간 돌이킬 수 없는 루트로 돌입해 버릴 것 같은 느낌이 들어서 참아냈다.

어떻게든, 어떻게든 아지사이 양의 기운을 북돋아 줘야 해! 나 혼자만의 힘으로!

“어, 그게…… 아지사이 양? 오, 오늘도 귀여운데……?”

안 되겠어. 모기 날갯짓만 한 목소리밖에 안 나와.

“에, 에헤헤……. 그렇게 칭찬해 줘도 미소밖에 줄 게 없는걸?”

그랬는데 아지사이 양은 무척 쑥스러운 미소를 지으며 양손으로 피스 사인을 보여주었다.

휴우— 다행이다. 어떻게든 해냈어…… 라고 안심할 리가 없잖아?! 뭔데 이 만담!

"미안, 아지사이 양! 나, 사실은 하나도 이해 못 했어!"

"레, 레나 짱……?"

이젠 단념하고서 고개를 숙였다. 지금 여기가 전철 안이 아니었다면 무릎 꿇고 절이라도 하고 싶은 기분이었다.

부끄러움을 무릅쓰고서 정답을 가르쳐 달라고 부탁했다…….

"질투하는 편이, 더 좋다는 뜻이야……?"

"으음—."

아지사이 양은 딸꾹질을 참는 듯한 얼굴로 입을 다물었다.

그러더니 내 시선을 피한 채, 조그만 목소리로 혼자 뭐라 뭐라 중얼댔다.

"레, 레나 짱한테는 확실하게 말하겠다고 결심했으니까……. 부, 부끄럽지만, 그래도 이건 꼭 말해야 하는 거겠지…… 응……."

마침내 결심했다는 것처럼 내 쪽으로 고개를 돌리고서 끄덕끄덕 고개를 주억거렸다.

"……저, 전혀 질투가 나지 않는다는 건, 쪼—금, 서운하려나……."

"그런 거구나……."

"……으, 응."

그렇구나, 조금은 질투해 주는 게 기쁜 거구나…….

"그럼 노력해 볼게……. 질투할 수 있도록……."

"너, 너무 무리는 하지 말고……."

"아니야! 노력하겠다고 마음먹었으니까! 열심히 질투할게! 에잇, 아지사이 양의 교복, 이 자식! 아지사이 양의 몸에 닿아 있다니! 요 녀석!"

"그걸 원하는 게 아닌데?!"

이게 아니었나……. 아지사이 양한테 혼나고 말았다……. 나는 뭐 하나 잘하는 게 없어.

"혹시 예시 같은 게 있나요……?"

"어?!"

아지사이 양의 얼굴이 한층 더 빨갛게 물들었다.

"예, 예시……. 질투의 예시……? 으, 으으."

"떠오르는 예시가 없다면야 괜찮아요! 제가 공부할 테니까요! 심리학 책을 읽어본다거나!"

"학술적 관점에서 보는 질투 같은 게 아니라!"

아지사이 양은 한참 동안 끙끙대며 고민한 끝에 아주아주 조그맣게 입을 열었다.

"예, 예를 들면 말인데…… 레나 짱이 사츠키 짱이랑 얘기하고 있을 때…… 둘이 무슨 대화를 하는 걸까―…… 싶을 때라거나~……."

뻣뻣한 말투로 조심스럽게 내놓은 아지사이 양의 예시에 나는 손뼉을 쳤다.

"그렇구나…… 그게 바로 질투……. 하나 배웠어요!"

"……어, 어디까지나 예시, 예로 든 것뿐이니까!"

힘주어 강조하는 아지사이 양.

나는 여동생을 본받아 밝은 웃음으로 화답했다.

"물론 알고말고요. 그야 아지사이 양은 모두한테 인기 만점인 아시가야의 천사인걸요! 걱정 마세요! 저 같은 양산형 여자가 무슨 짓을 하든 아지사이 양은 눈곱만큼도 질투할 리가 없을 테고, 전혀 신경 쓰지 않을 거라는 것쯤이야 아주 잘 알고 있으니까요! 그쵸!"

아지사이 양이 "어휴— 으휴—" 하면서 내 어깨를 찰싹찰싹 때렸다.

저 지금 맞았는데요?! 대체 왜?!

오면서 아지사이 양의 심기를 살피는데 온 에너지를 쏟았기 때문에 집에 도착할 때쯤 나는 너덜너덜해진 상태였다. 아니지 아냐, 그래도 지금부터는 마음을 다잡아야 해.

아무리 아지사이 양이 옆에 있다고는 해도 하나부터 열까지 아지사이 양한테 떠넘길 수는 없다. 두 사람이 원활하게 대화를 나눌 수 있도록 나도 노력하겠어. 힘내자오.

"다, 다녀왔어."

"어서 와……. 어라?"

긴장되는 순간. 노크한 다음 여동생의 방문을 열었다. 여동생은 게임을 하는 중이었다.

내 뒤에 서 있는 미소녀를 본 여동생은 아니나 다를까 눈이 동그래졌다.

"아지사이 선배?"

"응. 안녕."

꾸벅 고개를 숙이며 예의 바르게 인사하는 상급생을 보자마자 컨트롤러를 휙 던졌다. 아직 게임 도중인데?!

황급히 내가 대신 컨트롤러를 잡았다. 크, 큰일 날 뻔.

한 판을 대신 끝내고 고개를 돌리자, 여동생은 자세를 바로잡고서 방석을 옮겨 아지사이 양이 앉을 곳을 준비하고 있었다. 역시 체육부……!

"고마워."

"뭘요!"

아지사이 양이 자리에 앉았다. 내가 앉을 곳은 따로 마련해 주지 않길래 내 방에서 방석을 가지고 왔다. 나도 아지사이 양 옆에 나란히 앉았다.

"그런데 아지사이 선배가 갑자기 왜?"

"너를 만나러 와준 거야."

"나를……?"

고개를 갸웃거리는 여동생을 눈앞에 둔 채 나는 아지사이 양한테 눈짓을 보냈다.

그럼 부탁드립니다! 선배! 이 당돌한 계집애의 꽁꽁 언 마음이 인간의 따뜻함을 다시 떠올릴 수 있게 해주세요!

"있잖아."

아지사이 양은 양손을 모으고 사람의 마음을 편안하게 만드는 미소를 지었다. 백 점 만점!

"하루나 짱, 요즘 학교를 쉬고 있다면서?"

"아—, 네."

여동생은 역시 그 일 때문이겠지— 라는 표정이었다.

"죄송합니다, 아지사이 선배. 언니가 무슨 바람을 넣었던 모양이네요. 일부러 우리 집까지 와주시고……."

"아니야, 하루나 짱은 나한테도 후배나 마찬가지인걸. 뭔가 곤란한 일이 있다면 힘이 되어주고 싶어."

하와와, 천사……♡ 이 빛을 정면으로 쬔 여동생은 눈이 하트 모양이 되어서『지금 당장 학교에 다녀올게요!』라며 방을 뛰쳐나가지 않을까 했는데…….

"으음— 딱히 곤란한 일은 없거든요—."

조금도 거리낌 없이 떳떳하게 대답했다.

뭣이라…….

"그래도 지금은 학교를 쉬고 있는 거지?"

상대방의 마음을 보호하면서, 그 마음을 건져 올리는 것처럼 부드럽게 묻는 아지사이 양.

"등교 거부를 선언하고 있습니다."

"응. 그 점에는 뭔가 확실한 이유가."

여동생은 턱을 손으로 긁적이면서 비스듬히 허공 위쪽을 바라보며 반문했다.

"오히려 왜 굳이 학교에 가야 하는 건가요?"

엑.

아지사이 양도 그 말에 눈을 끔뻑였다.

"왜냐니."

"중학교는 의무교육인 건 맞지만 그래도 등교는 학생의 자유죠. 자유가 아니었다면 이미 강제로 끌려갔을 테고요."

"어, 그게."

"그런데 저는 지금 무진장 학교에 가기 싫거든요. 그건 어떤가요. 아주아주 잘못된 행동인가요?"

여동생이 그렇게 묻자, 아지사이 양은 누가 봐도 대답할 말에 쫓기는 기색이었다.

"가고 싶지 않다면 무리해서까지 갈 필요는 없다고 생각하지만……."

이런 경우에 아지사이 양이 『됐으니까 당장 가』라고 딱 잘라 말할 수 있을 리가 없다. 먼저 사정을 들어보고, 그 사정에 따라 힘을 보태주고, 해결을 돕고 싶다고 상대방의 마음에 공감하는 모습을 보여주는 게 아지사이 양의 방식이니까.

그런데 이 경우는…….

"하지만 얘기해 주면 힘이 되어줄 수 있을지도 몰라."

하다못해 사정을 들려줄 순 없냐고…… 그렇게 얘기하는 아지사이 양의 말에 여동생은 단호하게 고개를 저었다.

"아뇨, 이건 개인적인 기분의 문제일 뿐이니까요. 아지사이 선배한테 들려드릴 만한 얘기는 하나도 없습니다!"

"그, 그래……?"

아지사이 양이 쩔쩔맸다.

자, 잠깐만……? 어쩐지 흐름이 이상하지 않아……?

진지한 표정으로 여동생이 고개를 끄덕였다.

"정말로 죄송합니다만 그래요. 일부러 아지사이 선배가 여기까지 찾아와 주셨는데 그 호의를 거절하는 것처럼 되어 버린 건 저로서도 본의가 아닌데요."

"으, 응."

누구보다도 상대방의 마음을 헤아리는 능력이 뛰어난 아지사이 양에게 여동생이 자신의 마음을 분명하게 밝히면서도 새로운 제안을 꺼냈다.

"그렇게 됐으니 어떤가요! 아지사이 선배! 같이 게임이라도 하지 않으실래요? 저 조금씩 실력이 붙기 시작했어요!"

여동생의 쾌활한 목소리에 당혹스러워진 아지사이 양이 고개를 돌려 나를 바라보았다.

나는 대체 무슨 말을 해야 할지 모른 채 그냥 고개만 끄덕일 수밖에 없었다.

그런 다음 한참 동안 아지사이 양과 여동생은 나란히 앉아 게임을 즐겼다.

우리는 목적을 달성하지 못했고, 그래도 일단은 같이 게임을 하면서 조금은 거리를 좁힐 수 있지 않았을까…… 싶은 정도의 성취감을 손에 넣었을 뿐이었다.

어쩌면 이 녀석…… 상당히 벅찬 상대일지도……?!

아지사이 양을 개찰구 너머까지 배웅해 준 다음 한숨을 내쉬었다.

솔직히 바로 해결될 줄 알았는데……. 내가 너무 낙관적으로 생각한 걸지도 모르겠다.

아지사이 양은『이건 좀 시간이 걸릴 것 같네』라며 난처한 웃음을 지었다. 아지사이 양이라는 치트 캐릭터를 투입했는데도 한 방에 클리어가 되지 않을 줄이야.

여동생 이 자식……. 그런, 그런 식으로 아지사이 양의 상냥한 마음을 이용하다니……!

하아…… 그만 집에 가자.

……응?

그랬을 때 기묘한 무언가가 눈에 들어왔다.

역 계단 밑 바로 앞, 아스팔트 바닥 위.

쭈그려 앉아있는 여자애가 있었다.

"엥?!"

나도 모르게 외쳤다. 아니, 그치만 이런 데 여자애가 있는걸! 편의점 앞도 아닌데! 혹시 몸이라도 아픈 걸까?!

어쩌지 싶어서 당황해하면서도 서둘러 다가갔다. 어어, 그러니까.

그러자 여자애가 고개를 들었다.

윽. 눈이 마주쳐 버렸다.

보기 드문 은색 머리카락을 가진 여자애였다. 피부는 눈처럼 새하얘서 아무래도 일본인은 아닌 것 같다. 평소에 퀸텟 친구들의 미모에 익숙해진 내 눈으로 보기에도 대단한 미소녀다. 게다가 왠지 모르게 고귀한 분위기가 풍긴다…….

고귀한 사람이면 왜 이런 곳에 쭈그려 앉아있겠냐는 느낌도 들

지만.

그래도 눈이 마주친 이상 이대로 무시하고 지나가는 건 사람으로서의 도리에 어긋난 짓……. 나는 용기를 내서 말을 걸었다.

"저, 저기…… 메이 아이 헬프 유……?"

"???"

뭔 소린지 모르겠다는 듯이 고개를 갸우뚱거린다.

"안녕하세요."

"엥?! 안녕하세요?!"

아주 차분하고 침착한 목소리였다. 이곳이 사교를 위한 자리였다면 아주 잘 어울렸겠지만, 사람들이 북적이며 지나다니는 역 앞에 쭈그려 앉은 상태로 하니까 위화감이 엄청나!

여자애는 무릎을 감싸 안고서 인형 같은 눈동자로 나를 보며 물었다.

"당신은 나쁜 사람인가요?"

"그건 아마 아닐 거라고 생각하는데요! 앗, 엄청 착한 사람도 아니지만요!"

"그렇다면 다행이에요."

여자애가 자리에서 일어섰다. 우왓, 얼굴이 워낙 조막만 해서 눈치채지 못했는데 나보다 키가 크다. 마이나 사츠키 양 정도 되는 키였다. 나이는…… 외국인이라서 쉽게 짐작이 안 가지만 분위기로 보건대 고등학생 정도 아닐까. 신비한 아우라를 두르고 있다.

"그럼 가죠."

"어디로?!"

"루시네 집으로."

어어, 그러니까……. 나는 익숙하지 않은 외국말을 꺼내는 것처럼 조심스레 물었다.

"당신이, 루시 씨?"

고개를 끄덕이는 여자애, 다시 말해 루시 씨.

"저, 저는 아마오리 레나코입니다."

"그런가요. 레나코 씨."

이거 대화가 통하는 거 맞아?

"루, 루시 씨는 어디로 가고 싶어?"

"우리 집."

"그 말은 어느 쪽으로 가야 하는지 길을 잃었다는 뜻……?"

그렇게 묻자, 루시 씨의 얼굴이 형광등처럼 밝게 빛났다. 우왓, 미소녀의 광채……!

"맞아요! 레나코 님!"

"님?!"

"역시 당신은 착한 사람이군요! 안내해 주세요!"

"잠깐잠깐 기다려! 나는 너네 집이 어딘지 몰라!"

꼬리를 흔들며 달려드는 대형견을 멈춰 세우는 것처럼 양손을 앞으로 내밀었다. 그러자 루시 씨(루시 짱이라고 해야 하나?)는 주머니를 뒤적대더니 무언가를 꺼냈다. 한 장의 메모다.

"여기가 루시 집이에요. 혹시 아시나요?"

메모에는 역까지 가는 길을 표시한 간략한 약도가 그려져 있었다. 윽, 아마오리 레나코는 지금 내가 있는 위치가 표시되지 않는 맵을 보는 게 서투른 여자…….

하지만 마치 유치원생이 선생님을 바라보는 듯한 순수한 신뢰가 담겨 있는 루시 짱의 눈빛을 받고서 모르겠는데용~ 이라고 말하기는 영 거북해…….

"앗, 메모 뒤에 주소가 적혀 있잖아!"

해냈다! 나는 태어나서부터 지금까지 쭉 이곳에서 살아온 현지인! 이거라면 알아!

"레나코 님……?"

"오케이 오케이. 이거라면 안내할 수 있어. 자, 가자."

"레느님!"

"끄엑."

꽉 끌어안겼다. 사람을 잘 따르는 곰한테 안겨서 꾸깃꾸깃 접히는 기분이었다.

"기, 기다려 기다려! 평범하게 불러도 되니까! 레나코라고만 해도 충분하니까!"

"레나코 님."

"으으~~~음! 뭐, 그렇게 불러도 되긴 한데!"

적당히 타협하고서 걸음을 옮겼다. 그러자 루시 짱이 너무나도 자연스럽게 내 쪽으로 손을 내밀었다.

뭐, 어쩔 수 없나……. 낯선 땅에 와서 불안한 걸지도 모른다. 나는 내민 손을 잡은 다음 걷기 시작했다. 미아 방지 끈을 단 어린아이를 이끌며 걷는 기분이었다.

"루시 짱은 그, 외국인이야? 일본에 온 지 얼마 안 됐어?"
"네, 맞아요."
"헤에—. 아, 그런데 일본어를 엄청 잘하네."
"와 보기는 여러 번 와 봤어요. 그런데 이제는 일본에서 지내고 있어요."
그렇구나, 이사 온 건가. 아무리 말이 통한다고는 해도 힘들겠네.
만약 내가 미국 땅에 홀로 덩그러니 남겨진다면 분명 무리무리를 연발했을 거야. 여행조차 잘할 자신이 없어.
"아, 참고로 저기가 파출소야. 만약 다음부턴 길을 잘 모르겠을 땐 저기 가서 물어보면 친절하게 가르쳐 줄 테니까."
"레나코 님은요?"
"어? 아니, 만약 지나가던 길이라면야 얼마든지 도와주겠지만……."
그렇게 딱 맞는 타이밍에 만날 리가 없으니까…… 라고 내가 대답하기도 전에 루시 짱이 또다시 "레나코 님!"이라고 외치며 끌어안았다! 에잇, 거리감이 너무 가깝다고!
"그래도 언제나 타이밍 좋게 내가 있을 수는 없거든?!"
"무슨 요일 몇 시쯤에 계시는데요?"
"캐묻기 시작했어……!"
요즘 같은 스마트폰 세대에선 찾아보기 힘든 주먹구구식 정보다. 나는 일단 등교 시간과 집에 오는 대략적인 시간을 가르쳐 줬다. 그러자 루시 짱은 만족스러워 보였다.
"알겠습니다. 곤란할 땐 그 시간에 역에 있을게요."

"새로운 스토커!"

아무리 생각해 봐도 어딘가 이상한 루시 짱한테는 말해주기가 싫었다. 말해주기는 싫었지만……. 포기하고서 주머니에서 스마트폰을 꺼냈다…….

"그러면 연락처라도……. 스마트폰은?"

"스마트폰."

머리부터 발끝까지 루시 짱을 쭉 훑어보았다. 아무리 봐도 빈손이었다.

"가지고는 있어요."

아마 집에 놔두고 왔다는 뜻이겠지. 그래서 길을 잃고 미아가 된 건가…….

"그, 그래…… 그럼 다음에 만났을 때 교환하기로……."

"네."

표정이 얼굴에 뚜렷하게 드러나는 타입은 아니었지만 그래도 기뻐하는 미소를 지었다는 사실은 알아볼 수 있었다.

그러고 보니…… 싶어서 스스로 과거를 돌아보았다. 나는 옛날부터 이런 식으로 결코 나쁜 애는 아니지만 살짝 특이한 애를 만나면 내 쪽에서 먼저 거리를 두기가 힘들었다.

그 때문에 언젠가 내가 트러블에 말려들게 된다고 하더라도, 그래도 그건 걔한테 악의가 있었던 게 아니니까……. 게다가 그렇게 치면 나 역시도 완벽하게 평범한 축에 드는 성실한 사람은 아니라는 사실을 스스로 잘 알고 있는 만큼 피차일반이기도 하고…….

자기 의사를 확실하게 표현할 줄 아는 사람은 대단하지. 나는 못 하겠어.

"그런데 이사 와서 아는 사람이 한 명도 없으면 매일 어떻게 지내고 있어?"

"일을 하고 있어요."

"설마 했던 사회인?!"

거짓말이지……? 역에서 집까지 걸어갈 줄 몰라서 역 앞에 쭈그려 앉아있던 여자애가……? 이런데도 일을 할 수 있다면 나도 가능하지 않을까?! (무례)

"그리고 집에서는 항상 게임을 해요."

"!"

루시 짱이 말한 게임 이름은 전 세계적으로도 큰 인기를 끌고 있고, 내가 요즘 제일 재미있게 즐기고 있는 FPS 게임이었다.

"그, 그걸 한다고……? 루시 짱. 참고삼아 묻는데 랭크는 어느 정도……."

"플래티넘이에요."

"나랑 똑같아!"

나도 모르게 붙잡은 손에 힘이 들어갔다.

"이야— 이거 기쁜걸. 나랑 비슷한 수준으로 FPS를 하는 여자애를 본 적이 없어서……. 와— 기뻐. 있지있지, 주로 쓰는 캐릭터는 누구야?"

"맵이나 파티 구성에 따라 다르지만요, 메인으로 쓰는 애는——."

그렇게 한동안 우리는 FPS 이야기로 꽃을 피웠다. 아니지, 내가 일방적으로 주절주절 떠들었나……? 아니야! 분명 즐겁게 이야기꽃을 피웠을 거야!

취미 얘기는 뭐든 조금씩 탐색하듯 이어가는 법이다. 공을 던지는 힘을 단계적으로 늘려가면서 상대가 어느 정도까지 잡아낼 수 있는지를 확인해 나가는 작업인데.

루시 짱은 내가 얼마나 힘을 줘서 던지든 전부 막힘없이 받아주었다.

"그치, 그 운영은 정말로 밸런스 조정 방침이 이상하지! 그도 그럴 게 업데이트를 그런 식으로 해버리면 지금까지 잘 썼던 캐릭터가 완전히 하위호환으로 전락해 버린다는 걸 자기들도 알잖아! 사용률을 일부러 확 낮춰서 다른 캐릭터들도 써주길 바라는 걸지도 모르지만, 아무리 그래도 그런 식은 아니지!"

"맞아요. 루시의 주 캐릭터라서 정말 슬펐어요. 랭크 매치에선 쉽게 보기 힘들어졌지만 그래도 사실은 여전히 자주 쓰기도 하는데요."

"어? 그랬구나?!"

흥분해서 점점 말이 빨라지기 시작하는 나. 그런데도 루시 짱은 계속 싫은 내색 없이 대화를 이어갔다. 우리는 정말로 즐거운 시간을 보내다가 드디어――.

"앗, 저기, 여기가 루시 짱네 집?"

"맞아요."

메모에 적힌 주소지에 있는 건물은 올려다보려면 목이 아플 정도로 높은 고층 맨션이었다. 접수처에 컨시어지가 있을 것만 같은 건물이다.
“대, 대단한 곳에 살고 있구나.”
“네. **지상에서 스나한테 표적이 되더라도** 이 정도 각도라면 안심이에요.”
후후후, 하고 웃는 루시 짱. 참고로 스나라는 건 FPS에서 쓰는 용어로, 스나이퍼의 준말이다. 이런 단어가 자연스럽게 입에서 나올 정도로 게임을 즐기고 있구나, 루시 짱……!
“그럼 레나코 님. 오늘은 정말로 고맙습니다. 이 답례는 언젠가 꼭.”
“앗, 아니야. 답례 같은 건 괜찮다니깐. 나도 즐거웠어!”
루시 짱은 그 자리에서 허리를 숙여 인사했다. 찰랑이는 은색 머리카락은 맑은 강바닥 아래 태양 빛을 받아 빛나는 조개껍질처럼 무척이나 예뻤다.
“다음에 같이 게임하자!”
“네, 꼭이요.”
문득 루시 짱은 무언가 생각났는지 고개를 들고선 종종걸음으로 다가왔다. 어리둥절한 내가 얼굴에 물음표를 띄우고 있었더니 정면으로 꼭 끌어안겼다. 으왓!
그리고선 귓가에 속삭인다.
“정말로, 고마웠어요……. Merci du fond du cœur.”
“어? 뭐?”
신비한 울림을 띤 목소리가 귓가에 울려서 나도 모르게 몸이 굳었다.

루시 짱은 나를 놓아준 다음 한 번 더 고개를 숙이고서 맨션 안으로 들어갔다.

뜨거워진 귓가를 누르면서 두근두근하는 가슴과 함께 중얼거렸다.

"그……. 방금 그건 어느 나라 말?"

수수께끼의 소녀 루시 짱과 나의 만남, 지금은 아직 이 만남에 대체 어떤 의미가 있는지 깨닫지 못한 채였다.

WATA-
Friends?
Lovers?
NARE

"레—나—코— 쿤—♪"

"으앗?"

학교 복도. 통통 튀는 목소리로 말을 거는 사람이 있어서 깜짝 놀라 뒤를 돌아보았다.

나에게 다가온 사람은 B반의 여자애. 저번에 구기대회 때 이런 저런 일들을 통해 아는 사이가 된 테루사와 요우코 짱이었다.

"지금 집에 가는 중?"

"응, 맞아."

요우코 짱은 구기대회가 끝난 뒤로도 나에게 여러모로 신경을 써주곤 했고, 그럴 때마다 내 가슴은 옆 반에도 친구(아니, 지인인가……?)가 있다는 느낌으로 벅차오르곤 했다.

혹시나 B반과 합동으로 뭔가를 하게 된다고 하더라도 외톨이가 되지 않을 테니 말이지……. 학교생활은 아는 사람이 많으면 많을수록 좋아……. 인맥이야말로 힘이야…….

"아, 그러면 레나코 쿤."

짝, 하고 손뼉을 친 요우코 짱이 애교 있게 내 얼굴을 들여다보았다. 윽, 이건 미소녀에게만 허락된 필살기, 올려다보는 시선으로 조르기다! 카호 짱도 자주 써먹는 그 기술!

"지금 친구들이랑 같이 놀러 갈 건데 레나코 쿤도 같이 어때—?"

"……치, 친구랑?"

"응!"

방긋 웃는 요우코 짱.

마음속의 아마오리 레나코가 끝이 뾰족한 안경을 슥 밀어 올리면서 비웃음을 흘렸다.

『아니 요우코 짱의 친구는 나한텐 그냥 친구의 친구일 뿐 새빨간 남남인데, 그런 사람이랑 같이 놀러 갈 이유는 딱히 없잖아요? 그런 당연한 사실조차 모르는 건가요?』

안 돼! 친구와의 우정에도 균열이 생겨버려!

트라우마를 떨쳐내는 데에는 성공했지만, 누군가의 권유를 딱 잘라 거절하는 건 여전히 거북했다. 왜냐하면 나는 상대방의 기분을 상하게 만들고 싶지 않으니까…….

전전긍긍하고 있었더니 요우코 짱 등 뒤에서 친구로 보이는 사람들이 다가왔다. 두 명이었다.

"테루사와, 한 명 더 초대해 볼 거라고 하더니 그게 혹시."

"오, 너 퀸텟의 아마오리 양이랑 아는 사이였어?"

남자애들이다―!

나는 어버버거리면서 엉거주춤하게 몸을 움츠렸다. 처음 보는 B반 남자애들……! 얼굴도 단정하고, 옷차림도 세련됐고, 운동도 잘할 것처럼 보이는 인싸 남학생!

"어때? 레나코 쿤."

"어, 그게그게, 저기저기……!"

요즘 들어 조금씩 남자애들한테도 적응이 됐다고 생각했는데 그건 내 착각이었다. 내가 적응한 건 A반 내에서도 가끔 대화를 나누는 시미즈 군과 후지무라 군 둘뿐이었고, 『남자』라는 종족 자체에 익숙해진 게 아니었다.

요우코 짱이 얼굴을 가까이 들이밀며 친근함이 가득 느껴지는 눈으로 씩 웃었다.

"응응, 있지, 사실 내가 보기엔 여기 두 사람, 어쩌면 레나코 쿤한테 관심이 있을지도 모르겠다는 생각이 들어. 어때? 둘 다 레나코 쿤이 하는 말이라면 뭐든 다 받아줄지도—?"

나왔다! 퀸텟 내에서도 아마오리 레나코라면 노릴만하지 않냐는 그거! 공략 난이도는 낮은 편에 속하는 데 비해 성공하면 퀸텟 멤버 중 한 명과 사귀고 있다는 타이틀을 손에 넣을 수 있으니 가성비 좋은 매물이라고 공략 위키에도 적혀 있는 그거!

아니 그보다, 그런 거라면 더더욱 곤란하다고요! 나한테 계속해서 말을 걸 거라는 뜻이잖아!

어쩌지, 어쩌지, 거절하고 싶지만 어떻게 거절해야 좋을까.

요우코 짱은 좋은 마음으로 권해주는 걸 테니까, 여기서는 아는 사이라는 이름의 아직 채 열매를 맺지 못한 꽃봉오리를 시들지 않게 하면서도 아무도 마음 상하는 일 없이 부드럽게 권유를 거절하기 위해서……!

뜬금없이 갑자기 슈퍼 파워를 각성한 다음 시간을 되돌릴 수밖에 없는 거 아닐까……?! 에잇! 시간이여 되돌아가라! 타임 리프!

있는 힘껏 미간을 찌푸려 봤지만 새로운 힘은 발동되지 않았다. 대신 전혀 상관없는 방향에서 구원의 손길이 다가왔다.

"……뭐 하고 있는 거야, 아마오리."

"사츠키 양!"

교실에서 나온 사츠키 양은 복도에 서서 사이코 키네시스를 각성하기 위해 끙끙대는 나를 보며 눈썹을 찌푸렸다. 그리고선 요우코 짱 쪽으로 슥, 시선을 옮겼다.

"테루사와."

"아하하. 안녕, 코토 씨♪"

어라? 자연스럽게 인사를 주고받는 두 사람의 모습에 나는 고개를 갸웃거렸다.

"둘이 아는 사이?"

사츠키 양은 완벽한 무표정. 사츠키 양 대신 요우코 짱이 웃으면서 말했다.

"응, 어쩌다 보니 말이지♪ 그것보다 레나코 쿤. 응? 같이 놀자."

으으으, 그건 좀…….

내가 우물쭈물하고 있으니까 사츠키 양이 내 어깨를 붙잡았다.

"안타깝지만. 아마오리는 오늘 나랑 볼일이 있어."

"……헤에?"

요우코 짱의 눈이 가늘어졌다. 하지만 그것도 한순간. 요우코 짱은 귀여운 미소를 지었다.

"어—? 그랬어?"

요우코 짱이 바라보는 시선에 나는 어색하게 고개를 끄덕였다.

"아, 으, 응! 마, 맞아…… 사실 그렇게 돼서……! 미안!"

"그렇구나. 그럼 어쩔 수 없네! 다음 기회에."

등을 돌린 요우코 짱이 뭐라뭐라 말하자 남자애들은 아쉬운 기색을 내비치면서도 깔끔한 태도로 "그럼 다음에—"라며 손을 흔들었다. 착한 애들이다. 난감해.

아하하……. 나도 힘없이 손을 흔들어 주었다.

"테루사와."

자리를 떠나는 요우코 짱의 등을 향해 사츠키 양이 차가운 목소리로 입을 열었다.

요우코 짱은 우뚝 멈춰 섰다.

"멋대로 엉뚱한 짓 하지 말아 줘. 내가 하겠다고 분명 말했어."

뒤를 돌아보는 요우코 짱의 표정은 언제나처럼 웃는 얼굴이었지만 어쩐지 뭔가에 분해하는 것처럼 입꼬리가 실룩실룩 경련하고 있었다.

"……그랬던가?"

"그래. 그러니까 **수고했어**."

"음……. 그러면 이만. 열심히 해봐—♪"

요우코 짱은 손을 살랑살랑 흔들며 이번엔 멈추는 일 없이 자리를 떠났다.

뭘까……. 나는 살짝 겁먹은 상태로 사츠키 양을 올려다보았다. 두 사람 사이에 흐르는 미묘한 분위기 속에서 차가운 한기와도 같은 무언가를 느꼈다.

실제로도 사츠키 양은 구기대회 때 있었던 일 때문에 B반과 전쟁을 벌이겠다고 잔뜩 열의를 불태웠으니까……. 아직 그때의 갈등이 해소되지 않고 남아있는 걸까…….

쭈뼛쭈뼛 물었다.

"혹시……. 사이가 나쁜 건가요?"

"그런 게 아니야. 나는 누구에게나 이런 느낌이야."

"하긴 그것도 그러네요."

"……."

바로 납득했더니, 어째선지 사츠키 양이 냉담한 시선으로 나를 내려다보았다. 그치만 설득력이 넘쳤는걸! 그런 태도로 세상을 살아가는 사츠키 양 잘못이잖아?!

"앗, 그런데 괜찮은 건가요? 아까 오늘은 조금 더 공부하고 집에 갈 생각이라면서요."

사츠키 양은 이미 집에 갈 준비를 완벽하게 마치고서 신발까지 들고 있었다.

"……뭐, 어느 쪽이든 상관없어. 네 여동생 일도 조금 신경 쓰이던 참이었으니까. 이왕 이렇게 됐으니 이대로 같이 집으로 가자."

"아, 알겠습니다."

나는 사츠키 양을 데리고서 같이 걸었다. 역시 친구와 함께 있으니 마음이 편하네…… 라고 말하고 싶은 마음은 굴뚝같지만 조금도 마음이 진정되질 않네. 긴장하게 돼.

사츠키 양은 내 제일가는 절친이지만 카테고리에 약간 차이가 있으니까 말이지……!

하다못해 분위기라도 부드럽게 만들 수 있을 만한 뭔가가, 뭔가가.

그러고 있을 때 사츠키 양이 혼잣말처럼 말했다.

"……착각하지 않도록 해. 지금 이건 너를 도우려는 게 아니라

단순히 네 여동생 일이 뇌리에 떠올라서 공부에 집중할 수 없게 됐을 뿐이니까. 테루사와의 밝은 목소리가 들려와서 신경이 쓰였던 게 아니니까."

"엇, 앗, 넵. 알고 있습니다!"

나는 낚싯대 끝에 달린 미끼에 바로 달려드는 빙어처럼 사츠키 양이 던진 화제를 덥석 물었다.

"사츠키 양이 그런 착한 마음으로 저를 도우러 온다니, 그렇게 좋게 좋게 생각할 리가 없잖아요! 걱정 마세요! 사츠키 양은 분명 가끔 몹시 상냥할 때도 있고, 때로는 이 사람이야말로 어쩌면 진짜 천사 아닐까?! 하는 정신 나간 생각이 들 때도 있긴 하지만, 그래도 기본적으론 자기 자신을 포함한 모든 사람한테 엄격할뿐더러, 유치원 시절에 모모타로 이야기를 읽고선『민중이라는 약자는 도깨비한테 착취당하고, 그런 도깨비보다 강한 모모타로가 모든 보물을 남김없이 약탈한다. 약육강식. 그것이야말로 유일하게 믿을 수 있는 이 세상의 진정한 섭리인 거구나』라고 감상을 얘기했을 만한 사람이라는 사실쯤이야 확실하게 잘 알고 있으니까!"

사츠키 양이 로우킥으로 내 오금을 걷어찼다.

"아얏?! 어째서?!"

비명을 질렀더니 사츠키 양은 아무 일 없었다는 듯이 산뜻하게 흑발을 나부끼면서 앞으로 걸어갔다.

"뭘 우두커니 서 있는 거야. 어서 가자, 아마오리."

가는 도중. 나는 겁에 질려 덜덜 떨면서도 저번에 아지사이 양이 집에 왔을 때 어떤 대화가 오갔었는지 얘기했다.

흐음 그랬구나, 라면서 (나한테 로우킥을 날린) 사츠키 양은 겉으로 보기엔 조금도 달라지지 않은 태도로 (나를 로우킥으로 걷어찬) 쭉 뻗은 다리를 성큼성큼 내디디며 역까지 이어지는 길을 걸었다.

"세나의 배려와 마음 씀씀이를 헛되이 만든 거네."

"그건…… 확실히 그런 느낌이었죠."

"누군가한테 고민을 털어놓고 싶다면 세나보다 더 나은 상대는 없을 테지만, 애초에 아무한테도 말할 생각이 없는 사람한테 속내를 털어놓도록 만드는 건 오히려 세나가 서투른 분야라고 해도 과언이 아니야. 걔는 수녀나 신부님이지 마음의 외과 의사가 아니니까."

뒤에 붙은 비유는 잘 이해가 가지 않았지만…… 앞에 나온 말은 그럴지도 모르겠다는 생각이 들었다.

저번에 여동생의 등교 거부에 대해 얘기를 털어놨을 땐 그다지 관심 없다는 듯한 태도였는데 이러니저러니 해도 (나한테 로우킥을 날린) 사츠키 양도 힘을 빌려주려는 모양이다. 이렇게 고마울 데가…….

"(나한테 로우킥을 날린) 사츠키 양은 뭐라고 해야 하나, 사람을 똑바로 보고 있네요."

"……. 그게 무슨 뜻이야?"

"앗, 아뇨, 다른 뜻이 있는 게 아니고! 저는 아지사이 양이라면 분명 만사 오케이야! 라고만 생각했거든요……. 나는 거기까지 생각이 닿지 않았구나, 싫어서."

여름방학 때 사츠키 양한테 들었던 말이 떠올랐다. 『그러니까 너는 스스로가 만들어 낸 환상의 세나가 아닌, 진짜 세나를 봐주도록 해』라고 했던 말.

그런 의미에선 나는 아직도 내가 보고 싶은 환상 속의 아지사이 양을 보고 있었던 걸지도 모른다.

자신에게 힘에 부치는 일인데도 누군가가 자꾸만 기대를 걸며 부담을 주는 건 괴로운 일이다.

그렇다면…… 어쩌면 나는 아지사이 양을 힘들게 했던 걸까. (그러고 보니 아지사이 양이 『어휴— 으휴—』 하면서 나를 때렸었지……. 어쩌면 내 평소 언동에 문제가 있는 걸까……?)

"뭐, 네가 그 점을 깨달았다는 점만으로도 상당히 성장한 거야."

"그런 걸까요……?"

"최소한 나는 그 사람의 탐탁지 않은 부분이나 보고 싶지 않은 부분까지 알게 된 이후에도, 그래도 이 사람과 친구, 혹은 가족으로 지내고 싶다면서 서로를 이해하고 유대감을 쌓는 게 훨씬 좋은 관계라고 생각하거든."

으음…… 심오하다.

저 말도 이제는 약간은 이해가 간다.

언젠가 다시 이 순간을 되돌아봤을 때, 사츠키 양이 진짜 하고 싶은 말이 바로 이거였구나…… 하고 깨닫게 되는 날이 올지도 모른다.

그건 방금 사츠키 양이 말했던 것처럼 일종의 성장이라고 생각하지만, 그래도 안타까운 마음도 든다. 다른 퀸텟 친구들과 나 사이엔 여전히 격차가 있다는 증거니까.

……아냐아냐! 그거야 당연한 소리잖아! 애초에 그러니까 나도 열심히 해야겠다고 결심했던 거였는걸!

"노력할게요! 저!"

"그래. 알아서 노력해 봐."

"**베프**인 사츠키 양이 울면서 『너는 내 자랑거리였어』라고 말할 수 있도록!"

"그건 너랑 나, 둘 중 한 명이 죽었을 때 하는 말 아니야?"

그런 대화를 나누며 전철을 타고 우리 집에서 제일 가까운 역으로 이동했다.

"그건 그렇고 이건 정말 아무래도 좋은 잡담 삼아 하는 얘기인데."

"네. 엥? 네."

굉장히 뜬금없는 서론과 함께 사츠키 양이 입을 열었다.

"너, 요즘 테라사와한테 무슨 일 당한 적 있어?"

"저기……."

나는 쭈뼛거리며 되물었다.

"역시 사이가 안 좋은 건가요……?"

친구와 친구가 서로 사이가 안 좋은 건 흔히 있는 일이지만, 흔한 만큼 최악이다. 다른 사람의 기분을 맞춰주는 게 서투른 내가 이 세상을 살아가기 힘든 이유 중 하나다.

"그래서 그런 게 아니니까."

"그래도……."

"B반에 대한 감정을 두고 하는 소리라면 구기대회를 통해 다 풀렸어. 오히려 나를 열받게 하는 사람은 마지막에 나타나서 멋진 장면은 다 가져간 마이야."

"그건 그것대로 불합리해!"

하지만 뭐, 그것도 그렇지. 사츠키 양은 이미 쓰러트린 상대한테 언제까지고 뒤끝을 남기는 성격 같진 않았다. 뇌 용량 낭비라고 여길 것 같아.

그럼 요우코 짱을 향해 느껴졌던 가시 돋친 분위기도 기분 탓이었던 걸까.

만약 그렇다고 치면, 왜 나랑 요우코 짱에 대해서 묻는 건지 잘 이해가 가지 않는다.

허접한 두뇌로도 최선을 다해 열심히 머리를 굴려봤지만.

"됐으니까 말해 봐."

결국 그 말 한마디에 석연치 않은 기분과 함께 얘기를 털어놓았다……! 사츠키 양은 항상 막무가내구나!

"그냥 아무것도 아니에요. 가끔 마주치면 말을 걸러 다가오거나, 슬쩍 같이 놀지 않겠냐고 권하는 정도뿐이라."

"흐응. 어디 놀러 간 적 있어?"

"으음—. 방과 후에 카페에 들른 적은 있네요. 그, 역 앞에 있는."

"무슨 얘기를 나눴어?"

"네? 어어, 그때는, 어디 보자……."

기억을 더듬었다.

다시 생각해 보니 이것저것 질문만 잔뜩 들었다는 느낌이 든다.
"앗."
"왜?"
"아, 아뇨, 별것 아니고!"
그러고 보니 요우코 짱은 나에 대해 한 가지 엄청난 착각을 하고 있는데, 그 사실에 대해 꼬치꼬치 캐물었던 적이 있었다.
한마디로 말해 **카호 짱과 내가 사귀는 사이**라는 오해다.
『레나코 쿤은 여자애들한테 엄청 인기 많을 것 같은걸―♪ 혹시 여자친구가 그밖에 또 있다거나―♪』라는 소리를 꺼내서 간 떨어지는 줄 알았다.
여자친구가 또 있다는 말은 틀린 말이 아니다……. 그저 내가 사귀는 상대가 카호 짱이 아니라 마이와 아지사이 양일뿐……!
당연하지만 그런 말을 입 밖으로 낼 수도 없는 노릇이니.
마지막에는『그래그래, 남한테 쉽게 털어놓을 말은 아니겠지♪ 그럼 레나코 쿤이랑 더 많이 친해질 수 있도록 노력할게!』라며 웃었다.
요우코 짱의 마음은 기뻤고, 나도 친해질 수 있다면 더 친해지고 싶다. 하지만 사이가 더 가까워지면 또다시 캐묻는 말이 나오겠지…….
여자애라면 누구나 연애 얘기에 눈을 빛낸다고들 하니까. 심지어 사츠키 양조차 연애 소설에 푹 빠져 탐독하고 있을 정도다.
"아무튼 대단한 얘기는 하나도 없었다고요. 정말로요."
"그래. ……일단 아직은 슬쩍 떠보는 단계인 모양이네. 알겠어."

"네? 뭐가요?"

"아무것도 아니야. 혼잣말."

"네에."

그런데 왜 갑자기 나랑 요우코 짱 얘기를 물어보고 싶었던 걸까.

앗, 설마!

내 머리 위로 뿅, 하고 전구가 켜졌다.

이거, 아지사이 교수님의 수업에서 배웠던 거다!

"설마 사츠키 양, 질투하시는 건가요?! **절친**인 저를 남한테 빼앗길지도 모른다는 생각에! 그렇구나, 이게 바로 질투! 하나 배웠어요, 사츠키 양!"

몇 초 후, 나는 다시 한번 사츠키 양한테 로우킥으로 오금을 걷어차였다.

사츠키 양 요즘 너무 난폭해요! 이 폭력계 히로인!

일단 (나한테 로우킥을 두 번이나 날린) 사츠키 양이 정말로 질투를 했는지 아닌지는 둘째치고서, 질투라는 감정을 다루는 건 니트로글리세린을 다루는 것만큼이나 어려운 것 같았다. 내 인간 레벨로는 아직 함부로 손을 대지 않는 편이 낫지 않을까…….

그런 생각을 하는 사이에 우리 집에 도착했다.

저번과 마찬가지로 여동생의 방을 노크. 방문을 열자, 오늘은 게임을 하는 게 아니라 스마트폰을 보며 침대 위에서 뒹굴거리는 여동생이 보였다.

"다녀왔어. 그리고 오늘도 손님이 같이 왔어."

"어?"

펄쩍 일어나는 여동생. 내 뒤에 서 있던 (나한테 로우킥을 두 번이나 날린…… 아니, 이제 이건 됐다고 치고) 흑발의 미소녀가 살짝 손을 들었다.

"잠깐 실례할게. 오랜만이네."

"사, 사츠키 선배!"

여동생은 재빠르게 빗으로 머리를 정리한 다음, 저번처럼 방석을 바닥에 깔았다. 그러고는 나를 가볍게 노려보면서.

"언니, 다음부터는 손님을 데려올 땐 제대로 미리 연락을 해줬으면 좋겠네……."

"미안, 미안."

순순히 사과하면서 마음속으론 혀를 쏙 내밀었다. 미리 연락하면 집에 도착하기 전에 받아칠 말을 미리 준비해 놓을 위험성이 있으니까 말이지. 앞으로도 계속 기습 방문할 거야.

"에고, 이런 실내복 차림이라 죄송합니다. 그래서 저……. 사츠키 선배도 혹시 저한테 용무가 있어서…… 오신 건가요?"

사츠키 양이 다리를 접어 바른 자세로 앉았다.

"맞아. 언니한테서 네 얘기를 듣고 조금 얘기를 나눠 볼까 싶어서."

"그런가요……. 이런, 정말 수고를 끼쳤네요."

여동생이 꾸벅 고개를 숙였다. 항상 선배 앞에선 예의만큼은 바르다.

다만 오늘은 저번처럼 순순히 넘어가진 못할 거다, 여동생.

뭐니 뭐니 해도 사츠키 양이 행차했으니까. 최대한 상대방을 배려하고, 마음을 사르르 풀어주는 아지사이 양과는 사는 세계부터가 달라.

오른손에는 최루 스프레이, 왼손에는 스턴건을 장착한 어머니한테 『덤벼드는 상대는 확실하게 때려눕히렴』이라고 배우며 자란 여자다. 이쯤 되면 거의 조르딕 가문에 버금가는 수준이지.

이번에는 제아무리 만만찮은 상대인 여동생이라 하더라도, 상대가 나빴다고밖에 표현할 말이 없다.

자아, 진정한 『횡포』를 맛보도록 하거라──.

내가 속으로 섀도복싱을 하고 있었더니, 사츠키 양이 머리카락을 귀 뒤로 쓸어 넘기면서 포문을 열었다.

"세나가 먼저 왔던 모양이네."

"앗, 네. 아지사이 선배 말이죠. 같이 신나게 놀았거든요!"

"나는 세나랑은 달라서 네 기분에 맞춰줄 생각은 없어."

태연한 얼굴로 거침없이 찌르고 들어가는 사츠키 양.

방 안에 묘한 긴장감이 감돌기 시작했다.

……혹시나 말이지만 너무 과격한 짓은 하지 않는 거 맞죠? 사츠키 양.

대화(주먹이 오가는 몸의 대화가 아니다)가 끝난 뒤에는 어린애처럼 엉엉 우는 여동생의 모습만이 남아있다거나 그런 거 아니지……? 그건 그것대로 전혀 상상이 가지 않지만, 가능성이 0이라곤 할 수 없어……!

『이젠 학교에 가기 싫어어…… 사람이 무서워어……』라며 울음을 터트린 여동생은 흑발의 여자한테 트라우마가 생겨서 아예 본격적으로 등교 거부의 길을 걷기 시작하는데…… 설마 이런 건 아니지?!

애초에 여동생이 울고 있는 모습은 본 적이 없기도 하고. …… 어라? 본 적 없었, 던가……?

뭔가가 기억나려고 했던 타이밍에 여동생이 사츠키 양에게 쭈뼛쭈뼛 물었다.

"맞춰줄 생각은 없다고…… 하시면?"

"학교를 쉬고 있다고 들었어."

"네에, 뭐."

"그러면 공부를 따라가기 많이 힘들어지지 않을까."

사츠키 양이 단도직입적으로 말을 꺼냈다.

그건 누구나 걱정하는 점이다. 하지만 부모님이나 가족이 그런 말을 꺼낸다면 분명『그런 것쯤 나도 알아!』라며 반발할 만한 지극히 타당한 정론이었다. 사츠키 양은 정면으로 정론을 들이댔다.

"당연한 얘기지만 하루를 쉬면 하루만큼. 일주일을 쉬면 따라잡기 위해 그만큼의 시간이 필요해. 그 점에 대해선 어떻게 생각하고 있어?"

다만 말투가 좀 지나치게 날카롭다는 느낌이 든다. 저 화법은 내 가슴에 푹푹 꽂혀…….

그건 그렇고 내가 등교 거부를 하던 시절에 사츠키 양이 우리 집에 와서 이런 소리를 했다면 틀림없이 엉엉 울었을 거야.

여동생은 울지 않았다.

"그 점은 알고 있어요. 괜찮아요."

또박또박 대답하는 여동생. 일어서서 책상으로 걸어가더니 노트 한 권을 꺼냈다.

"쉬는 동안 진행된 진도만큼, 진도를 따라가고 있어요."

"엥?"

저도 모르게 소리를 낸 사람은 나였다. 진짜로?

"학교를 쉬고 있는데 학교 공부를 하고 있어?"

"어? 하고 있는데."

뭘 당연한 소리를 하냐는 듯한 말투로 태연하게 대답하는 여동생.

아니…… 리얼로?

사츠키 양은 표정을 바꾸지 않았다.

"독학으로 진도를 나가는 것과 수업을 듣고 배우는 건 커다란 차이가 있지. 내용 이해도에서 차이가 생기지 않을까?"

그렇지 않아요! 라며 발끈하는 일 없이 여동생은 "그러네요—" 라고 대답했다.

"하지만 저는 이렇게 보여도 공부는 꽤 잘했거든요. 전교에서 30등 이내에는 들 정도라서 아무런 어려움 없이 따라잡을 수 있는 수준이라고 생각해요."

"……흐응."

그러자 사츠키 양은 가볍게 눈썹을 치켜세웠다. 어? 뭔데뭔데?

"네가 얼마만큼 정확하게 견적을 내고 있는지, 어쩌면 단순히 낙관적으로만 보고 있는 건 아닌지 잘 모르겠네."

“으, 그건 그럴지도 모르지만요……. 앗, 그렇다면!”

여동생의 표정이 확 밝아졌다.

“혹시 괜찮다면 모르는 문제가 있을 땐 앞으로 사츠키 선배한테 라인으로 여쭤봐도 괜찮을까요? 그러면 공부하기가 훨씬 편해질 것 같아요!”

아니아니아니.

그런 짓을 하면 여동생이 학교에 갈 이유가 더더욱 사라지잖아!

“좋아.”

“좋다고?!”

나도 모르게 말이 튀어나왔다.

사츠키 양은 나를 돌아보지도 않고서.

“어떤 상황에 놓여 있든, 그 사람이 진심으로 공부를 하고 싶다고 바란다면 힘을 보태주지 않을 이유가 하나도 없는걸.”

“사츠키 선배……. 정말로 감사합니다!”

방금은 살짝 농담조로 말했던 여동생도 이번엔 깊이 고개 숙여 감사를 표했다.

엑, 에엑…….

뭔가 일이 잘 마무리됐다는 분위기처럼 흘러가고 있는데요!

“사츠키 양! 그야 첫발은 빗나가고 말았지만, 두 발, 세 발 연이어 압박해 들어가도 되는데요?!”

그러자 사츠키 양은 살짝 미간을 찌푸리며.

“……나보고 『학교는 사회를 배울 수 있는 배움터니까 일단은 학교에 가는 게 나아. 남들과 소통하는 능력을 키우기 위해서라도 필요한 일이야』라는 소리라도 하라고?"

사람은 누구나 자기한테도 할 수 있는 말밖에 할 수 없다. 그 점은 알지만.

"전에 말한 적도 있잖아요! 말싸움의 극의는 얼마나 스스로에게 뻔뻔해지느냐, 라고요!"

"딱히 나는 네 여동생이랑 싸우기 위해서 여기 온 게 아니야."

"으윽!"

그 말은 지극히 타당한 말이었다. 착각하고 있던 건 나였다.

"다만."

다시 여동생 쪽으로 고개를 돌린 사츠키 양은 마치 이게 최후 통첩이라는 것처럼 말했다.

"환경은 살아있는 생물이야. 네가 학교를 오래 쉰다면 네가 있었던 자리를 누군가가 대신 메우게 될 거야. 그러면 너는 분명『내가 있을 곳을 빼앗겼다』라고 느끼게 되겠지. 그 점은 잊지 마."

"……."

여동생의 눈이 살짝 흔들렸다.

최소한 그 말만큼은 여동생의 마음을 울렸다는 느낌이 든다.

하지만 여동생은 금방 표정을 수습하고서.

"네, 감사합니다. 사츠키 선배."

각오한 바라는 듯이 고개를 끄덕였다.

대화가 마무리되자 사츠키 양은 주변을 떠돌고 있었던 무거운 분위기를 싹 흩어버렸다.

"……그래. 그렇다면 됐어. 그래서 어딘가 잘 이해가 안 가는 부분은 있었어?"

여동생은 웃음을 지었다.

"앗, 그러면 바로! 수학이랑 물리랑 영어인데요!"

"한두 곳이 아니었잖아. 나 참……."

사츠키 양이 못 말리겠다는 듯한 표정으로 여동생 옆에 나란히 앉았다.

가정교사 사츠키 양과 모범생 여동생의 목소리가 방 안에 울려 퍼졌다. 나는 꿔다 놓은 보릿자루라도 된 기분을 맛보며 부들부들 몸을 떨었다.

아지사이 양에 이어 사츠키 양마저도 여동생을 설득하는 일에 실패했다……. 역시 이건 예상하지 못한 사태…….

"아아, 그리고 이건 괜한 참견일지도 모르지만."

"네?"

사츠키 양은 별것 아니라는 듯한 말투로 말했다.

"가족한테 너무 걱정 끼치지 말도록 해."

여동생은 깜짝 놀란 표정이 되더니 언니인 내 쪽을 보았다.

한순간 눈이 마주친다.

무슨 말을 꺼내려나 했는데…….

여동생은 사츠키 양의 말을 웃어넘겼다.

"아하하, 그것만큼은 걱정하지 마세요! 언니가 제 걱정이라니, 백 년은 일러요!"

"그건 맞는 말일지도 모르겠네."

"으으으으으으윽."

팩트로 때리지 말라고! 팩트로!

＊＊＊

“설마 학교를 쉬는 동안에도 제대로 공부하고 있을 거라곤 생각 안 하잖아…….”

“히엑—. 그건 진짜 만만치 않은걸.”

학교 점심시간.

나는 카호 짱과 함께 학교 안뜰 벤치에 앉아있었다.

본격적인 겨울이 찾아오기 전 올해 마지막으로 이 휴식 공간을 즐기기 위해 나온 참이었다.

내 어두운 표정과는 별개로 오늘은 구름 한 점 찾아볼 수 없는 맑은 가을 날씨. 공기도 선선해서 쾌적한 날이었다.

“하지만 그렇다고 치면 정말 왜 학교를 안 가고 쉬는 걸까.”

“그거 말인데…….”

나는 어제 집에 오는 길에 사츠키 양한테 들었던 말을 그대로 전했다.

『걔는 학교 공부를 아무 어려움 없이 따라잡을 수 있는 수준이라고 말했어. 다시 말해 이대로 졸업할 때까지 학교를 쉴 생각이 아니고 언젠가는 다시 학교에 갈 생각이 있다는 뜻이야. 그렇다면 이 등교 거부는 오히려 파업에 가까운 행위 아닐까.』

으음—, 하고 카호 짱이 팔짱을 꼈다.

“그렇단 말이지……. 그렇다는 말은 역시 이유가 있다는 뜻인가—.”

“그런 모양이야. 뭐, 나한텐 그 이유를 말해주지 않는 거지만…….”

아지사이 양과 사츠키 양이 캐내지 못한 이유를 내가 말하게 만들 수 있을 거라는 생각은 안 들지만……. 훌쩍.

“나도 일단 세라라—라 세—라라한테 이것저것 물어보려고 하고는 있긴 한데.”

퀸텟 친구들에게 힘을 빌려달라고 부탁했을 때, 카호 짱만은 다른 쪽으로 힘을 보태주기로 했다.

『생각해 보니 여동생네 친구. 내가 아는 애였던 것 같거든! 그러니까 이런 방법도 가능하지 않을까.』

그렇다. 카호 짱은 우리 여동생 친구인 세이라 양과 옛날부터 알고 지내던 사이. 아니 까놓고 말해 코스프레 동료다.

여동생이 등교 거부를 시작한 이유도 세이라 양이라면 알고 있을지도 모른다. 그런 생각에 카호 짱이 행동에 나서주었다. 나는 떠올리지 못했던 발상!

카호 짱이 팩 음료를 쪼옥 빨아 마시면서.

“걔는 이번 일에 대해선 이상할 정도로 자꾸만 몸 비틀어 도망다니고 있거든. 라인이든 DM이든 인스타 메시지든 내가 아는 모든 연락처로 찔러보고 있는데도 답장이 하나도 없고.”

“하긴 각 SNS 계정마다 다 따로 담당자가 있는 것도 아닐 테니까…….”

하지만 그렇다는 말은.

“세이라 양은 역시 뭔가 아는 게 있다는 뜻?”
“응, 분명 그렇겠지. 틀림없겠어.”
증거를 붙잡은 탐정처럼 힘주어 고개를 끄덕이는 카호 짱.
“그런고로 이쪽은 나한테 맡기도록 하시게. 다른 사람도 아닌 레나찡의 여동생을 위해서 노력해 볼 테니까!”
믿음직스러운 미소에 나도 모르게 심쿵했다.
“우우, 카호 짱~! 나는 좋은 친구를 둬서 정말 행복해~!”
“그치그치. 뭐, 반년 동안 기억 속에서 떠올리지 못했던 우정이긴 하지만요.”
“그건 진짜 미안하다니깐! 이제 앞으로는 평생 잊지 않을 테니까 용서해 줘!”
“글쎄 어쩔까냥.”
의심스럽게 바라보는 시선. 세상은 전과자에게 너무 엄격해!
“어, 어떻게 하면 믿어주실 건가요?!”
“글쎄냥……. 아, 그러면.”
카호 짱은 굉장히 꿍꿍이속이 가득한 표정을 지었다.
“배꼽 아래에 『카♡호』라는 글자로 문신을 새겨주면 믿어줄 게용.”
“진짜로 평생 잊지 못할 각인이잖아!”
나는 아랫배를 손으로 가리며 비명을 질렀다.
진짜로 그런 문신을 새겼다가 만약 마이랑 아지사이 양한테 들키기라도 하면 뭐라고 변명해야 하는 거야!
“그렇게까지 해준다면 마침내 우리 자기야의 사랑을 느낄 수가 있다냥♡"

"거짓말이야! 진심으로 우러나오는『으엑』하는 표정으로 질색할 거잖아! 안 할 건데?!"

헥헥, 숨을 헐떡였다. 나는 오늘도 카호 짱의 놀림감이었다.

……그러고 보니 아지사이 양이 카호 짱과 딱 달라붙어 있었던 일을 나중에 사과했었지. 내가 이렇게 카호 짱이랑 노는 것도 애정행각의 범주에 들어가는 걸까. 아지사이 양이 질투를 해……?

카호 짱과 눈이 마주쳤다. 카호 짱은 "응?" 하면서 귀엽게 고개를 갸웃거렸다.

아니…… 이건 친구잖아? 그냥 대화를 나눴을 뿐이고. 세이프 아닐까.

마음속 아지사이 양에게 물었다. 어떤가요? 아지사이 양.『응 괜찮아! 완전 세이프야!』고마워!

"왜 그래?"

"아니, 아무것도 아니야. 앞으로도 변치 말고 쭉 내 곁에 있어 줘, 카호 짱."

"또 나를 꼬시려는 거야?"

"아니라고!"

그건 이미 질투가 어쩌고 할 때가 아니잖아! 바람이잖아! 해선 안 될 짓이라고!

"레나찡은 있지."

카호 짱은 팔짱을 낀 포즈로 손에 턱을 괴었다. ……왜 그러시나요.

"마이마이랑 아 짱이랑, 동시에 사귀고 있잖아?"

"그, 그렇죠."

당황해서 혹시 다른 사람이 듣고 있지는 않은지 주변을 확인했다. 카호 짱은 나랑 다르게 근거도 없이 경솔한 행동을 하는 애가 아니니만큼 당연히 주변에는 아무도 없었다.

"그리고 지금 행복하잖아?"

"……네, 네에, 뭐."

망설임 없이『행복합니다!』라고 단언하기에는 책임감이나 주변의 시선이나 스스로의 노력 부족이나 한심함 등등, 수많은 점이『이의 있음!』이라며 손을 치켜들긴 하지만.

"그렇다면 그건, 만약 미래에 사귀는 사람이 네 명이 된다거나, 다섯 명이 되더라도 행복하다고 느낄 수 있다는 걸까?"

나는 저도 모르게 꿀 먹은 벙어리가 되었다.

"그 질문은 대체……?"

"음— 단순한 흥미."

단순한 흥미. 단순한 흥미인가……. 뭐, 셋이 동시에 사귀는 케이스는 주변에서 좀처럼 보기 힘들 테니까 흥미가 샘솟는 것도 당연하긴 한가…….

"어떨까, 잘 모르겠어."

애초에 사람이 더 늘어난다는 생각 자체를 전혀 해본 적 없다.

전에 사츠키 양이 둘이나 셋이나 마찬가지잖아? 라며 대시해온 적은 있었지만 그건 진심이 아니었을 테고.

"예를 들어 사 짱이——."

"어?"

갑자기 튀어나온 사츠키 양의 이름에 움찔했다. 어? 내 마음을 읽었어? 혹시 독심술을 쓸 줄 아는 사람이 전 세계적으로 증가하는 추세야?

"아니, 사 짱은 관두자……. 왠지 혼날 것 같으니까……."

"뭔데?!"

단순한 흥미인 것치고는 카호 짱의 태도가 왠지 진지했다.

내가 모르는 사이에 또 사츠키 양이 무슨 짓이라도 한 거야……?

아냐, 아무리 사츠키 양이라고 해도 그렇게 하루가 멀다 하고 문제를 일으킬 리가 없어. 사츠키 양은 언제나 냉정하고 이성적인 여자…… 맞지……? 왠지 자신이 없네.

"어느 날, 레나찡 앞에 엄청나게 매력적이고 멋지고 최고로 예쁜 여자애가 나타났습니다."

"응."

"그 여자애는 이런 수단 저런 수단을 동원해서 레나찡을 유혹해 옵니다. 최고로 예쁜 여자애라서 레나찡의 기분도 최고조에 달해 그 여자애랑 사귀고 싶네— 라는 생각이 듭니다."

나는 왠지 모르게 마이의 얼굴을 떠올렸다. 마이가 한 명 더……? 절대로 감당 못 해. 마이로 상상하는 건 관두자. 얼굴에 음영이 져 있는 여자애로 완성됐다. 앤 누구야…….

"그때 레나찡의 선택지는?"

"으음…………. 애초에 마이랑 아지사이 양보다 매력적인 여자애가 상상이 잘 안 가……."

"기습 여친 자랑?! 그럼 비슷한 수준인 걸로 해!"
"그런 애가 나한테 반할 리가 없어."
"진짜 귀찮은 여자라니깐!"
이 점만큼은 그런 소릴 하셔도…….
마이랑 아지사이 양이 나한테 반했다는 사실 자체가 온 세상 사람들이랑 가위바위보를 해서 전승 우승을 거두는 수준의 기적인 걸…….
"그럼 똑같은 일이 아 짱한테 일어난다면?!"
"똑같은 일."
"아 짱이 엄청나게 매력적인 사람을 찾아내서 그 사람이랑도 사귀고 싶다는 식으로 고민을 털어놓는다면?"
"………………."
나는 아지사이 양이 톰 크루즈를 데려온 장면을 상상해 봤다.
그럴 경우 나도 톰이랑 사귀게 되나……? 톰 군, 뤠나코, 이렇게 부르는 사이가 돼? 하지만 그게 아지사이 양이 바라는 일이라면…….
나도 내가 원하는 대로 해달라고 빌었던 거니까, 톰을 받아들여야만 한다……. 그게 무리무리라면 아지사이 양과는 헤어지게 되는 거지…………?
"점점 가슴이 아파지기 시작했어, 카호 짱."
"이것도 실패인가."
카호 짱은 사람을 되살리는 실험에 또 실패한 과학자처럼 손으로 이마를 짚었다.

그래도 확실히…….

"나는 둘째치고, 마이나 아지사이 양한테 그런 일이 일어나지 않을 거라는 보장은 없는 거구나……."

나는 제대로 노력하겠다고 결심했지만, 다른 사람들이라고 놀고 있는 것도 아니고 열심히 인생을 살고 있잖아. 나는 나만이 마이와 아지사이 양의 특별한 사람이라고 자신 있게 말할 수가 없어.

왜냐하면 지금 우리는 셋이서 사귀고 있는 거니까.

"아지사이 양한테 어렸을 때 서로 장래를 약속한 남자애가 있었고, 그 애가 미국으로 가서 톰 크루즈가 되어 아시가야 고등학교로 돌아오자 둘 다 과거에 품었던 사랑을 다시 떠올린다거나."

카호 짱이 "너무 어처구니없는 스토리잖아"라고 중얼거렸다.

내 입으로 말하고 보니 뭔가, 가슴속에 따끔하고 칙칙한 아픔이 느껴졌다. 아지사이 양은 나랑 사귀는 사이인데…… 라는 마음속의 목소리가 들려와서 헉, 하고 깨달았다.

이번에야말로 전구가 머리 위에서 번쩍번쩍 빛났다.

이게 질투……?!

확실히 그건 싫어. 아지사이 양한테 내가 모르는 소중한 남자애가 있다면, 크으윽, 싫은 기분이 들어!

그렇구나, 이게 질투……. 명백한 질투다.

나는 질투의 감정을 손에 넣었다!

"어쩌지, 카호 짱! 나는 그 사람을 받아들일 수 없을지도 모르겠어! 하지만 아지사이 양의 행복을 위해선 받아들여야 해! 그래도 무리야! 무리였어!"

"그럼 아 짱이 셋이 함께 사귀는 관계를 끊고서 톰 크루즈와 둘이서만 사귀게 되는 건가?"

"그것도 싫어! 그럼 곤란해! 아냐, 그래도, 그래서 아지사이 양이 행복하다면……?!"

그렇게 된다 해도 내가 마이와 사귀는 사이라는 사실은 남는 거니까 충분하다 못해 넘칠 정도로 행복한 일일 텐데도……. 셋이서 사귄다는 건 연인이 두 배! 불안도 두 배라는 뜻?!

점점 나로선 감당할 수 없는 얘기처럼 느껴지기 시작했다.

이런 상상 속 얘기 가지고 침울해지다니, 바보 같다.

나중에 아지사이 양한테 물어봤더니 어렸을 적에 미국으로 떠난 소꿉친구 남자애라는 존재는 없는 모양이었다. 다행이다. 아니 그게 아니지.

카호 짱을 무릎 위에 앉히고서 따뜻한 미소를 짓고 있던 아지사이 양의 모습을 떠올리며.

혼잣말처럼, 내 입에서 말이 흘러나왔다.

"만약 아지사이 양이 다른 좋아하는 사람이 생겨서 사귀고 싶다는 말을 꺼낸다면, 카호 짱이 좋아……. 카호 짱이라면 넷이서도 어떻게든 잘해 나갈 수 있을 듯한 느낌이 드니까……."

"………………………."

카호 짱은 잠시 침묵에 잠겼다.

……어라.

내가 뭔가 이상한 소리라도 했던 걸까, 하고 고개를 들었더니.

따악, 하고 카호 짱이 내 이마에 딱밤을 때렸다. 아얏.

“뭐, 뭐야?!”

웃음…… 이라고 해야 하나 그야말로 내숭이 한가득한 능글맞은 얼굴로 카호 짱이 말했다.

“레나찡은 정말로 한번 죽었다 깨는 편이 나을지도 모르겠네.”

“애초에 카호 짱이 먼저 꺼낸 얘기인데?!”

억울하기 짝이 없는 말에 나도 모르게 이마를 누르며 비명을 질렀다. 뭔가 나 요즘 애들한테 맞거나 걷어차이는 일들만 있지 않아?!

＊＊＊

“기다렸지, 레나코. ……레나코?”

나는 비틀비틀 리무진 안으로 들어와 좌석에 앉아있던 마이의 몸을 끌어안았다.

“으으, 마이는, 마이만큼은 마지막까지 내 곁에 있어줘…….”

“으, 응. 갑자기 왜 그래, 대체 무슨 일이.”

점심시간에 카호 짱과 나눴던 얘기는 금방 잊어버릴 줄 알았는데 머릿속 한구석에서 떠나지를 않았다. 덕분에 오후 수업 내내 집중할 수 없을 정도였다. 아니지 그건 매번 있는 일인가.

오늘은 마침내 대 하루나용 최종 병기, 마이가 나설 차례다.

하지만 그러기 전에 우선은 내 멘탈부터 회복해야 해…….

“으으, 마이……. 진짜 마이야…… 마이의 감촉…… 마이의 향기가 나…….”

"으, 응. 진짜 마이다만."
방과 후, 마중 온 리무진을 타고서 우리 집으로 향하는 길.
허리를 꼭 안고서 딱 달라붙어 있었더니 마이가 내 등을 토닥토닥 쓸어주었다.
"마이는 어때? 소꿉친구 있어?"
"소꿉친구 비슷한 사람은 있긴 한데."
"설마 할리우드 배우야?!"
"내가 아는 한 사츠키가 영화에 출연한 경력은 없는걸."
마이는 나를 무릎 위에 앉히고선.
"또 뭔가 상상해 봤다가 불안해진 걸까?"
"마이는 나에 대해서 뭐든 아는구나…… 대단해, 장래엔 아마오리 레나코 박사가 되려나……."
"그렇게 되면 좋겠다는 생각은 해."
밑도 끝도 없는 내 말에도 자연스레 맞장구를 쳐주는 마이. 마이는 오늘도 상냥했다. 이 상냥함을 잃고 싶지 않아…….
그리고 마이의 상냥함을 잃지 않기 위해서 나는 쭉 노력을 이어가는 거야. 그렇게 스스로 결심했을 텐데도 또 다른 걱정이 고개를 내밀기 시작하면 금방 다시 풀이 죽는 나.
중학교 시절의 음침한 아마오리 레나코가 소악마처럼 웃고 있는 듯한 느낌이다. 『그러니까 처음부터 주제에도 안 맞는 행복을 탐내선 안 되는 거였는데』라며.
젠장! 자기는 아무런 행동도 안 하는 주제에 남의 실패를 비웃기만 하는 이런 녀석한텐 절대로 지고 싶지 않아!

벌떡 몸을 일으켰다.

"안 되지 안 돼, 지금 건 무효! 다시 한번 해보자! 와아, 마이다! 오늘은 잘 부탁해!"

나사 빠진 웃음을 지으며 마이를 보았다.

마이는 내 손을 잡아끌더니.

그대로 내 콧등에 키스했다.

읏…………?!

가볍게 닿기만 했을 뿐인 키스.

그런데도 내 몸은 굳어버렸고, 뺨에 열이 오른다.

마이는 미소를 지었다.

"어때, 조금은 기분이 편해졌을까."

나는 끄덕끄덕 고개를 움직였다.

"편해졌어요. 네……."

"진짜려나. 조금만 더 해줄까?"

"아뇨, 지금부터 동생을 보러 갈 건데 스킨십을 주고받는 건 왠지 좀 어색해서요!"

내가 황급히 대답하자 마이가 후후후, 하고 웃었다.

뭔가, 뭔가…… 기습적이었던 탓에 지금 건 상당히 두근거렸어.

칙칙한 불안감이 스킨십 하나로 이렇게 가벼워지다니…….

알 수 없다. 인간의 멘탈 메커니즘은 어떻게 되어 있는 거야.

마음속 아마오리 레나코가 나에게 차가운 시선을 보냈다. 『혼자서 멋대로 고민하고 난리 치고, 불안에 떨어 놓고는 여자친구의 키스 한 번으로 마음이 풀리다니 뭐 하는 건데? 완전 사랑에 빠진 소녀 그 자체잖아…… 깬다…….』 우오오오오—!

뭐 어때! 이미 나는 사랑에 빠진 소녀라고! 나랑 마이는 사귀는 사이란 말이야! 내가 『사랑에 빠진 소녀』 카테고리에 들어간다니 저절로 닭살이 돋긴 해도! 그래도 그게 사실이니까 별수 없는 거잖아?!

허억, 허억, 허억……. 아무튼 지금 일어난 일이 너무 충격적이라 질투로 고민하던 생각쯤은 훅 날아가 버렸어…….

"마이……. 나는 변한 거 맞지……."

"어? 으, 응. 그렇지."

마이는 조금 놀란 기색을 보인 다음 입을 열었다.

"처음 만났을 때도 당연히 매력적이었지만 마주한 난관에 도전하며 그걸 하나씩 극복해 나갈 때마다 너는 성장을 거듭하고 있어. 그리고 무엇보다."

마치 고백하는 것처럼 마이가 속삭였다.

"너는 예전보다 훨씬 더 귀여워졌거든."

"~~~크윽! 고마워!"

나는 반쯤 자포자기한 웃음을 지었다. 엄청 창피하네!

그러자 마이가 가볍게 눈을 크게 뜨고선 마주 웃었다.

"하하하."

"뭐, 뭔가요?"

"아니, 나는 언제나 진심으로 말하고 있긴 한데. 그래도 레나코가 드디어 내 『귀여워』라는 말을 받아 주는구나, 싶어서."

"——?!"

이번엔 정말로 내 머리가 폭발을 일으켰다.

“이야— 이만큼이나 성장했어.”

마이는 팔짱을 끼면서 만족스럽게 응응, 하고 고개를 끄덕였다.

“아, 아, 아, 아니거든!! 지금 건, 그렇지! 멍해서! 멍해져서 그래! 마이의 말에 잠깐 멍해졌을 뿐이니까! 나는 귀여운 것도 뭣도 아니니까!”

“다음 목표는 레나코한테 귀엽다고 칭찬했을 때, 『에이— 그렇게 칭찬해 줘도 미소밖에 줄 게 없는걸♪』이라는 대답을 듣는 일이겠어.”

“그 업적은 영원히 해금되지 않아!”

“귀여운걸, 레나코.”

“귀엽지 않아!! 내가 귀여웠던 적은 인생에서 한 번도 없어!!”

나는 크르르릉, 하고 이빨을 드러냈다.

마이는 즐거운 기색으로 어깨를 으쓱했다.

어, 어휴 진짜……. 으휴 진짜 정말이지……. 나는 격렬하게 날뛰는 심장 위에 손을 올렸다.

이제는 질투가 어쩌니 할 때가 아니다. 내가 나 자신이 아니게 될지도 모른다는 공포가 고민을 아득히 상회했다.

그런데 마이랑 만나게 되고 약 반년 만에 이 정도로 달라졌다는 뜻은 앞으로 반년쯤 더 지나면 정말로 『뭐어~? 그 정도로 귀엽지는 않은데에~♡』 하고 대답하는 아마오리 레나코가 탄생하고 마는 건 아닐까. 만약 그렇게 된다면…… 나는…… 나는………….

과연 마이가 어디까지 내다보고서 나를 칭찬했는지는 잘 모르겠지만, 불안을 훨씬 더 커다란 불안으로 덮어씌운 나를 보며 마이는 미소를 지었다.

"하지만 불안해하는 마음도 이해가 가. 단 한 명뿐인 누이동생이 등교 거부를 선언한 거니까. 네가 불안해하는 것도 당연한 일이겠지."

"으, 응…… 그렇지……."

그 불안은 이제 3순위로 밀려났지만 말이지. 나는 매정한 언니야!

좋아, 진지하게 여동생 일을 고민하자! 지금부턴 진지 모드에 들어간 진지오리 레나코!

"그, 그건 그렇고 오늘은 정말로 고마워. 귀중한 쉬는 날인데 이런 일을 위해 시간을 내줘서."

"무슨 소릴 하는 거야. 하루나 군은 장래에 내 처제가 될 거니까 이쯤이야 당연한 일이지. 그것보다 미리 연락은 해 뒀어?"

"아, 응. 방금 전에……."

그렇다. 오늘도 반성하는 기색 없이 당당하게 기습 방문으로 여동생 방에 쳐들어갈 생각이었지만, 마이의 지시로 『지금 집에 갈 거야―』라고 여동생한테 문자를 보내뒀다.

그만큼 자신이 있다는 뜻인 걸까. 혹은 다른 생각이 있는 걸까.

그렇다곤 해도 이제는 너무 지나친 기대를 거는 것도 미안한 일이다. 여동생이 품은 문제는 보기보다 단순하지 않은 모양이니까.

"하지만 아지사이 양도, 사츠키 양도, 실패했으니까……. 마이도 너무 무리하지 않아도 괜찮아."

"그래, 그 점은 걱정하지 않아도 좋아."

나는 마이의 손을 단단히 붙잡고서 호소했다.

"괜찮아! 마이의 탐탁지 않은 부분이나 보고 싶지 않은 부분까지 알게 되더라도, 그래도 곁에 있을 거야! 난 환상 속의 마이가 아닌 진짜 제대로 된 마이를 보고 있거든!"

"으, 응. 난 언제부터 그 정도까지 레나코한테 신뢰를 잃고 있었던 걸까……?"

내 과도한 응원의 말을 들은 마이가 슬픈 표정을 지었다.

아니 그런 뜻이 아니고!

"그게 아니고! 저번에 사츠키 양이!"

마이와 왁자지껄 소란을 피우는 내 모습을 운전 중이던 하나토리 씨는 어떤 눈으로 보고 있었을까……. 갑자기 다른 사람의 시선이 신경 쓰여서 침착해졌다. 아니, 그다지 아무런 생각도 없었겠지만…….

나는 마이한테 모든 걸 자백했다. 마치 사츠키 양한테 모든 죄를 뒤집어씌우는 흐름이 되는 바람에 나는 차마 두려움에 스마트폰을 열어볼 수 없었다. (하지만 아무런 메시지도 오지 않았다. 다행이다, 사츠키 양의 천리안도 만능은 아닌가 보다.)

"흐음, 그런 거였군."

내 얘기를 들은 마이는 부드럽게 웃었다.

"하지만 그런 거라면 괜찮지 않을까. 내 입으로 말하기도 뭣하지만, 나는 처음부터 너에게 상당히 부끄러운 모습을 보여주고 말았으니까…….”

어? 그런가?

“마이는 언제나 멋진 모습들만 보여줬었는데…….”

가만히 응시했더니 슬쩍 고개를 돌린다.

“……그렇게 말해주는 건 기쁘지만 조금 쑥스러운걸.”

마이가 홍조가 핀 뺨을 손으로 쓸었다.

……귀여워. 마이가 나보다 몇 배는 더 귀여워!

아니, 뭐라고 해야 하나. 그야 마이는 내 앞에서 실수한 적도 많이 있었지만 그래도 직전에 있었던 구기대회의 기억이 워낙 뚜렷해서 대충 다 덧씌워진 듯한 느낌이 든다…….

게다가 지금 내 앞에 있는 마이는 아주아주 찬란하게 빛나는 모델이자 아시가야 고등학교의 슈퍼 달링이라고 불리고 있지만, 그래도 어디까지나 한 사람의 여고생……. 나 같은 녀석의 칭찬 한 마디에 일희일비할 정도로 귀엽고 귀여운 여자아이이다…….

학교에 막 입학했을 무렵엔 마이에게 오로지 동경하는 마음만을 품고 있었다.

그때 이후로 마이에 대해서 많은 걸 알게 됐지만 좋아하는 마음은 그다지 변하지 않았다고 해야 하나, 오히려 더욱 좋아하게 됐다고 해야 하지 않을까.

이것도 내가 예전과는 달라졌다는 말과 일맥상통하는 걸지도 모르겠다…….

“…….”

리무진 안에 침묵이 흘렀다.

마이는 쑥스러운 기색이고, 나는 갑자기 긴장되기 시작했다.

뭔가 화제를, 화젯거리를! 아무거나 괜찮으니까, 라는 심정으로 『이야깃거리』라고 적힌 쪽지가 붙어 있는 내면의 상자 속에 손을 집어넣었다. 운에 맡겨서 손에 닿은 공을 집고 마이 앞에 쑥 내밀었다.

"그러고 보니 이것도 사츠키 양이 한 말인데!"

공에는 『학교에 다니는 의미란?』이라고 적혀 있었다. 과연, 내가 골랐지만 제법 나쁘지 않은 선택이야.

그런데.

"……너는 사츠키와 상당히 사이가 좋구나."

"어?!"

손에 들고 있던 공이 데구르르 바닥을 굴렀다.

쿨타임도 없이 사츠키 양의 이름을 두 번이나 연속으로 꺼낸 부작용이 찾아왔다.

아니, 그럴 의도가 아니라! 오해입니다! 사츠키 양은 임팩트가 강하다 보니 아무래도 인상에 남을 때가 많아서! 그냥 그것뿐이라!

나는 머뭇머뭇 되물었다.

"미, 미안……. 질투했어……?"

전에 마이의 입에서 튀어나온 충격적 말투, 『질투 안 한다궁』이 머릿속에 떠올랐다. 지금 다시 생각해 보면 그때 꽤 귀여웠던 것 같은 느낌도 들지만…….

마이는 뭔가 말하려고 했다가 갑자기 입을 다물었다.

그리고선 창밖으로 고개를 돌리며 한마디.

"……조금은."

윽…….

질투하는 자기 자신을 부끄러워하는 그 태도는 뭐라고 해야 하나, 장난을 치고 싶어지고……. 또다시 내 가슴을 쿵, 울리게 만들었다.

평소엔 슈퍼 멋진 주제에 나한테만 엄청엄청 귀여운 얼굴을 보여주는 마이라니, 그건 완전 사기잖아! 이 모습에 넘어가지 않는 여자가 있으면 나와보라고 해!

아냐아냐, 지금 심장 박동수만 올리고 있을 때가 아니지. 마이를 안심시켜 줘야 해……. 그래, 이건 내 노력이 부족한 탓이니까……!

"거, 걱정 마, 마이! 나는 마이를 그게…… 저, 정말 좋아, 하니까……!"

말끝이 못 만든 종이비행기마냥 쭉 늘어져 버렸지만, 그래도 괜찮아! 말했어!

마이는 살며시, 산들바람처럼 미소 지었다.

"응…… 고마워. 그리고 미안."

"아니, 미안이 아니고!"

"어?"

이건 마이의 마음속 깊은 곳까지 신뢰를 심어주지 못한 내 잘못이라고 설명하려고 했지만, 자기 능력 부족을 정당화시키려고 되레 화내는 짓이 될 뿐이라는 미래가 보여서 입을 다물었다. 노력하겠습니다!

대신에.

"이, 있지…… 마이는 어떨 때 질투하게 돼?"

갑(아마오리 레나코)이 을(오우즈카 마이)에게 질투심을 유발하는 패턴의 예시를 수집해서 재발 방지를 위해 노력하려는 의도였다.

그렇다. 나는 질투에 대해 더욱 공부할 것이다. 아직은 질투의 길 입구에 이제 막 섰을 뿐이야. 마이의 질투를 정면으로 마주해야지!

그러자 마이는 살짝 고개를 갸웃했다. 금빛 머리카락이 찰랑인다.

"얼마만큼 솔직하게 얘기해야 할지 조금 고민되는걸."

"가능한 한 자세하게 말씀해 주셨으면 합니다만!"

내가 보채자 마이는 "음……" 하고 살짝 말을 꺼내기 어렵다는 듯이 입을 열었다.

"그렇다면……. 뭐, 하는지 안 하는지로만 따져서 말하면…… 거의 전부 하고 있으려나."

"거의 전부."

그렇구나. 마이가 질투하지 않게 만들기 위해선 내가 마이네 맨션에 틀어박혀서 외부와의 접촉을 일절 차단할 수밖에 없는 모양이다. 어려워.

마이가 면목 없다는 듯이 말을 이었다.

"미안……. 다만 질투라는 건 하느냐 마느냐의 구분만으로는 잴 수 있는 게 아니라, 얼마만큼이나 질투를 하느냐가 중요한 포인트인 감정이라고 생각해."

"그렇구나. 그건 이해가 가."

0이냐 1이냐가 아닌, 1부터 100 사이의 수치로 구성되어 있다. 그건 좋아한다는 감정과도 비슷하다는 느낌도 든다.

"사츠키에 대해선 특히나, 사츠키가 나한테 지고 싶지 않다는 마음을 누구보다 강하게 품고 있다는 걸 알고 있으니까 조금, 복잡한 감정을 품게 되거든."

"죄, 죄송합니다."

직접 말로는 하지 않았어도 『게다가 사츠키는 너와 키스도 했으니까』라는 말이 저변에 깔려 있음이 느껴져서 저절로 사과가 나왔다. 그냥 단순한 친구거든요……?

"단, 반대로 아지사이에 대해선 조금씩 누그러지고 있으려나. 너한테 확실하게 호감을 표명하기 전에는 아지사이를 가장 큰 위협으로 여기고 있었으니까."

"어? 그랬어?!"

아지사이 양과 위협이라는 두 가지 단어가 하나로 묶인다는 사실에 놀라서 되물었다.

"내 눈으로 보기에도 아지사이는 매력적이었으니까 말이지. 물론 그걸로 우리 사이가 험악해지는 일은 없었지만."

"그랬구나……."

아지사이 양은 나한테 고백하기 전에 마이가 먼저 등을 밀어줬다고 말했다. 아지사이 양이 몰래 귀띔해 준 말이다.

그 말을 들은 나는 마이는 진짜 진짜 착한 녀석이구나…… 라고 생각했지만, 동시에 아지사이 양은 마이를『너무 올곧은 나머지 서투른 사람』이라고 표현했던 말이 떠올랐다.

평소엔 어떤 일이든 능숙하게 해내는 마이에게 어울리지 않는 평가다. 하지만 어쩌면 그 말이 정말일지도 모르겠다.

마이에겐 내가 모르는 소중한 무언가가 있고, 그 때문에 자기 삶의 방식을 굽히지 않는다. 그 결과 스스로 얼마나 손해를 보게 될지 모른다 하더라도. 그 탓에 마이는 나랑 아지사이 양을 맺어준 다음 혼자서 프랑스로 날아가 버릴 생각까지 했던 모양이니…….

……지금은 그런 마이를 사랑스럽다고 느낀다. 그러니까.

나는 손을 뻗어 마이의 손을 꼭 쥐었다. 마이는 "음……" 하는 소리만 냈을 뿐, 내 손길에 가만히 몸을 맡겼다.

너는 정말 귀여운 녀석이야.

"아, 그럼 카호 짱은?"

손을 쥔 채로 물어보자 마이는 고개를 갸우뚱거렸다.

"카호? 카호가 뭔가 했었나?"

"아니 방금 하던 질투 얘기 말이야!"

"카호한테……? "

마이가 더더욱 영문을 모르겠다는 표정을 하고 있어! 어? 안중에도 없는 거야?!

"너는 고백받은 적도 있잖아?!"

"그랬던가……?"

"잊어버렸어?!"

"그게, 응, 카호는 귀여워. 뭐라고 해야 하나, 굉장히 애교가 있지. 레나코와 함께 있는 모습을 보면 마음이 치유되는 것 같아. 프랑스에도 Fée라는 아주 멋진 요정이 있거든. 신데렐라에게 호박 마차를 준 것도 이 요정이라고 전해지고 있어. 후후후."

"마이는 카호 짱을 요정이라고 생각하는 거야?!"

충격적인 사실이 밝혀졌다. 카호 짱은 아지사이 양한테는 아껴주고 싶은 상대고, 마이한테는 요정으로 여겨지고 있었다.

하긴, 요정은 사람에게 장난을 치는 존재……. 납득이 가는 것 같기도 하고, 아닌 것 같기도 하고……?!

그쯤에서 차가 우리 집 근처까지 왔다.

"슬슬 도착합니다."

대화가 마무리된 타이밍에 하나토리 씨가 자연스럽게 말을 꺼냈다. 우리 집까지 가는 길을 이제는 다 외운 모양이다. 어쩐지 죄송합니다…….

나는 한 번 더 여동생한테 연락을 넣었다.

리무진이 우리 집 앞에 멈춰 서고, 나는 여동생을 부르러 혼자 차에서 내렸다.

"야—."

현관문을 열고 쿵쿵 발소리를 내며 여동생 방으로.

의자에 앉아있던 여동생이 내 쪽으로 돌아보았다.

"언니. 뭔데 갑자기. 밖에 나갈 준비를 해두라니."

나 혼자뿐이라서 그런가, 불만이 가득 드러나는 표정을 대놓고 보여주잖아.

"그래도 옷도 미리 다 갈아입고 있었구나. 착하다 착해."

어딘지 모르게 공들여 멋을 낸 것처럼 보이기도 했다. 중학생 주제에 키도 크고, 분위기도 차분하다 보니 평소에도 나보다 언니처럼 보이는 걸지도 모른다. 분해.

"그야 마이 선배가 마중 오는 거라면 당연히 갈아입어야지!"

"그럼 어서 가자."

홱 등을 돌려 다시 현관으로 걸어가 밖으로.

밖으로 나오자 마이가 "안녕" 하고 웃는 얼굴로 맞아주었다.

"오랜만인걸, 하루나 군."

"앗, 마, 마이 선배! 오랜만에 봬요!"

스마트폰 손전등 밝기를 최대한까지 올린 듯한 활짝 웃는 표정을 짓고서 고개를 꾸벅 숙이는 여동생. 항상 그렇지만 나 말고 다른 윗사람을 만날 때면 태도가 달라도 너무 달라…….

혹시 이 녀석이 내가 아니라 다른 사람 여동생이었다면 나도 여동생을 좀 귀여워할 수 있었을까. 아냐, 그래도 척 보기에 인싸니까 말이지…… 다가갈 수 없었겠네…….

"오늘은 갑자기 불러내서 미안해. 준비는 다 됐니?"

"네, 언제든 준비 만전입니다! 마이 선배가 부르는 거라면 24시간 중 언제 부르셔도 괜찮은걸요!"

씩씩하게 대답하고서 마이 뒤를 따라가는 여동생.

엄마한테는『친구랑 저녁 먹고 올 거야』라고 미리 전해뒀기 때문에 그대로 다시 리무진에 탔다.

"어?! 그보다 이 차는 설마?!"

후후후. 놀라는 여동생한테 자랑할 만한 거리가 생길 모양이다.

왜? 그냥 평범한 리무진일 뿐인데요, 뭐 신기한 점이라도? 뭐 이렇게 말이지.

진짜로 말하진 않을 거지만! 내 리무진도 아니니까!

"타시죠."

운전석에서 내려 대기하고 있던 하나토리 씨가 여동생을 위해 문을 열어주셨다. 여동생은 또다시 "우와" 하고 감탄 섞인 목소리를 냈다.

어라라라? 그분은 그냥 도우미일 뿐인데 문제라도? 나도 저분에게 목욕 시중을 받은 적이 있고 말이죠? ……뭐 이렇게. 진짜로 말하진 않을 거지만! 하나토리 씨의 따가운 시선을 받고 싶진 않은걸!

여동생은 긴장된 기색을 보이면서 "네, 넵!" 하고 차 안으로 들어갔다.

나는 한가운데에 앉았다. 나를 사이에 두고 반대쪽에는 마이가. 세 사람이 나란히 앉아도 차 안의 공간은 여전히 넉넉했다.

"우와— 우와— 시트 엄청 푹신푹신…… 쩔어……."

여동생이 토닥토닥 시트를 만져본다. 후후후. 후후후후후.

차가 부드럽게 출발했다. 잠시 들떠있던 여동생은 그런 다음 머뭇머뭇 (나를 건너뛰고서 마이에게) 질문을 던졌다.

"그래서 저기, 지금 어디로 가는 건가요?"

여동생의 모습을 따뜻한 눈으로 지켜보던 마이가 검지를 세우며 웃었다.

"좋은 곳이야."

그 모습이 너무나도 잘 어울려서.

우리는 동시에 중얼거렸다.

『멋져…….』

헉. 우리는 얼굴을 마주 봤다가 제각각 어색하게 고개를 돌렸다. 큭.

큰일 났네, 그냥 살아있는 것만으로도 마이가 너무 멋있어. 이래선 여동생도 마이한테 반해버릴 거야. 최종적으론 내 최대 라이벌이 여동생이 될지도 모른다고……?

못 이기는 거 아냐?!

도로를 달리던 리무진은 어떤 호텔에 도착했다.

우리 셋은 호텔 입구에서 내렸다.

이번엔 아카사카가 아닌 롯폰기였다. 뭐, 나로선 아카사카랑 롯폰기가 지역적으로 어떤 차이가 있는지 잘 모르겠지만. 굳이 말하자면 위치가 다르다, 아닐까.

아, 그건 그렇고 이번엔 나도, 마이도, 교복 차림인데 괜찮은 걸까?! 자칫하면 마이만 호텔에 들어가고 나는 입구에 혼자 남아 기다리게 되는 사태가…… 벌어지진 않을까?!

내심 상당히 초조한 상태였지만 그래도 여동생 앞에서 허둥대는 모습을 보이지 않으려고 주의를 기울였다. 이 정도쯤은 매번 있는 일입니다만? 이라는 태도를 유지했다.

"그렇게 긴장하지 않아도 괜찮아."

네?! 긴장 안 했는데요?! 라는 생각에 저도 모르게 가슴을 눌렀지만, 내 약간 뒤쪽에서 "네, 넷!" 하고 대답하는 여동생의 목소리가 들렸다.

휴우, 뭐야 여동생한테 한 말이었구나. 하긴 나는 호텔이라면 완전 단골인걸. 뻥이지만.

"그래도 저 이런 곳은 처음이라서."

"걱정하지 마. 오늘은 캐주얼한 가게니까. 마음 편하게 대화를 나누자."

여동생이 힐끔힐끔 내 얼굴을 훔쳐본다. 어딘가 불안해하는 시선이길래 나 역시 조금도 긴장하지 않은 (긴장 안 했어!) 자연스러운 웃음을 지었다.

"맞아맞아. 요전번엔 진짜 정말로 깜짝 놀랐다니까. 갑자기 마이가 드레스로 갈아입으라고 그러더니 입식 파티에 초대해 줘서."

"그건 미안했어."

"엄청 예쁜 사람들한테 둘러싸여서 긴장했다고―." (있는 그대로의 사실.)

아하하, 우후후, 우리가 서로 마주 웃는 모습을 여동생한테 과시했다.

어때? 어때?!

여동생이 나한테만 들릴 법한 목소리로 툭, 말했다.

"저렇게 침착하다니……. 언니 주제에……!"

주제에, 라니 쓸데없는 말은 빼! 나도 마이한테 휘둘린 경력으로만 보면 이제 베테랑이라고!

얼마 지나지 않아 호텔 안에 있는 레스토랑 앞에 도착했다.

그곳은 차분한 분위기를 가진 뷔페식 식당이었다. 손님층도 가족끼리 같이 온 손님이나 젊은 커플 등, 평소에 다니던 곳보다 조금(아니, 꽤나) 고급스러운 패밀리 레스토랑? 같은 느낌이다.

여, 여기라면 얼마든지 견딜 수 있겠어!

여동생은 "후와아아" 하고 눈을 빛내고 있었다.

"괴, 굉장해! 한마디로 무제한으로 먹을 수 있는 가게네요?!"

"후후, 그렇게 되겠네. 자리로 안내받으면 바로 좋아하는 음식을 가져와도 돼."

"하, 하지만, 무진장 비싼 거 아닌가요……?"

위축된 여동생을 보며 마이가 쿡쿡 웃었다.

"그런 걱정은 필요 없어. 레나코의 여동생은 나한테 있어서도 가족이나 마찬가지야. 오늘은 부디 내 호의를 받아줬으면 해."

여동생의 눈이 별처럼 반짝였다.

"새, 새언니……!"

"누구보고 새언니래."

나도 모르게 태클을 걸었다. 여동생은 나보고 『아주 잘했어!』라고 말하는 것처럼 엄지를 척 치켜들었다. 진짜 분위기를 잘 타는 녀석이야! 대체 누굴 닮은 거람!

"이런 곳일 줄 알았으면 부활동으로 한껏 배를 꺼트려 놓을 걸 그랬어—!"

머리를 감싸 쥐며 오버스러운 리액션을 하는 여동생을 보며 마이가 또다시 흐뭇하게 웃었다. 호텔에 온 뒤부터 여동생은 시종 일관 즐거워 보였다.

아냐 좋은 거지, 여동생의 기분이 좋아지는 만큼 속내를 들을 수 있는 확률도 올라가는 거니까. 마이의 노림수는 대성공이다.

다시 말해── 먹을 걸로 낚는다는 작전!

아니, 사실 그렇게까지 얍삽하게 말하진 않았다. 『한솥밥을 먹는다』라는 표현이 있는 것처럼 함께 식사를 한다는 행위는 예로부터 커뮤니케이션의 정석이자 정도. 한편이 되어 기탄없이 대화를 나누기 위해 꼭 필요한 행위라고 설명했다.

듣고 보니 마이는 무슨 일이 있을 때마다 나를 식사에 초대했다는 느낌이 들기도 하고. 납득.

아무튼, 그리하여 우리는 테이블 좌석으로 안내받았다.

어른스럽지 못하게 경제력을 마음껏 발휘해서 여동생의 방어를 무너뜨릴 생각인 마이가 자리에서 일어났다.

"자, 가볼까, 하루나 군. 식사 매너 같은 건 신경 쓰지 않아도 되니까 좋아하는 음식으로 골라 담아오면 돼."

"알겠습니다! 우와, 저 로스트비프 엄청 맛있겠다!"

마이와 여동생이 앞장서서 걸어갔다.

두 사람의 뒤를 따라가던 도중, 만약 내가 마이랑 결혼하는 날이 온다면 여동생은 이런 식으로 마이한테 몹시 귀여움받겠지…… 하고 혹시나 있을지도 모르는 미래를 상상했다가 석연치 않은 기분을 느끼고 말았다. 마이가 좋아하는 사람은 난데……!

……뭐, 됐나! 결혼 같은 건 아마 안 할 테니까! 나도 로스트비

프나 담으러 가자!

역시 마이가 추천하는 가게인 만큼 요리의 맛은 최고였다.

여동생은 눈을 반쯤 감고 행복함을 마음껏 드러내며 자리에 축 늘어져 있었다.

"하아……. 이제는 더 못 먹을 것 같아요……."

몇 번이나 테이블을 왕복했고, 그때마다 접시를 깨끗이 비웠다. 저 마른 몸에 어떻게 저 많은 음식이 다 들어가는 걸까 궁금해질 정도로 여동생은 신나게 식사를 만끽한 모양이었다.

"마음에 든 모양이라 다행이야."

"맞아요……. 체면이고 뭐고 신경 쓰지 않았다면 10분 정도 호텔 주변을 달리면서 배를 좀 꺼트린 다음 다시 오고 싶다는 생각도 드는데요…… 그래도 마이 선배랑 같이 있으니까 그건 참겠습니다."

"후후후."

호텔맨으로 보이는 분이 계속 테이블을 정리해 주신 덕분에 여동생 자리에는 접시 하나 남아 있지 않았다. 하지만 내가 본 바로는 2인분 정도는 가볍게 먹어치운 것 같았다.

로스트비프도, 셰프가 구워준 오믈렛도, 전복 소테도, 비프 웰링턴도, 전부 두 그릇씩 먹었으니까 말이지…….

우리는 한바탕 식사를 끝내고 식후의 커피와 홍차를 편안하게 즐기고 있었다. 디저트를 한 개만 더 가져올까 말까 위장이랑 상담 중이다.

그런데 그 타이밍에 마이가 “자, 그럼” 하고 화제를 바꿨다.
“요즘도 계속 학교를 쉬고 있다면서?”
“읏. 어— 뭐— 말씀대로입니다!”
여동생은 이마에 손을 대고서 시원스레 웃었다.
“그냥 맛있는 식사를 얻어먹고 오늘은 끝인가 싶었지만 역시 그렇게 염치없이 끝날 수는 없는 거겠죠. 아하하…….”
“오늘은 그렇지. 물론 네가 원한다면 앞으로는 그냥 맛있는 식사만 함께 즐기고 끝나는 날을 얼마든지 마련할 수 있고말고.”
“정말인가요?!”
순식간에 눈을 반짝이는 여동생이었지만 나를 보고서 황급히 고개를 저었다.
“아뇨아뇨, 아무리 그래도 그러면 언니한테 미안하니까요! 저만 마이 선배랑 같이 노는 건 좀. 그러니까 두 번에 한 번꼴로 부탁드립니다!”
“그건 너무 많지 않아?”
언니의 목소리는 무시당했다. 아니, 정말로 두 번에 한 번꼴로 따라오는 거 아니지? 진짜 아니지?
“그래서 왜 학교를 쉬고 있는 거니?”
“그게—. 애초에 왜 꼭 학교에 가야 하는지 잘 모르겠다는 생각이 드는데요.”
의기양양한 얼굴로 인터뷰라도 받는 것처럼 구는 여동생.
마이는 부드럽게 미소를 지었다.
“사람마다 그 이유는 제각각이겠지. 나도 억지로 무리해서까지 갈 필요는 없다고 생각해. 다만 걱정하는 가족과 네 언니한테도 말할 수 없는 이유를 궤변을 들어 얼버무리려고 하는 것뿐이라면 그건 올바른 태도라곤 말하기 힘들지 않을까. 마땅히 참견할 만한 일이야."

"그게……."

여동생의 눈이 흔들렸다.

"하지만 공부라면 집에서도!"

"기특한 일이지. 하지만 그거야말로 학교에서도 충분히 가능한 일 아닐까. 학교에 다님으로써 얻을 수 있는 여러 장점 중 하나를 노력으로 메꾸고 있는 일에 불과해. 잘하고 있다고 칭찬해 줄 수는 없겠는걸."

"끄응……."

대단해. 맛있는 식사를 대접해 준 상대라는 점도 있겠지만, 마이는 순식간에 여동생을 몰아붙였다.

감정적으로 폭주할 때가 (내 눈에) 부각되어서 (내가) 오해할 때가 많지만 마이는 기본적으로 아주 이성적인 사람이다. 사람이라면 이래야 한다, 이렇게 행동하는 게 아름답다, 이런 이상적으로 그려낸 모습을 마음에 품고 있다. 그리고 그런 이상적 형태를 뒷받침해 주는 건 전부 마이의 훌륭한 윤리 의식이다.

그러다가 가끔 바둑판의 눈처럼 가지런히 정리된 윤리 의식마저 짓밟아 버리는 대괴수 마이질라가 나타나는 바람에 나나 사츠키 양마저 손쓸 도리가 없을 때도 있지만……!

그뿐만이 아니다. 마이는 독보적일 정도로 개성이 강하다. 그저 그 자리에 있는 것만으로도 대단한 사람이라는 아우라를 내뿜고 있으니까『하, 하긴 당신 같은 실력자가 하는 말이라면……』이라는 기분이 들게 만든다. 나도 이 점 때문에 온갖 쓴맛을 맛보고 나서 하는 말이다.

사람과의 사귐조차도 쉽게 상상하지 못했던 내가, 결국에는 여자애랑 사귄다는 결단을 내렸던 것도 전부 마이한테 물들었기 때문이니까……!

마이한텐 무리하지 않아도 괜찮다고 하긴 했지만 이건 어쩌면, 어쩌면 통할지도 모른다. 드디어 여동생이 등교 거부를 선언한 수수께끼가…….

그래서 여동생은 어떻게 나올까, 싶었는데.

한참 머리를 감싸 쥐더니 이윽고 피할 수 없는 운명을 깨달은 걸까.

"하아, 마이 선배는 못 당할지도 모르겠네— 싶긴 했지……."

어쩔 수 없다는 것처럼 한숨을 쉰 다음 내 쪽으로 고개를 돌렸다.

"미안, 언니. 마이 선배랑 잠깐 단둘이 있게 해줄 수 있을까."

"……어?"

"부탁이야."

당혹스러워하는 나에게 합장하듯이 손을 모았다.

괜찮긴 한데, 어째서?

머리 위에 물음표를 띄웠다. 가족한테는 말하기 어려운 내용? 아니면 마이라서 할 수 있는 말……?

"그렇다는데 어떻게 할까?"

마이가 묻는 말에 나도 고개를 끄덕였다.

"아, 응, 알겠어. 그럼 잠깐 화장실이라도 다녀올게."

"아, 레나코."

그때 마이가 손가락으로 화장실을 가리켰다.

"이쪽 화장실이 붐빈다면 저쪽에도 화장실이 있어."

"아, 응."

어리둥절한 채로 고개를 끄덕이고서 자리에서 일어났다.

몇 걸음 걸어가다 뒤를 돌아보았다. 두 사람은 아직 입을 떼지 않고 있었다. 내 모습이 완전히 보이지 않게 될 때까지 기다릴 모양이다.

……대체 뭘까.

왠지 마음이 찜찜했다. 이 기분은 뭘까, 서운한 걸까?

내가 지금 어떤 기분을 주체하지 못하고 있는가, 스스로도 알 수 없는 상태였다.

어느 쪽 화장실이든 딱히 붐비는 것처럼 보이지는 않았지만, 나는 별생각 없이 마이가 가르쳐 준 화장실로 향했다.

그러던 도중 복도에서 깨달았다.

"……그게…… 그래서……."

여동생 목소리다.

커다란 화분과 칸막이가 있어서 눈치채지 못했다. 이 위치는 우리 테이블 바로 뒤였다. 귀를 기울이면 작게나마 두 사람이 얘기를 나누는 목소리가 들린다.

아…… 그래서. 거기까지 내다보고 마이는 이 호텔을 고른 거야……?

거기까지 생각한 마이의 배려와 현명함에 놀랐다.

"……흠…… 그렇다는 말은……."

우두커니 멈춰 섰다.

듣는 것도, 듣지 않는 것도, 내 선택…… 이라는 뜻?

여동생은 목소리에 진지한 기색을 띠고 있었다. 좀처럼 들어본 적 없는 목소리 톤이다.

이걸 대놓고 훔쳐 듣는 건 사실 좋지 못한 행동이겠지.

……하지만, 정말로 내가 여동생을 걱정하고 있다면 수단을 가릴 때가 아니라는 생각도 든다.

사정을 전부 듣고 나면, 알고 있다는 사실을 숨긴 채로도 여동생을 위해 할 수 있는 일들이 많아지겠지.

시시각각으로 점점 줄어들어 가는 여동생의 소중한 중학교 2학년의 시간을 생각하면…….

그렇다면 나는…….

가만히 가슴에 손을 올렸다.

……여동생을 위해서, 나는.

문자로 『끝났어』라는 연락을 받았다. 시간은 기껏해야 10분 정도였겠지.

내가 자리로 돌아와 보니 두 사람의 표정은 그다지 변한 게 없었다. 표정을 관리하고 있다는 사실까진 알아볼 수 있었지만 왜 표정을 꾸미고 있는지, 실제로는 어떤 감정인지는 알아낼 수 없었다.

"언니, 어서 와."

"응."

"미안해, 시간을 뺏어서."

"아냐."

나는 차갑게 식은 허브티를 마셨다. 목을 적셔봐도 말이 술술 나오지는 않았다.

"저기…… 얘기는 끝났어?"

"일단은 말이지."

"……그렇구나."

마이랑도 시선을 마주치지 않으면서 고개만 끄덕였다. 식사를 마친 직후에 느끼는 배부름처럼 또다시 가슴속에 답답한 응어리가 지는 기분이었다.

여동생은 아무렇지도 않은 얼굴로 웃음을 지었다.

"배부르다. 그만 갈까."

집으로 돌아오는 길에도 리무진을 타고 왔다.

"오늘은 정말로 맛있게 잘 먹었습니다! 감사합니다!"

힘차게 고개 숙여 인사하고서 여동생이 집으로 들어갔다.

"그러면 레나코도 좋은 밤――."

따뜻한 목소리로 나를 배웅해 주려고 하는 마이에게 조용히 말했다.

"미안해, 마이."

"……응."

"미리 손을 써서 준비까지 해줬는데…… 결국 둘이 나누는 얘기를 들을 수 없었어."

꾹 쥔 주먹을 가슴 앞에 모아 품에 안았다.

"미안."

"……나한테 사과할 만한 일은 아니잖아. 네가 그렇게 정한 거라면."

리무진을 등지고 선 마이. 밤하늘 아래에서 마이의 아름다운 금발이 반짝반짝 빛났다. 마치 머리카락이 스스로 빛을 내는 것처럼 보였다.

마이는 끝까지 상냥하게 나를 달래주었지만.

나는 고개를 좌우로 저었다.

"아니야. 나는 엉망진창이야. 여동생을 위해서라면 훔쳐 듣는 편이 좋았을 텐데도. 그런데 그조차도 하지 못했어……."

요즘 나는 정말로 귀찮기 짝이 없다.

마이는 정말 대단하니까, 마이한테라면 자기가 품은 고민을 말해도 되겠다고 생각하는 것도 이해한다.

나는 언니로서도 부족해서 여동생이 속을 터놓고 얘기하게 만들 수 없다.

그런 것쯤이야 이미 알고 있었을 텐데.

"아마 나한텐…… 들을 자격이 없었을 테니까."

"……레나코."

마이가 내 머리에 툭, 손을 올렸다.

"사람한텐 제각각 할 수 있는 일과 할 수 없는 일이 있어."

내 가슴에 푹 꽂히는 말이었다.

그러니까 할 수 없는 일은 어쩔 수 없는 거야, 라는 식의 위로는 내 가슴속에 뻥 뚫린 구멍을 잡아 늘릴 뿐이었다.

하지만 마이의 말은 그게 아니었다.

"내가 할 수 있는 일이 있고, 다른 애가 할 수 있는 일이 있는 것처럼. 너에게도 너만이 할 수 있는 일이 있겠지."

"……나한테?"

고개를 들었다.

"그래. 항상 다정하게 내 손을 잡아주는 것처럼. 레나코라면 할 수 있는 일도 나로선 불가능했어."

마이가 미소를 지었다.

"하루나 군을 설득하지 못하고 실패했던 아지사이와 사츠키를 보고 못난 애라고 생각했어?"

"그런 적은!"

그것만큼은 큰 목소리로 말할 수 있다.

아지사이 양이나 사츠키 양한테 불가능한 일이 있다 해도, 그걸로 두 사람을 폄하할 일은 절대로 없다.

그 두 사람이라면 할 수 있는 일. 그 두 사람이 아니면 할 수 없는 일들을 잔뜩 알고 있으니까. 두 사람이 얼마나 대단한 사람인지 잘 알고 있으니까.

"마찬가지야. 하루나 군이 나에게 비밀을 털어놓은 건 맞아. 그

비밀을 내 입으로 실토해서 네가 느끼는 불안을 걷어내 주는 건 아쉽게도 불가능하겠지만…….”

“그, 그러지 않아도 돼! 나중에 마이가 원망을 듣게 되잖아.”

“하지만 딱 하나 말할 수 있는 게 있다면.”

마이는 내 머리카락을 쓰다듬던 손을 내 뺨에 가져다 대었다.

“하루나 군은 틀림없이 네게 고마워하고 있어.”

“……나한테? 어째서.”

“후후.”

마이는 장난스럽게 웃으며.

“언제까지고 자각이 없다는 점이 네 단점이라면 단점일지도 모르겠는걸.”

“…….”

저 웃음이 어떤 뜻인지는 잘 모르겠지만…….

나니까 할 수 있는 일이 있다.

어째서일까, 그 말이 내 가슴속에 조용히 스며들었다.

마이는 언제나 나에게 필요한 말을 해준다.

자기 자신을 믿는 게 불가능한 내 등을 밀어준다.

……고마워, 마이.

“그래도…… 그래도, 언젠가.”

선언이라고 하기에는 너무나 덧없고 자신 없는 목소리였지만.

“할 수 없는 일들도, 언젠가는 할 수 있게 되고 싶으니까. 노력할 거니까.”

“그래.”

가을바람에 흩어져 날아갈 것 같은 희미한 내 목소리를 잡아낸 마이가 나를 그대로 꼭 안아주었다.

"믿고 있어. 너를."

"응."

"잘 자, 레나코. 가족을 소중히 아껴줘."

그 말을 남기고 마이를 태운 리무진이 점점 멀어져 간다.

……나는 멀어져 가는 리무진의 후미등을 가만히 바라보았다.

꾸욱 주먹을 쥐었다.

가슴속의 답답함은 아주 조금이지만 풀린 상태였다.

마이의 상냥함이 답답함을 날려주었다.

그렇게 결심했으니, 쇠뿔도 단김에 빼야 하는 법.

가슴속에 지펴진 작은 용기의 불꽃이 지금 당장이라도 스러질 것 같으니까, 대쉬!

바닥을 쿵쿵 울리듯 힘차게 걸으며 여동생 방으로 향했다. 노크도 하지 않고 쾅, 하고 문을 벌컥 열었다. 깜짝 놀라 "으햐앗?!" 비명을 지르는 여동생은 한창 옷을 갈아입던 도중이었다.

"어? 뭔데?! 언니."

나는 문을 연 자세 그대로 멈춘 채 깨달았다. 어떤 식으로 말을 꺼내야 할지 하나도 생각하지 않았다는 사실을. 이 무슨 실태.

용기를 내자고 마음을 먹어 놓고는 어떤 식으로 용기를 낼지는 하나도 안 정했어!

째깍 째깍 째깍, 시한폭탄의 도화선이 점점 타들어 가는 듯한

초조함을 느꼈다.

어어— 그러니까—!

"뭐야…… 뭔데?"

속옷 차림으로 나를 쏘아보는 여동생.

큰일이다. 이대로라면 딱히 용건도 없는데 중학교 2학년 여동생이 옷을 갈아입는 도중 난입해 들어온 변태가 될 거야……! 그래서야 신뢰고 뭐고 없어!

나는 얼굴에 철판을 깔고서 양팔을 펼쳤다.

"자, 자자! 그런 차림으로 있으면 감기 걸리겠어! 벌써 시간도 이렇게 됐으니 어서 목욕하러 들어가!"

"아니 말 안 해도 지금 그러려던 참이었는데……."

"바로 그거지! 그러니까, 뭐냐, 그게, 응!"

그 순간 당황하던 내 입에서 터무니없는 말이 튀어나왔다.

"하러 가자! 목욕! 같이!"

툭, 하고 후크를 풀고서 브라를 벗었다.

어째서 이렇게 된 거지……?

"역시 좀 좁지 않으려나."

"……그, 그러게."

탈의실에는 나 말고도 스포츠 브라를 입은 여동생도 함께였다.

둘이 같이 탈의실에 있으니 아무리 생각해도 비좁았다. 아침에 세수할 때도 그렇고, 누가 먼저 쓸 건지 아옹다옹하면서 교대로 썼었는데.

애초에 왜 거절하지 않은 거야, 동생아!

내가 그렇게 제안하자 여동생은 『뭐어—?』 하고 질 나쁜 농담이라도 들은 것 같은 목소리를 내면서도, 태연하게 『좋아』 하고 대답했다.

인싸는 무슨 생각을 하는 건지 진짜로 모르겠어.

어쩌면 그런 걸까. 이 녀석은 운동부 소속이니까 남이랑 같이 샤워한다거나 그런 상황에 익숙한 걸까? 가능성 있어.

그렇다는 뜻은 부활동을 마치면 귀여운 후배나 선배들과 함께 샤워를 한다는 거야……? 서로 알몸을 보여준다고……?! 완전 파렴치한 여자잖아?!

"언니?"

"어?! 아, 네! 지금 벗는다니깐요!"

"왜 소리를 지르는데……? 샴푸 다 떨어졌으니까 예비용 꺼내와."

"앗, 넵. 지금 바로……."

손을 쭉 뻗어 위쪽 선반에 있는 예비용 목욕용품을 넣어둔 바구니를 집었다. 위험해. 같은 여자로서 경험치의 격차를 느끼고 위축되고 있어. 에잇, 나는 두 살이나 연상이라고!

팬티를 벗었다. 여동생 앞인데 계속 부끄러워하고만 있을 수도 없는 노릇!

이게 나만이 할 수 있는 일이야?! 아무리 그래도 이건 아니겠네! 그도 그럴 게 나는 여자애랑 같이 욕조에 들어간 적은…… 소, 손에 꼽을 수 있을 정도밖에 없는걸!

아무리 생각해도 선택지를 잘못 골랐다는 사실을 깨달으면서도, 끝까지 배드 엔딩이 뜨지 않는 시뮬레이션 게임 텍스트를 계속 읽어야만 하는 기분을 느끼며 한껏 웅크린 자세로 살그머니 욕실에 들어갔다.

"시, 실례합니다……."

욕실 문을 열자, 샤워 중인 여동생의 등이 눈에 들어왔다. 맨들맨들 반질반질. 부활동으로 만들어진 탄탄한 엉덩이가 꽉 조여진 게 보였다. 훌륭한 스타일이야…….

온몸에 단단하게 근육이 잡혀 있어서 동물원에서 본 새끼 사슴을 떠올리게 했다. (같은 DNA를 물려받은 자매인데) 군살이 하나도 없어서 (나랑 다르게) 아주 더할 나위 없이 예쁜 몸이었다.

"너는 그렇게 많이 먹으면서 어떻게 살이 안 찌는 거야……?"

"뭐? 그야 운동을 하니까 그렇지."

여동생이 나를 돌아보았다. 그 순간 샤워하던 여동생의 눈이 동그래졌다.

"우와, 언니 가슴 짱 커."

"아니아니, 맨날 보던 거면서—!"

"역시 생으로 보니까 박력이 있는걸."

"내 가슴은 제일 앞줄에서 보는 물개 쇼 같은 거야?"

여동생이 샴푸 통을 교체하는 동안 나도 대충 몸을 씻었다.

자, 문제는 지금부터다.

결코 넓다고는 할 수 없는 우리 집 욕조에 몸을 담갔다.

어떻게 해야 이 욕조에 둘이 같이 들어갈 수 있을까, 고민하고 있었는데 여동생은 주저하는 기색도 없이 욕조에 뛰어 들어왔다.
어푸.

"자, 잠깐 너무 확 들어오잖아."

좌악, 하고 욕조에서 따뜻한 물이 넘쳐흘렀다.

"아하하."

머리를 위로 모아 묶은 여동생이 태평하게 웃었다.

"언니, 다리가 걸리적거리는데—."

"너도 마찬가지잖아. 쓸데없이 이렇게 커져서는……."

"지금 가슴 크다고 자랑하려는 거야?"

"아니라고!"

우리는 어떻게든 자세를 바꿔가며, 욕조에 등을 기대고서 서로를 마주 보는 포즈로 자세를 잡았다.

자꾸만 다리가 닿았지만, 여동생이라서 그런지 그다지 거북한 느낌은 들지 않았다. 딱 지금만 키가 130cm 정도로 작아지면 안 될까, 하는 생각이 드는 정도다.

이제 남은 건 자연스럽게 머리를 감고서 나가면 끝이겠지만 나는 그냥 여동생이랑 목욕만 할 생각으로 들어온 게 아니니까……. 어떻게 얘기를 꺼내야 하나, 하는 고민은 또 다른 긴장감을 안겨주었다.

이럴 때는 먼저 별것 아닌 잡담으로 시작을…….

"아, 반창고 이제 뗐구나."

"아아, 응. 그랬지."

여동생의 손은 깨끗해진 상태였다. 손바닥을 펴서 손등과 손바닥을 번갈아 보여준다. 왠지 얘 나보다 손이 큰 것 같은데. 스포츠를 해서 그런 걸까.

"언니는 몇 살쯤부터 가슴이 커졌어?"

"어— 잘 기억이 안 나는데. 중학교 2학년 때쯤엔 이미 제법 커진 상태였던 것 같기도 하고."

"헤에—."

내 눈이 가늘어졌다.

"어? 뭐야? 하루나 짱, 부럽니? 부러운 거니? 언니의 가슴이? 응응?"

"아니? 하나도. 요만큼도."

"거짓말이잖아!"

"오히려 나도 저 정도로 컸다면 부활동 할 때 방해되겠네— 싶었어."

젠장, 가슴에 갈 지방이 전부 근육으로 가버려라…….

"정말…… 우리 둘 다 참 많이 컸네."

놀리는 것처럼 장난스레 웃는 여동생에게 뭐, 그건 그러네, 하고 고개를 끄덕여 주었다.

"마지막으로 하루나랑 같이 목욕하러 들어왔던 게 언제였더라. 초등학생 때쯤?"

"기억 안 나? 사고 쳤을 때였잖아."

"엥—?"

기억 안 나냐는 여동생의 지적에 나는 고개를 갸우뚱했다. 아무것도 기억 안 나.

아냐, 하지만 이대로라면 내가 여동생보다 머리 나쁜 애가 되어버려……!

끙끙대며 여동생을 바라보고 있었더니, 문득 떠오르는 기억이 있었다.

"아, 아아……? 그 뭐냐, 우유를 쏟았던 거?"

"맞아! 언니가 우유팩 끝을 가위로 자르려고 했는데 몸통 쪽을 쥐고 있는 바람에 우유가 확 튀어나왔던 때."

"자매가 쌍으로 우유 범벅이 되어서 바로 욕실로 밀어 넣어졌지……."

초등학교 고학년 때쯤이었다.

내가 여동생까지 길동무로 삼아버리고 말았다. 그때부터 실패만 거듭하는 언니와 똑 부러지는 여동생이라는 운명이 정해져 있었던 걸지도 모르겠다.

"이거 참, 폐를 끼쳤습니다."

"아뇨아뇨. 매번 있는 일인걸요."

"요 녀석이."

입으로 투닥거렸다. 지금 여동생에게 그 시절의 조그맣던 여동생의 모습이 겹쳐 보였다.

그건 그렇고 그때부터 얘는 참 똑 부러지는 동생이었다. 항상 민폐를 끼치기 일쑤인 건 내 쪽이었고…….

다른 집은 어떤지 잘 모르겠지만 아마 우리는 나름대로 사이좋은 자매라고 생각한다.

아니지, 어떠려나. 그냥 단순히 여동생이 됨됨이가 좋은 것뿐일지도……. 내가 엉겁결에 이렇게 목욕하자는 소리를 꺼내도 결국엔 같이 들어와 주니까…….

나는 등교 거부를 하는 동안 여동생을 대놓고 무시도 하고 방해하기도 했는데, 그래도 똑바로 나를 마주해 주기도 했고…….

우리가 지금처럼 지낼 수 있는 건 하나부터 열까지 전부 여동생 덕분이라는 생각이 들기 시작했다.

언니다운 행동은 뭐 하나 해준 적 없었던 언니지만…….

그래도…… 아니, 그러니까 더더욱 명목상 언니인 내가 이럴 때 힘을 내야지!

"하루나, 있잖아!"

"어? 왜, 왜 그래?"

나는 갑자기 큰 목소리로 외치며 몸을 내밀었다.

여동생과 거리가 좁혀진다.

그 눈동자에 내 모습이 비치는 게 보였다.

나는 물속에서 여동생의 손을 잡았다.

"괴, 괴롭힘당하거나, 그런 거 아니지?!"

"…………엥?"

이 말은 퀸텟 친구들한테 도와달라고 부탁하기 이전에 가장 먼저 여동생에게 해야 했던 말이었다.

"학교에서 안 좋은 일이 있어서, 그래서 쉬고 있는 거라면……! 나, 나도 하루나의 힘이 되어주고 싶으니까!"

——왜 내가 등교 거부를 했었는가.

여동생한테는 한 번도 이유를 말해준 적이 없었다.

그냥 학교에 가기 싫어서 안 갔다. 나는 그렇게 주장했다. 아빠한테도, 엄마한테도, 여동생한테도.

애초에 나는 괴롭힘까지 당하지는 않았고, 그저 따돌려졌을 뿐이었으니까. 하지만 그렇게 솔직히 말했다가 『뭐? 겨우 그런 것 가지고?』라는 소리를 듣고 싶지는 않았으니까.

자신의 나약함이 한심하고, 비참하고, 싫었으니까.

남한테 『시시해』라는 말로 바보 취급당하기 싫었으니까.

그래서 만약 지금, 하루나가 힘든 일을 겪고 있다면…….

“아무한테도 말할 수 없다는 생각이 들어도. 있잖아, 나는, 나만큼은, 진지하게 하루나의 얘기를 들을 테니까. 비웃지 않을 거고, 『겨우 그런 일로?』라는 소리는 절대로 하지 않을 거니까. 그러니까…….”

그저 마음만이 앞선 내 말이 욕실에 울려 퍼졌다.

잠시 동안 하루나의 휘둥그레진 눈동자가 내 상기된 얼굴을 비추고 있었고, 그리고.

한계까지 부풀어 오른 풍선이 빵 터지는 것처럼 푸웁, 하고 여동생이 뿜었다.

“뭐야 그게, 언니.”

뭐?!”

“뭐, 뭐, 뭐, 뭐야 그게라니……!”

말 그대로의 의미인데?!

기가 막혀 말이 안 나왔다.

여동생은 한바탕 깔깔 웃으면서.

"그런 일 없다니깐. 없어없어. 하나도 없어."

"그, 그치만…………!"

여동생은 "하아~ 빵 터졌네"라며 숨을 내쉬었다.

우, 웃고 있어…….

"애초에 내가 괴롭힘 좀 당했다고 학교를 쉴 애로 보여?"

"그건 잘 모르겠지만!"

"괴롭힌다고 학교를 쉴 바에야 있는 대로 복수해 준 다음 근신 처분을 받겠지."

"그건 자랑스럽게 할 소리가 아냐……."

나는 살짝 올려다보는 시선으로 물끄러미 여동생을 바라보았다.

"……괜찮은, 거야?"

"응?"

약간 고개를 숙이고서, 여동생의 일거수일투족을 관찰하는 것처럼.

어떠한 낌새를 드러낸다면, 반드시 놓치지 않겠다는 듯이.

"정말로 정말로…… 괴롭힘이나 그런 건 아니라고, 안심해도 돼?"

"응."

여동생이 내 손을 꼬옥 잡았다.

"그것만큼은 오늘 먹은 로스트비프에 걸고 맹세할 수 있어. 괜찮아."

그 태도는 틀림없이 평소 그대로의 여동생이었다.

"……그렇구나."

왠지 모르게 그대로 코밑까지 물에 얼굴을 담근 다음 하루나를 응시했다.

아마 진심으로 숨기려고 작정한다면 나로선 간파할 수 없긴 하겠지.

평소에 나를 놀리거나, 바보 취급하거나, 머리 꼭대기에 서려고 드는 여동생이지만, 그래도 이럴 땐 거짓말하진 않을 거라고 믿고 있으니까.

"그나저나 언니. 만약 내가 괴롭힘당하고 있으면 그땐 어쩔 작정이었어?"

"뭐?! 그야 설명할 필요도 없지! 한 대 패주러 갈 거야!"

나는 첨벙, 하고 기세 좋게 욕조에서 일어났다.

한 치의 망설임도 없이 주먹을 쥐고서 선언했다.

"내 귀여운 여동생한테 무슨 짓을 한 거야— 이러면서! 주방에서 식칼도 들고 갈 거야! 아니지 친구 엄마한테 스턴건을 빌려 올게!"

"바보 아냐."

농담을 받아넘기는 것처럼 하루나가 눈꼬리를 접어 웃었다.

"분위기 타서 『귀여운 여동생』 같은 소리나 하긴. 진짜로 하지도 못할 거면서. 맨날 사람을 총으로 쏘는 게임만 하니까 그런 험악한 소리가 쉽게 입에서 나오는 거라니깐?"

"으윽."

받아치는 말이 너무 아프지 않아……?!

조금은 기세등등하게 말할 수도 있잖아…….

"아, 아무튼 내 각오가 그 정도는 된다는 거야"

"그래그래, 고맙네, 고마워."

하루나가 씨익 웃었다.

"이러니저러니 해도, 여동생이 사랑스럽고 귀여워서 어쩔 줄 모르는 생물이니까 말이지?"

"……엥?"

"왜, 언니가 한 소리잖아. 그 어떤 슬픔으로부터도 지켜주고 싶어~ 라며."

그 말은.

어? 그러고 보니 말했나……? 말했던가……?!

생각났다. 나도 모르게 "으아앗!" 하는 소리가 입에서 나왔다.

"아니, 그건 그게 아니고!"

"언니는 그럴 때 진짜 징그럽거든~. 무슨 만화를 보고 영향을 받은 건지는 모르겠지만~."

"오해야!"

그건 여동생을 보고 한 소리가 아니라고! 여동생은 맞는데, 그 여동생이 아니라! 어디까지나 아지사이 양한테 말한 거지!

안 돼. 그렇게 설명할 수는 없어. 아지사이 양이 예전에 나를 『언니』라고 불렀고, 내가 아지사이 양을 다섯 살 어린애 취급을 하며 귀여워해 줬다니. 그야말로 식겁할 거야.

"오해애~?"

히죽히죽 되묻는 여동생을 보며 나는 입술을 부르르 떨었다.

"오, 오해가 아닙니다……. 소중하고 소중한 여동생입니다……."

구, 굴욕이야……. 어째서 내가 이런 꼴을…….

그러나 나와 아지사이 양의 명예를 지키기 위해서라면 견뎌야 할 때도 필요한 법…….

"뭐, 어쩔 수 없는 거지. 나 정도면 언니가 그렇게 죽고 못 살 정도긴 해. 그만큼 언니한테 많은 걸 해주긴 했으니까. 미용실도 그렇고, 옷 쇼핑도 그렇고, 말하는 법에 자세까지. 저번엔 구기대회도 도와줬잖아~?"

"네…… 하루나 씨 덕분에 지금의 제가 있는 겁니다……."

여동생이 중얼거리듯 툭 말했다.

"시스콘."

"크윽…………."

마치 나 혼자만 강렬한 전기 욕조에 들어가 있는 것 같았다. 몸이 찌릿찌릿거려……!

"그건 다 말이 헛나온 거야! 잊어버려!"

"에이— 언니를 놀려먹을 수 있는 절호의 건수인데."

"또 아이스크림 사 줄 테니까!"

"아싸~."

여동생은 짐짓 보라는 듯이 양손으로 피스 사인을 그리며 나를 약 올렸다.

"어휴 진짜, 기껏 걱정해 줬더니!"

"아무도 부탁한 적 없는데—?"

"그야 당연히 걱정하잖아! 여동생이 갑자기 학교에 안 가겠다는 말을 꺼내면! 언니라면 누구나!"

첨벙첨벙 소리를 내며 양손을 버둥거렸다.

여동생은 성가시다는 듯이 얼굴을 찌푸리면서도 훗, 하고 웃었다.
"됐으니까 자기 일만 신경 쓰라고. 언니는 이왕 고교 데뷔한 다음 좋은 친구를 잔뜩 사귀는 데 성공한 거니까. 나 말고도 신경 써야 할 게 얼마든지 있잖아."
"맞는 말이긴 한데!"
"진짜로 지금 있는 친구들을 소중히 여기도록 해. 언니한테는 과분할 정도로 멋진 사람들뿐이니까."
"……그건, 뭐, 네."
인생의 스승인 하루나 선배의 말에 그저 고개를 끄덕일 수밖에 없는 나. 이게 무슨 언니야?
여동생은 이제 얘기는 이걸로 끝이라는 듯 욕조를 나갔다. 그리고선 샤워 꼭지를 돌렸다.
"언니라면 분명 앞으로 인생을 백 번쯤 되풀이해도 그런 사람들은 친구로 못 사귈 테니까 말이야—."
"아무리 그래도 그건 말이 너무 심하잖아!"
자기 언니의 잠재력을 너무 정확하게 파악하고 있는 여동생에게 노성을 질렀다.
욕실에 여동생의 "아하하하하" 하고 커다랗게 웃는 소리가 울려 퍼진다.
그건 학교를 쉬게 된 이후로, 엄마가 오랜만에 들어보는 여동생의 웃음소리였다나 뭐라나…….
그 웃음을 대가로 당신 딸 중 한 명이 마음에 커다란 상처를 입었는데요!

사츠키 : 당신.

사츠키 : 어쩔 작정이야?

요우코 : 네—? 무슨 말인가요—?

요우코 : 갑자기 그런 문자를 보내서 압박하니까 무서워요—.

사츠키 : (무시하면서) 당분간은 상황을 지켜보자는 얘기는 어떻게 된 거야.

요우코 : 아니아니, 그렇게 화내지 말아 주세요. 그냥 가볍게 얘기를 나눠 봤을 뿐이잖아요.

요우코 : 네 다리를 걸치고 있다고는 해도, 걔는 내 여자친구다. 역시 그런 뜻인가요.

요우코 : 다른 여자가 가까이 접근하는 건 기분이 나쁘다는 건가요?

사츠키 : 그래서 그런 건 아니야. 그저 쓸데없는 짓 하지 말라는 뜻일 뿐.

요우코 : 알아서 하든가, 라고 말했으면서—.

사츠키 : 내 발목을 잡지 않는다면 말이야. 굳이 말로 하지 않으면 이해 못 하겠어?

요우코 : 아— 네네. 제 목적은 어디까지나 성공 보수니까요.

요우코 : 확실하게 돈만 받을 수 있다면야 불만은 없다고요. 물론이죠.

사츠키 : 알면 됐어.

요우코 : 아, 그래도 하나만 더. 시험해보고 싶은 게 있는데요.

사츠키 : 뭐?

요우코 : 무서워라—. 아하하, 뭐 별거 아니라고요—.

요우코 : 다만, 저는 원래 아마오리 레나코의 신변 조사를 담당하고 있었다, 그 말만 해두겠습니다.

사츠키 : 다시 한번 말하겠는데.

사츠키 : 이번 일에서 당신은 어디까지나 외부인. 그 점을 잊지 말도록 해.

요우코 : 네에—.

요우코 : 아, 그래도 레나코 쿤은 뭐라고 할까, 알 수 없는 매력이 있죠—.

요우코 : 내버려 둘 수가 없다고 해야 하나, 나도 모르게 손이 가게 된다고 해야 할까—.

요우코 : 이야, 그런 마음이 들게 만드는 점이 그 사람의『마성』이라는 걸까요.

요우코 : 만약 이번 일이 마무리되면 상심에 빠진 레나코 쿤을 위로해 주는 것도 나쁘지 않겠다 싶어요.

요우코 : 애프터케어라고 표현해야 할까요—.

요우코 : 코토 씨, 어떻게 생각하세요?

요우코 : 응? 어라? 주무세요?

요우코 : 코토 씨이—?

『부, 부탁드립니다! 하루나 선배!』

나는 필사적으로 고개 숙여 부탁했다.

눈앞에는 팔짱을 낀, 당시 중학교 1학년이었던 하루나 씨가 앉아계셨다.

『고등학교 데뷔라…….』

『네!』

하루나는 떨떠름한 표정이었다.

『그다지 상관은 없는데……. 언니, 진짜로 할 거야?』

『엇, 그건, 저기, 무슨 뜻……?』

부스스하게 아무렇게나 자란 앞머리 사이로 쭈뼛쭈뼛 안색을 살폈다. 여동생은 입술을 꾹 다물고 있었다.

『나도 일단은 이제 막 부활동을 시작한 처지라서 시간도 많이 없는 데다가, 아무 대가도 없이 공짜로 도와주는 거잖아. 도중에 에이— 그만할래, 라며 내팽개치면 엄청 맥 빠진단 말이지.』

"아으으."

『그래서? 어떤데? 어느 정도로 진심이야?』

입을 빼끔거렸다. 여동생의 말에 자신감을 가지고서 대답하지 못하는 스스로의 한심함에 식은땀이 흘러내렸다.

그렇지만, 달리 친구도 없고, 의지할 만한 사람도 없는 나로선 여기서 여동생한테까지 버림받았다간 거기서 끝장이었기 때문에.

『하, 하겠습니다! 엄청 노력하겠습니다!』

눈앞이 깜깜해질 정도로 여동생의 눈을 똑바로 바라보았다. 보기 안쓰러울 정도로 필사적인 내 모습은 여동생에게 대체 어떻게 비쳤던 걸까.

『……하아…….』

여동생은 성대하게 한숨을 푹 내쉬고서 나한테 손가락을 들이밀었다.

『우선은 미용실.』

『아? 어?』

『그 음침한 머리카락부터 어떻게든 정리하고 올 것! 눈앞이 보이는 상태가 되면 다음 단계로! 말해두겠는데 한다면 철저하게 할 거야! 도중에 우는소리 했다간 나는 두 번 다신 언니한테 상관 안 할 거니까! 알겠어?!』

나는 그 자리에 차렷 자세로 서서 직각으로 허리를 굽혔다.

『정말 감사합니다! 하루나 선배!』

그날 이후로, 하루나는 항상 내 삶을 구원해 주고 있다.

그렇지만…… 나는 여동생에게 무엇을 해줄 수 있는 걸까.

＊＊＊

“두 달이니까.”

“어?”

둘이 함께 목욕한 뒤로 며칠이 지나.

나는 여동생 방에서 같이 게임을 하고 있었다.
"요전번부터 말이야……. 자꾸만 말을 걸러 찾아오는 거, 솔직히 말해서 짜증 나."
"뭐?!"
번지 점프 도중에 끈이 뚝 끊어진 듯한 표정으로 여동생을 바라보았다.
"짜, 짜증 난다니 더 좋게 표현할 수도 있잖아! 그럴 수가, 나는 하루나 혼자서는 심심하겠다 싶어서……."
"아니 아무도 부탁한 적 없다니까. 집에 왔다 싶으면 바로 내 방에 와서는 오늘은 무슨 게임 할래? 뭐하고 놀래? 이러니……. 뭔가 엄청 여자친구처럼 굴잖아."
"무슨 소릴 하는 거야?!"
등교 거부 중인 여동생한테 신경을 쓰는 걸 가지고 여자친구 행세라니, 얼마나 사고방식이 삐뚤어진 거야!
"그럼 엄청 언니처럼 구네."
"언니 맞는데요?!"
"계속 이러다간 언젠가 베개를 들고 와서는『같이 자줄게』같은 소릴 꺼낼 것 같아……."
"아무리 그래도 거기까진 안 해!"
"글쎄, 정말이려나."
쿠션 위에 턱을 걸친 여동생이 입술을 비죽였다.
"언니는 하는 짓들이 하나같이 극단적이란 말이지……. 껄렁한 남자한테 헌팅 당하면 자기는 이제 진실한 사랑을 깨달았다며 동거를 시작한 끝에 그대로 버림받을 것 같아…….”
“그게 무슨 이미지야…….”
“엄마도 그렇게 말했어.”
“그런 소릴 왜 해! 딸을 뭐라고 생각하는 거야!”
소리를 질렀다. 우리 집안에서의 내 위치를 생각하면 날뛰고 싶을 정도였다. 진짜 하진 않을 거지만. 나는 언니니까요. 하는 짓들이 극단적이지 않은 올바른 인간이니까요.
“……그래서, 뭐가 두 달인데?”
“아아, 등교 거부 기간.”
선뜻 말하는 말에 나도 모르게 되물었다.
“엥? 어?”
이해력이 부족한 사람을 상대하는 것처럼 여동생이 한 번 더 말해줬다.
“아니 그러니까, 두 달 지나면 학교에 갈 거라고.”
마치 챙겨 보던 드라마가 있는데 저번 주엔 실수로 못 봤다고 말하는 것만큼이나 갑작스러운 발언이었다.
“그, 그래? 어? 잠깐, 앞으로 쭉 등교 거부를 이어가는 게 아니고 기간이 정해져 있는 거야? 뭔가 계기라도 있었어? 그것보다 두 달이라니 어째서?”
“질문이 많잖아. 질문은 하나씩 해주시죠—.”
나는 잠시 정지해 있다가 말을 쥐어 짜냈다.
“어…… 어째서 갑자기?”
혼란에 빠진 내 입에서 처음 나온 질문이 그거였다.

여동생은 당연하다는 표정으로.

"언니가 짜증 나게 구니까. 왠지 계──속 치근거릴 것 같으니."

"그, 그랬구나……. 나, 짜증 나서 다행이야……."

"아니 다행인 점이 하나도 없거든."

가슴에 손을 올리고서 절절하게 중얼거리다가 문득 깨달았다.

"그럼 더 많이 짜증 나게 굴면 집에 있기 불편해진 동생은 내일부터라도 학교에 가는 건가……?"

"대형 마트에서 자물쇠를 사 온 다음 방에 달아둘 거야."

"그래도 밥 먹을 때나, 화장실 갈 때나, 목욕할 때는 나올 거잖아."

"아니 언니 방에다가."

"나를 가둬 둘 작정이냐고!"

그건 사건이야! 감금 사건!

"어, 그럼 왜 두 달인데……?"

"그건 노코멘트."

"왜 기간을 정해둔 거야?"

"노코멘트."

"하나도 대답해 주는 게 없어……."

"질문은 한 개씩 해달라고 말은 했지만 대답해 준다고는 한 적 없거든요."

그건 그래…… 규칙에 엄격하구나…….

아니 납득하고 있을 때가 아니지.

"아무튼 그렇게 됐으니까."

여동생은 손가락을 치켜들며 딱 잘라 말했다.

“『내가 어떻게든 해야겠어—!』라면서 의욕에 차서는 너무 언니 행세하며 치근대지 말라고. 짜증 나니까!”

코앞까지 들이미는 손가락을 바라보면서 끄덕끄덕 고개를 흔들었다.

“아, 알겠습니다.”

“좋아. 그럼 나는 공부를 할 거니 방에서 나가 주시죠.”

“네, 넵.”

방에서 내쫓겼다.

달칵, 닫히는 문을 보며 나는.

“…………뭔가, 이걸로 괜찮은 걸까……?”

갑작스레 목표가 달성되는 바람에 어리둥절하면서도.

여전히 어딘가 석연치 않은 기분을 품었다.

＊＊＊

일단 여동생이 두 달 후에 학교로 돌아갈 예정이라는 사실은 퀸텟 그룹 채팅방에 전해 뒀다.

그랬더니 놀랍게도 다들 내가 말하기 전에 여동생이 먼저 연락을 줬다고 했다.

『아마 조만간 언니가 말할 거라고 생각합니다만, 두 달이 지나면 다시 학교에 갈 예정이니까 너무 걱정하시지 않아도 괜찮아요!』

모두 그런 메시지를 받았다고 한다. (여동생과 연락처 교환을 하지 않은 카호 짱만 빼고.)

마이한테 개별적으로 확인해 봤더니, 둘이 비밀 얘기를 나눴을 때도 『두 달이 지나면 학교에 갈 생각』이라고 말했다나. 다시 말해 시간을 벌기 위해 대충 둘러댄 말도 아닌 모양이다.

……그래서 결국엔 내가 할 일이 사라지고 말았다.

정말로 아무것도 할 게 없는 걸까.

결국 왜 여동생이 등교 거부를 했던 건지 여전히 수수께끼였다.

나는 미스터리 소설로 치면 등장인물 A에 불과한 역할만 부여받은 것처럼, 사건의 전모에 대해선 아무것도 모른 채 해방된 기분이었다.

물론, 이건 나에게 있어선 아직 시작에 불과했다는 사실을 나중에 가서 깨닫게 된다──.

＊＊＊

으음─, 으음─.

학교에서 돌아오는 길, 역시 나는 고민에 빠졌다.

일단 지금 상황에서 내가 여동생에게 뭔가 해줄 수 있는 일은 없어 보이고……. 그렇다고 지금 여동생이 하는 게임의 공략법을 열심히 알려 줘 봤자, 그게 걔한테 어떤 도움이 되기는 할까…….

내가 빌려준 게임은 꽤 꾸준히 하고 있는 것 같긴 한데. 하지만 여동생이 이대로 FPS의 매력에 푹 빠져서 나랑 나란히 앉아 게임을 즐기는 미래는 좀처럼 상상이 안 간다고 해야 하나……. 여동생도 완전히 시간을 때우는 용도 정도로밖에 생각 안 하는 것 같으니…….

두 달, 그저 앉아서 기다리기만 하는 건 성에 차지 않는다.

긍정적으로 해석하면, 나는 내 나름대로 최선을 다한 끝에 여동생한테서 『두 달 후에 갈게!』라는 말을 이끌어 낸 믿음직스러운 슈퍼 언니…… 라고 볼 수도 있긴 하지. (실제로 아지사이 양은 이와 비슷한 말로 나를 칭찬해 주었다.)

그래도 말이지. 사실 나, 아무것도 안 했으니까…….

아직 뭔가 할 수 있는 건 없을까……. 여동생한테 직접 물어보기? 하지만 그래 봤자 『됐으니까 공부나 하지 그래?』라는 소릴 들을 것 같아. 뭐, 이제 슬슬 시험기간이 가깝긴 해…….

그래도…… 으음…….

개찰구에 정기권을 터치하고서 홈에서 나왔다.

그렇게 어쩐지 뒤숭숭한 기분으로 걷고 있었더니.

역사 내. 기둥에 등을 기대고서 힘없이 주저앉아 있는 여자애가 있었다.

"어?!"

황급히 다가갔다.

익숙한 광경이었다.

게다가 은발인걸! 무조건 개라고 볼 수밖에 없잖아!

"자, 잠깐?! 루시 짱?!"

"아…… 으…… 아……."

"무슨 일이야?! 저기, 어디 아파?!"

꺼질듯한 목소리에 귀를 기울였다. 주변 사람들의 시선이 나한테까지 엄청나게 몰리는 듯한 기분이 들지만, 지금은 그런 걸 따지고 있을 때가 아니야!

루시 짱은 금방이라도 숨이 넘어갈 것처럼 말했다.

"……배, 배가 고파요……."

"………………."

나는 잔뜩 샀다가 한 개 남아버린 빵을 가방에서 꺼냈다. 루시 짱 입으로 가져가자 연필깎이처럼 빵을 냠냠 갉아먹었다.

그리고 3분 후.

"정말 감사합니다, 레나코 님. 완전히 회복됐어요."

"그게 되겠냐!"

몰라볼 정도로 찬란하게 빛나는 미소녀가 눈앞에 서 있었다. 방금 전만 해도 초췌했으면서 무슨 마법을 쓴 거야!

"아니 그것보다 대체 뭔데! 현대 사회에서 여고생이 길바닥에 쓰러져 있다니! 사건인 줄 알았다고!"

"루시도 이럴 때 딱 타이밍 좋게 레나코 님이 지나가실 거라곤 생각하지 못했어요…… 운명, 일지도 모르겠네요……."

"자, 잠깐, 그런 미모를 들이대면서 말하지 말아 줘……!"

"어쩌면 최근엔 매일 항상 이 시간에 역에 와 있었기 때문일지도 모르겠네요."

"그래서 그런 거네! 어? 뭐라고?! 매일 나를 찾고 있었어?!"

"네."

루시 짱은 『그런데요, 뭐 문제라도?』라고 말하는 것처럼 고개를 끄덕였다.

"어째서……?"

얼굴에 웃음을 짓는 루시 짱. 그 순간 역 안에 꽃이 가득 만개하는 듯한 환각이 보였다. 우읏, 미소녀──.

"같이 게임을 하고 싶어서요."

품에 안고 있던 토트백을 뒤적거리더니 루시 짱은 놀랍게도 휴대용 게임기를 꺼냈다. 그것도 두 대를.

엥…… 에엑?!

"게임이에요."

"그건 집에서 갖고 온 거야……?"

"네. 빈틈없이 충전도 해놨어요."

어딘가 뽐내는 것처럼 가슴을 펴고 말하는 루시 짱을 보며 나는 몹시 당황스러웠다.

역에서 나를 쭉 기다리고 있었고, 그 이유가『같이 게임을 하고 싶어』라니, 정말 별난 애라는 생각이 든다. 이제 와서 새삼스럽긴 한데!

뭐…… 막 일본에 온 참이라 친구가 없긴 할 테고, 나랑 게임 얘기를 나눈 게 엄청 재미있었기 때문이라고 생각하면…… 기쁘기도 하려나?

입장을 반대로 놓고 생각해 보면 나도 외국에 가서 비슷한 행동을 할지도 모르는 거니까……. 상대방이 기분 나쁘게 여기는 게 싫다는 이유로 체면을 따지느라 억지로 참을 뿐이지…….

루시 짱은 멍한 표정으로 내 기색을 살피고 있었다.

무기질적인 눈동자가 명령을 기다리는 안드로이드처럼 느껴졌다.

"으, 응. 알겠어. 여기서 하긴 그러니까 공원이라도 갈까?"

"네, 레나코 님."

루시 짱은 가방을 들지 않은 쪽 손으로 내 손을 잡았다.

"기뻐요."

"……그, 그래?"

"오늘은 저번보다 훨씬 더 오랫동안 같이 있을 수 있을 것 같아서. 무척이나."

표정이 뚜렷하진 않아도 굉장히 직설적으로 호감을 표시하는 모습에 나도 모르게 입꼬리가 느슨해졌다.

엇, 뭐지. 얘 나를 엄청나게 좋아하잖아……. 다른 나라에 와서 친구가 나 말곤 없다니, 곤란한 상황에서 지푸라기 대신 붙잡은 게 나였던 걸까…….

왠지 초등학생 시절 여동생 친구들한테 (그 시절부터 여동생은 친구가 많았다) 대장이라도 된 것처럼 으스댔던 기억이 떠오른다.

동갑내기 친구들은 나랑 안 놀아줬거든.

봉인시켜 뒀던 흑역사다.

어쩌면…… 나는 지금 여동생을 상대론 만족스럽게 보여주지 못했던 언니로서의 행동을, 루시 짱을 여동생 대용품 삼아 돌보는 걸로 충족하려는 게 아닐까. 루시 짱을 내 마음속 조그마한 인정욕구를 채우기 위한 도구로 삼는 게 아닐까.

어둠의 레나코가 어딘가 그늘에서 나를 엿보며 비웃고 있는 느낌이 들어, 나는 억지로 웃는 표정을 지었다.
"그, 그럼! 여기서 하자!"
집에 가는 길에 항상 지나다니는 공원에 들어와 둘이 나란히 벤치에 앉았다.
"어떤 게임을 할 거야?!"
"이거예요. 이걸."
루시 짱이 게임기를 켜서 내게 보여준 타이틀은 요즘 유행하는 헌팅 액션 게임.
협동 플레이를 장점으로 내세운 게임이라, 남녀노소를 불문하고 재미있게 즐길 수 있는 게임이다.
물론 나는 해본 적이 없다.
기본적으로 솔로 플레이인데 원한다면 협력해서 같이 플레이도 할 수 있어요, 라고 내세우는 게임이면 몰라도, 아예 처음부터 협동 플레이를 전제로 깔아두면 저절로 몸이 움츠러들게 된다.
어째서냐고? 그건…….
중학교 시절의 내가 화면을 보며 깔보는 표정을 지었다.
『혼자서도 즐길 수 있다고 선전하는 게임은, 어차피 혼자서도(친구들과 함께하는 재미의 2% 정도는ㅋㅋ 불쌍하니까 특별히ㅋㅋ) 즐길 수 있다는 뜻이잖아? 게임 업계마저 외톨이의 인권을 지켜주려고 애쓰다니, 진심 그러지 말아줬으면 좋겠네ㅋㅋ』
시끄러, 닥쳐! 편견으로 가득 찬 망령 같으니!
세상에는 다양한 게임이 있으니까 재미있는 거라고! 이렇게 다 함께 즐기는 파티 게임이 있어도 괜찮잖아!

"좋아! 해볼까! 나 이 게임은 처음이라서 기대되네—!"

"네."

끈덕지게 달라붙는 망상을 털어내려는 듯이 힘차게 버튼을 눌렀다. 기존에 있는 계정을 적당히 하나 빌린 다음 나도 게임을 기동했다.

"그건 그렇고 이 게임, 마침 처음부터 두 개 갖고 있었던 건…… 아니지?"

"하나는 새로 샀어요."

"그, 그렇구나……. 돈 씀씀이가 호쾌하네……. 내 주변에도 그런 애가 하나 있어. 그냥 한번 노는데 몇만 엔을 흔쾌히 지불하는 부자 친구."

"걱정하지 마세요. 카드로 결제했으니까요."

방긋 웃는 루시 짱. 그게 아니지!

"그거 결국엔 자기 계좌에서 돈이 빠져나가는 방식이거든?!"

"네……? 어째서?"

"긁기만 하면 모든 걸 마음껏 살 수 있는 마법의 티켓이라고 생각한 거야?!"

루시 짱은 게임에서 시선을 떼고서 하늘을 올려다보았다.

폭신해 보이는 새하얀 구름이 가을 하늘에 둥실둥실 떠 있었다.

"잘 생각해 보니 루시는 돈이라는 개념의 구조를 잘 몰랐던 것 같아요."

"그랬구나……."

그럴 수도…… 있나? 그런데 자기는 사회인이라고 말했었지,

루시 짱. 어떻게 생활하고 있는 걸까…….

"하지만 게임 속에선 한 판 할 때마다 돈을 받을 수 있죠."

"으, 응. 그렇지. 게임을 할 때마다 점점 늘어나지."

"얼마든지 복사할 수 있는 디지털 데이터와는 다르게, 현실에서 똑같은 일이 일어난다면 시장에 화폐가 넘쳐나게 될 테고, 그 결과 생활필수품의 가격이 천정부지로 치솟게 되어서, 결국엔 국민의 생활이 파탄 난다. 그런 건가요?"

"잠깐만. 이해하는 속도가 너무 빨라서 소름 돋았어."

루시 짱은 입가에 손을 대고서 "그렇군요. 그러니까 돈의 가치라는 건 지폐 그 자체의 물건이 아니라 사람들이 공유하는 하나의 환상으로서……" 라며 중얼거리고 있었다.

이젠 나로선 듣고 있어도 뭐라고 하는지 이해가 안 가는 수준이다. 얘는 혹시 가진 지식이 적을 뿐이지 엄청 머리 좋은 게 아닐까…….

"알겠어요. 아무래도 루시가 제공하는 가치가 특수하고 희소했기 때문에 지금까지 많은 돈을 얻을 수 있었던 모양이에요."

"그렇구나. 시장 경쟁에서 원칙이나 원리같이 국가의 그렇고 그런 것들이네."

나는 대충 아는 단어를 주워섬겼다. 두 다리로 서서 자기 몸을 최대한 부풀려 위협하는 레서 판다 같은 꼴이라는 생각이 들었다.

"그, 그런 것보다 게임 할까?! 봐, 나 캐릭터 만들었어!"

황급히 화제를 바꿨다. 상대가 어떤 애든 주제가 게임이라면 얘기할 수 있으니까…….

"루시도 만들었어요."

슥, 내밀어 보여주는 루시 짱. 루시가 만든 캐릭터는 은발에 키가 컸다. 이름도 자기 이름 그대로 루시(라고 읽는 거겠지. 루시는 게임 시스템 언어 설정을 영어로 해두고 있었다)였다.

캐릭터를 만들 수 있는 게임을 할 땐 실제 자기 모습을 투영해서 만드는 타입인가 보다. 괜찮다는 생각이 들었다.

굳이 따지자면 나도 그런 타입이다. 옛날에는 이것저것 내가 좋아하는 캐릭터를 만들어서 놀았지만, 요즘은 그 게임 속 세상에 내려선 나의 이상적인 모습을 상상하며 즐기고 있다.

그럴 때마다 외모가 다르긴 하지만 말이지. 긴 금발로 했다가, 흑발 롱헤어였다가, 어떨 땐 부드럽게 컬이 들어간 밝은색 머리카락이었다가……. 이상적인 내 모습, 인가…….

"그럼, 바로 같이 퀘스트 하러 가자."

"잘 부탁드릴게요."

정중하게 꾸벅 인사하는 루시 짱.

이리하여 우리는 하굣길 도중 공원에서 모험의 땅으로 여행을 떠났다.

"재미있잖아……. 이 게임……."

나는 감동으로 몸을 떨고 있었다. 협동 플레이를 추천하는 게임은 처음인데도, 누군가와 함께 즐기니 이렇게나 재미있구나…….

"네. 지금까지 인생에서 해본 게임 중에서 가장 재미있어요."

"뭐—? 아무리 그래도 과장이 너무 심해—. (기쁨)"

루시 짱의 순진무구한 웃음까지 더해지니 마음속의 어둠이 깨끗이 씻겨 내려간다.

중학교 시절의 불쌍레나코는 이렇게 완전히 성불해 버렸다.

『그치만 협동 플레이가 아무리 재미있어도 친구가 항—상 같이 어울려 주는 건 아니라고. 다음부턴 혼자서 게임을 할 때마다 그때는 재미있었는데…… 하고 평생 채워지지 않는 갈증을 품고서 게임을 하겠네. 이런 기쁨은 처음부터 모르는 게 나았을 텐데ㅋㅋ 불쌍해라ㅋㅋ』

이 자식, 아직도 남아 있었어……! 당치도 않은 소리를…… 큭!

나는 진심으로 화가 났다. 뭐에 화가 났냐면 정곡을 찌르는 것처럼 들렸다는 점에……! 설령 그 말이 사실이라 해도 나는 빛을 향해 손을 뻗겠다고 결심했다고.

"무슨 일인가요, 레나코 님. 갑자기 몸을 푹 웅크리시고. 배가 아프신가요?"

"아무것도 아니야…… 아무것도 아니긴 한데, 같이 즐길 친구까지 함께 세트로 판매하지 않는다니, 게임 회사가 너무 성의 없는 것 같다고 생각하지 않아?"

"???"

루시 짱은 무슨 말을 하는지 잘 모르겠다는 표정이었다. 순진한 루시 짱을 어리둥절하게 만들었을 뿐이었다. 미안해!

그때였다.

"아."

내가 (떨리는 손가락으로 조작하다가) 실수하는 바람에 커다란 몬스터한테 맞고 날아갔다. 체력 게이지가 0이 되어 사망했다는 화면이 떠오른다.

“미, 미안, 실수했어.”

캠프로 강제 귀환 당한 내가 힐끔 루시 짱의 얼굴을 보자.

또르륵.

그 눈에서 눈물이 흘러내리고 있었다.

“어?!”

진짜로 깜짝 놀랐다. 루시 짱이 든 게임기에 눈물방울이 떨어져 화면 위에 번졌다.

루시 짱은 무표정하던 평소와는 달리 비통하게 일그러진 얼굴로, 나를 쓰러트린 몬스터를 힘주어 노려보며 분한 듯이 신음했다.

“죄송해요. 레나코 님을 구해드리지 못해서.”

“아니, 아니아니아니! 지금 건 내 실수인데?!”

“레나코 님이 죽어버렸어요………….”

“살아있어! 여기 건강하게 살아있어!”

팡팡 가슴을 쳤다.

루시 짱은 잠시 동안 훌쩍이며 눈물을 흘렸고, 그 눈물은 몬스터를 쓰러트릴 때까지 이어졌다.

“해, 해냈네! 쓰러트렸어! 이예—이!”

“………………네.”

휴우, 루시 짱도 크게 한숨을 내쉬었다.

“그러면 다음 퀘스트를 하러 가볼까요.”

“어?! 아, 응! 기분 전환이 빠르구나?!”

대체 뭘까, 얘. 캐릭터에 자신을 투영하고 있다고 해야 하나……
캐릭터가 자신의 분신……? 그런 인상이 느껴진다.

"참고삼아 묻는 건데……. 루시 짱은 FPS을 할 때도 울거나
그래?"

"? 울다뇨? 누가요?"

"아니, 방금 울었잖아?"

고개를 갸웃거리는 루시 짱. 아니아니, 자각이 없다는 게 말
이 돼?!

"같은 편이 당하면 그야 당연히 슬프죠."

"엥……? 그, 그래?"

"네. 그래서 만약 위기에 처한 분이 있다면 온 힘을 다해 지켜
드리고 있어요."

"헤, 헤에…… 하지만 그런 위험한 상황에 뛰어들다가 자기까
지 휘말려서 같이 게임오버 당하거나 그러진 않아?"

"자주 그래요."

…………. 나는 입을 다물었다.

아니, 그런 플레이 스타일은 평범한 편은, 아니지……?

달리 게임 친구가 없는 나로선 자신 있게 말은 못 하지만! 그래
도 팀플레이에서 같은 편이라고 해봤자 쓸만한 도구, 혹은 쓸모없
는 도구 정도로밖에 생각 안 하잖아? 내가 유독 매정해서 그런 거
아니지?! 나는 마음속의 사츠키 양한테 물어보았다. 제 말 맞죠?!

사츠키 양은『이럴 때만 나한테 동의를 구하다니, 너는 정말로
비겁한 녀석이네』라고 꾸짖었다. 지금 내가 바라는 건 내가 옳다

고 맞장구 쳐주는 말이지, 인격에 대한 비난이 아니거든요?!

그건 그렇고 루시 짱, 그런 플레이 스타일로 플래티넘까지 올랐다니, 나보다 훨씬 게임을 잘한다는 소리잖아…….

생각해 보니 아까부터 몬스터랑 싸우고 있는데도 루시 짱만 거의 한 대도 안 맞았다는 느낌이 든다. 그럴 수가…….

……뭔가 오늘 하루를 통해 루시 짱의 다양한 일면을 알게 됐는데……. 알면 알수록 신기한 애다.

눈이 마주쳤다. 긴 속눈썹이 흔들리면서, 루시 짱이 수줍게 미소 지었다.

"즐거워요."

윽……. 두근거렸어.

루시 짱을 여동생 대용으로 취급하는 건 아니라고 100억 퍼센트 단언할 수 있지만 그래도 이런 꾸밈없고, 착하고, 귀여운 애가 여동생이었다면 하루하루가 즐거웠겠지…….

"레나코 님 같은 분이."

"어?"

되물었다. 그러자 게임 화면에 시선을 떨어트리면서 루시 짱이 작은 목소리로 말했다.

"레나코 님 같은 분이 언제나 저와 함께 놀아주는 가족이었다면…… 분명 무척 행복하겠지…… 하는 생각이 들었어요."

"……그, 그러려나?"

더듬거리며 대답했다. 그러자 루시 짱은 "네" 하고 살짝 얼굴을 붉히면서 끄덕였다.

하지만 저는……. 여동생한테 아무것도 해줄 수 있는 게 없는 못난 언니지만요…….

"참고삼아, 그건 어떤 점을 보고 그렇게 생각했는지, 그, 물어봐도 돼?"

조심스럽게 묻자, 루시 짱이 고개를 들었다. 커다란 눈으로 나를 바라보면서 부드러운 입술을 벌렸다.

"레나코 님은 루시를 도와줬어요. 정말 착한 분이에요."

"……착하다."

그 말을 들은 나는 얼굴 근육이 경련을 일으키지 않도록 노력하면서 웃는 표정을 만들었다.

"고, 고마워."

하지만 이런 착한 행동쯤이야 당연한 일이다. 그야 그렇지, 무엇 하나 제대로 할 줄 아는 일이 없는 나로선 하다못해 남한테 착하게라도 굴지 않으면 아무도 나를 상대해 주지 않을 테니.

이건 자기 비하가 아닌 객관적인 사실이다. 내 주변 사람들은 착한 마음씨는 기본으로 갖고 있고 거기에 이어지는 플러스알파가 차마 세기도 힘들 정도로 수없이 많다. 운동을 잘한다거나, 밝은 성격으로 남들에게 기운을 준다거나, 공부를 굉장히 잘한다거나…….

"…………응? 공부……?"

저도 모르게 중얼거리고서 벌떡 일어났다.

"앗! 공부!"

"네?"

“미안, 그랬지! 나 이제 곧 시험 기간이었어! 루시 짱, 지금 몇 시야?! 으왓, 주변이 깜깜해! 어느새?!”

혼자 허둥지둥, 그리고 또, 어어 그리고 또!

“아, 맞다! 저기저기, 오늘이야말로 연락처 교환하자! 그러면 아까 같이 랜덤 인카운트 식으로 만나지 않아도 되니까! 어디 보자, 스마트폰이…….”

그렇게 말하며 바른 자세로 가지런히 다리를 모아 벤치에 앉아 있는 루시 짱을 위아래로 살펴보았다. 게임기를 넣어뒀던 토트백 말고는 빈손인 루시 짱.

“……스마트폰은?”

“갖고 있어요.”

“그렇구나!”

나는 가방에서 노트를 꺼내 한 장을 찢어 내 라인 주소를 적었다. 혹시 문자메시지로 연락할 가능성까지 고려해서 전화번호도 함께.

“자, 이거 내 연락처! 나중에 등록해 주면 돼!”

“감사합니다.”

내 연락처를 받아 든 루시 짱은 일단 알겠다고 대답은 했지만, 집에 가서 잘 등록할 수 있을지는 미심쩍었다.

“이왕 갖고 있는 거니까 문명의 이기는 잘 써야 해……. FPS 게임도 마지막까지 맨손으로 싸우진 않잖아. 주운 무기는 잘 써먹잖아?”

“듣고 보니 그 말이 맞아요.”

"응, 그럼 나는 이만 가볼게! 앗, 게임도 고마워, 다음에 또 놀자!"
"네, 꼭이요."
일어선 나에게, 루시 짱은 정면으로 다가와.
꼭 껴안았다.
"자, 잠깐."
얘는 경계심이 지나치게 없는 거 아냐?! 이러면 주변 사람들 누구나 착각할 거라고! 나는 안 그러지만! 이런 애는 분명 아무한테나 껴안고 그럴 테니까! 나한테만 이렇게 해주는 게 아니니까!
미소녀의 향기가 난다!
"또 같이 놀아요. 레나코 님."
"으, 응, 다음에 또……."
밤중의 공원에 가만히 서서 작게 손을 흔드는 루시의 모습은 마치 옛날이야기에 나오는 공주님처럼 사랑스러워서.
이런 애가 나를 칭찬해 줬으니까, 나도 아직은 조금 더 힘을 낼 수 있지 않을까…… 왠지 그런 마음이 샘솟는 느낌이었다.
아니 아무튼 일단은 시험공부가 우선이지만!
저기, 사츠키 양! 이번 주 주말에 시간 괜찮은가요?!

＊＊＊

"이야~ 역시 사츠키 양! **절친**이야말로 최고! 그보다 예전부터 쭉 생각했던 건데 사츠키 양은 진짜 엄청 착하단 말이죠! 퀸텟 안에서 가장 착한 사람이라고 해야 하나, 아지사이 양…… 아니

아무리 그래도 아지사이 양보다 착한 건 좀 불가능하니까, 마이 정도…… 하지만 마이도 착하단 말이지……. 그럼 카호 짱! 아냐, 카호 짱도 엄청 착하니까…… 그게, 우리 친구들은 빠짐없이 다들 착한 애들뿐이죠! 너무 상심하지 마세요, 사츠키 양! 사람은 성장할 수 있어요!"

"……나는 대체, 어쩌다 이런 애한테…………."

"네? 뭐라고요?"

"아무것도 아니야."

눈앞에서 사츠키 양이 뭔가 엄청난 후회를 곱씹는 것 같은 절절한 목소리로 아무것도 아니라며 쏘아붙였다. 무셔라…….

오늘은 토요일이고, 이곳은 사츠키 양네 집이다.

시험이 코앞이니 공부를 가르쳐달라고 눈물로 호소했더니 사츠키 양이 굉장히 귀찮다는 티를 내길래, 『그치만 사츠키 양은 어떤 상황에 놓여 있든, 그 사람이 진심으로 공부를 하고 싶다고 바란다면 힘을 보태주지 않을 이유가 하나도 없는 거 맞죠?!』 하고 매달렸다.

결국, 아르바이트가 없는 토요일이라면 괜찮다고 OK 허락을 받아냈다. 휘유—! 사츠키 양은 진심으로 내키지 않아 보였다.

실내복 차림인 사츠키 양은 머리카락을 큼직하게 땋아서 정리한 헤어스타일을 하고 있었다. 어깨를 타고 흘러내린 긴 머리카락이 억새풀처럼 흔들렸다. 저러고 있으니 왠지 모르게 가정적이고 부드러운 분위기가 풍겨서, 학교에 있을 때도 이 헤어스타일을 해줬으면 좋겠다 싶었다. 여자는 헤어스타일 하나만으로도 인상이 확 달라진단 말이지.

아니, 물론 풀어 내린 헤어스타일도 미인이니까 어느 쪽이든 포기하기 힘들지만…….

아무튼.

"오늘은 저를 위해 공부를 봐주고 계시기도 하니, 이건 변변찮은 물건입니다만……."

"뭔데? 뇌물?"

"그럼 뇌물인 걸로!"

나는 내 용돈으로 산 역 앞 제과점 바움쿠헨을 내밀었다. 사츠키 양은 떨떠름한 표정으로 내가 내민 선물을 받았다.

내가 준 선물을 받았다는 건 거래가 성립됐다는 뜻이다. 좋았어.

사츠키 양은 앉은뱅이 탁자에 팔꿈치를 올려 턱을 괴고서, 지루하다는 듯이 나를 보았다.

"그건 그렇고 이번에는 꽤나 필사적이네. 혼자 힘으로 노력하는 거 아니었어?"

"저기…… 그거 말인데요."

집안에 들어온 나는 교과서로 가득 차서 빵빵해진 무거운 가방을 내려놓고서 간사한 웃음을 지으며 손을 비볐다.

"여름방학 직전에 시험을 봤었잖아요. 거기서 꽤 좋은 성적을 냈다는 이유로 특별히 용돈을 받았거든요……."

"헤에."

"그래서 이번에도 괜찮은 점수를 받으면 또 용돈을 받을 수 있지 않을까 싶어서……. 솔직히 지금 특별 수입이 들어오면 큰 도움이 된단 말이죠……. 요전번엔 현실 옷도 구매했었으니…….
이번엔 새로운 무기 스킨이나 갖고 싶은 캐릭터가 있어서…… 헤헤헤."

"…………대체 왜, 나는…………."

사츠키 양의 표정이 불쾌함에서 몹시 불쾌함으로 변했다.

이런, 너무 솔직했다!

"앗, 그, 그래도 그런 이유만 있는 건 아니고! 저도 물론 공부는 하는 편이 좋다고 생각하거든요! 그 뭐였더라! 왜 있잖아요! 장래를 위해서 도움이 될 것 같잖아요! 지금 유행하고 있기도 하고! 레이와 시대의 트렌드는 공부!"

마치 그 외침이 결정타가 된 것처럼. 얼굴을 한 손으로 감싸 쥐고 있던 사츠키 양이 신음했다.

"……됐어. 네가 그런 인간이라는 사실쯤이야 처음부터 알고 있었다고. 자신의 욕망에 솔직할뿐더러, 얼굴이 자기 취향인 예쁜 여자가 있으면 가리지 않고 손을 뻗는 데에 주저함이 없지. 너는 그런 식으로밖엔 살 수 없는 거구나."

"그게 무슨 뜻인가요?!"

"불쌍하게도. 너는 살아가는 동안 소중한 빛을 악마에게 빼앗기고 만 거야. 성실함, 선량함, 청렴함, 근면함, 절제력, 도덕심, 고결함. 인간을 인간답게 만들기 위해서 필요한 일곱 가지 빛깔을 두 번 다시 되찾을 수 없겠지. 그럼에도 흉한 모습을 노출하며 살아갈 수밖에 없는 거네."

"지금도 제 가슴 속에서 잘 빛나고 있다고요!"

내 가슴을 찰싹찰싹 두드렸다. 지금까지 들어본 적 없을 정도로 신랄한 매도였다.

사츠키 양은 내 항의를 반쯤 무시하면서 교과서를 펼쳤다.

"장난치는 건 이쯤 하고 바로 시작하자. 시험이 바로 다음 주니까 주요 과목 위주로 할 거야."

"아, 네……. 잘 부탁드리겠습니다……."

찜찜한 기분이 마음을 가득 채우고 있었지만, 지금은 내가 압도적으로 숙이고 들어가야 할 처지. 사츠키 양의 기분을 상하게 만들 수도 없는 노릇이라 얌전히 고개를 끄덕였다.

그런데 그때, 충격적인 무언가가 눈에 들어왔다.

"사츠키 양, 이, 이거! 중학교 교과서가 놓여 있는데요?!"

"그래서?"

내가 부들부들 몸을 떨고 있자, 사츠키 양은 당황스럽다는 듯이 눈썹을 찌푸렸다.

"일단은 여동생한테 공부를 가르쳐 주고 있으니, 복습해둘까 싶어서 꺼내놨는데…… 왜?"

"아뇨!"

나는 고개를 휙휙 저었다.

"젠장, 동생 녀석……. 사츠키 양한테 배우는 걸로도 모자라 사츠키 양의 개인 시간까지 빼앗고 있었다니……! 어떻게 이렇게 뻔뻔스러울 수가……!"

"괜찮아. 뻔뻔스러움으로 따지면 네가 압도적으로 한 수 위에 있어."

"저는 괜찮아요—! 왜냐하면 저는 사츠키 양의 둘도 없는 친구니까요—! 동생은 그저 내 여동생이라는 이유만으로 꿀을 빠는 빨판상어 같은 녀석이잖아! 자기 인생을 걸고 FPS로 도전해 보란 말이야, 이 자식!"

"공부 안 할 거면 그만 가줄래?"

"죄송합니다바로공부할게요!"

바닥에 닿도록 고개를 숙였다.

하아, 하고 깊은 한숨을 내쉰 사츠키 양은 다시금 고1 수학 교과서를 펼쳤다.

"그럼 나도 옆에서 공부하고 있을 테니까 모르는 부분이 있으면 물어봐."

"네! 부디 잘 부탁드립니다—!"

그 이후, 내 머릿속에 실타래처럼 엉켜 있던 생각들은 전부 뿔뿔이 풀어헤쳐졌다.

"하아아아……."

나는 바닥에 큰대자로 벌러덩 누웠다.

아, 머리 엄청 썼어…….

"수고했어. 확실히 열심히 했는걸."

사츠키 양이 시키는 대로 문제를 풀고, 풀이를 배우고……. 세 시간쯤 됐을까. 쉬는 시간 없이 쭉 계속했더니 이제 슬슬 지친다.

"네, 네에, 뭐……. 하다못해 열심히라도 하지 않으면 그냥 사츠키 양네 집에 쳐들어 온 뻔뻔한 여자가 될 뿐이니까요……."

“뭐, 아무리 열심히 하더라도 뻔뻔하다는 사실은 달라지지 않겠지만. 열심히 하지도 않는 뻔뻔한 여자보다는 노력하는 뻔뻔한 여자가 낫지. ……나은 걸까.”

“그래도 그게 낫다고 해주신다면 내일도 열심히 할 수 있을 것 같은데요…….”

“마침 좋은 타이밍이네. 잠깐 쉬자.”

내 애원을 완전히 무시하면서 사츠키 양도 기지개를 켰다.

긴 팔을 쭉 뻗고서 몸을 젖혀 스트레칭을 하는 모습은 뭐라고 해야 하나, 예쁜 사람이 저러고 있으니 보는 관점에 따라선 좀 야하다고 느끼는 사람이 세상에 존재할지도 모르겠네요. 제가 그렇다는 건 아니고요.

그리고 나선 내가 선물로 가져온 바움쿠헨을 잘라서 내왔다. 올 때 들고 온 페트병이 있어서 마실 건 정중하게 사양했다. 사츠키 양은 자기 몫으로 인스턴트커피를 타왔다. 커피를 기울이는 모습이 한 폭의 그림 같았다.

“자. 당분을 보급해 둬.”

“앗, 고맙습니다. 맛있어.”

“응, 맛있는걸.”

누워있던 몸을 일으켜 우물우물 맛을 보자, 사츠키 양도 칭찬해 주었다.

내가 사 온 선물을 칭찬해 줬어……. 알 수 없는 뿌듯함이 차오른다. 누군가에게 줄 선물을 사 가는 거, 즐거울지도…….

“하아. 왠지 머리를 안 써도 되는 걸 하고 싶네요.”

"그러네, 그런 거라면……."

입가에 손을 댄 사츠키 양은.

"있지있지, 아마오리, 혈액형이 뭐야?"

명랑한 목소리로 말하기 시작했다. 명랑한 목소리?!

어딘지 모르게 친근하고 붙임성 있는 말투에 나도 모르게 경악했다.

"엥?!"

"응응? 무슨 형인데? 어? 무슨 형?"

추가타까지 이어졌다. 뭔가 무시무시한 일이 벌어지는 건가……?

"저, 저는 O형인데요."

"헤에— 그렇구나."

"사츠키 양은."

"뭐—? 무슨 형일 것 같아?"

"A형 아닐까……."

"정답이야—."

"와아………… 아니 이거 사츠키 양이라면 절대로 안 할만한 대화잖아!"

내가 소리치자, 사츠키 양은 경박하던 목소리에서 평소의 사츠키 양으로 돌아왔다.

"뭐야. 네가 바란 거잖아."

"뜬금없는 연기에 맞춰주는 건 엄청 머리를 써야 하는 일 아닐까요?!"

사츠키 양은 이 정도쯤이야 별것도 아니라는 표정으로 머리카락을 쓸어 넘겼다. 방금은 진짜 대체 뭐였던 거야. 그리고 이 사람 커뮤니케이션 능력이 차고 넘치잖아…….

"마음만 먹으면 상대가 누구든 대화에 맞춰줄 수 있을 것 같네요, 사츠키 양……."

사츠키 양은 물끄러미 나를 응시하면서 "상대가 누구든……. 그러네"라며 고개를 끄덕였다. 그 시선은 대체 무슨 뜻일까요……?!

"앗."

그때 나는 신기한 무언가를 발견했다. 정확하게 말하면 사츠키 양네 집에 놓여 있다는 게 신기한 물건이다.

"그거, 한 세대 전 휴대용 게임기잖아요. 왜 이게 사츠키 양네 집에?"

그러고 보니 예전에 어머니가 FPS를 즐긴다고 한 적도 있었다. 혹시 사츠키 양네 어머니는 게이머인 걸까? 하고 생각했는데.

사츠키 양은 잠깐 입을 다문 다음, 대답했다.

"카호가 빌려줬어."

"네?!"

깜짝 놀랐다. 카호 짱이 게임기를 갖고 있는 건 조금도 이상하지 않지만, 그런데 왜 카호 짱이 사츠키 양한테?

"이런 것도 해 보면 어때? 라고 하길래."

"헤에……. 잠깐 구경해 봐도 될까요?"

"…………그러든지?"

뭐지? 지금의 묘한 간격은. 아냐, 그래도 허락해 줬다는 건 만졌다고 갑자기 로우킥을 날리거나 문고본 모서리로 때리지는 않겠다는 뜻일 거야.

휴대용 게임기를 가지고 사츠키 양 옆에 앉았다.

전원을 켰더니, 화면에 나타난 게임은 이것 또한 예상 밖인…….

"에엥—?! 연애 시뮬레이션?!"

게다가 남성향 게임이다. 한마디로 여자애랑 연애하는 게임……!

"그야 엄청 재미있는 게임이긴 하고, 올드팬도 수많이 존재하는 명작인 것도 맞지만, 왜 사츠키 양이 이 게임을 추천받은 거죠……?"

사츠키 양은 무릎을 모아 감싸 안으며 시치미 떼는 표정으로.

"그건 그렇고 말하는 걸 보니 너도 해본 적이 있는 것 같은 말투인데."

"허어. 네에 뭐, 해보긴 했는데요. 중학생 때."

"그래…… 여자애랑 연애하는 게임을 말이지."

눈을 피하는 사츠키 양한테서 어딘가 나를 배려하는 듯한 분위기가 풍겼다.

아니 잠깐.

"잠깐만요! 아니 그게 아니고! 저는 특별히 누구를 좋아해서 그런 게 아니라! 그냥 게임을 게임으로서 즐기는 거라, 이 연애 시뮬레이션 게임도 그 게임성이 마음에 들었을 뿐이라! 그러니까 그런 뜻이 아니고요!"

"그러지 않아도 돼. 새삼 얼버무리려고 들지 않아도."

"아니라니까요!!"

몇 번이고, 몇 번이고, 몇 번이고, 몇 번이고, 몇 번이고, 몇 번이고, 내가 쭉 부정했었잖아요! 옛날부터 여자를 좋아했던 게 아니라고요! 아무나 좋으니까 한 명쯤은 내 말을 믿어줘!

“사츠키 양도 카호 짱한테 이런 게임을 빌렸으면서! 사츠키 양이야말로 여자를 좋아하는 거 아닌가요?!”

“그럴지도 모르겠네.”

“…………어?!”

회심의 받아치기라고 생각했는데 아무렇지도 않게 긍정하는 말이 돌아오자 나는 엄청나게 당황하고 말았다. 사츠키 양이 좋아하는 사람은 여자애……?!

“원래 철이 들 무렵부터 아빠가 안 계셨던 점도 있어서, 남자와는 그다지 인연이 없었어. 어쩌면 그런 이유도 있는 게 아닐까. 엄마도 자주 타이르면서 주의를 주시기도 했고.”

“……주의?”

사츠키 양은 수업 중에 선생님한테 지목을 받았을 때처럼 태연한 얼굴로 말했다.

“항상 조심하고 경계하라고. 나는 어렸을 때부터 미인이었으니까.”

“아아…… 그건 이해가 가네요.”

철이 들 무렵부터 아버지가 집에 안 계셨다는 말은 지금 처음 들었지만…… 왠지 모르게 수긍이 갔다.

사츠키 엄마가 스턴건을 갖고 있었던 것도, 범죄에 대한 경계가 철저했던 것도, 어머니 혼자 힘으로 딸을 키워왔던 것과 분명 관련이 있겠지.

사츠키 양은 옛날부터 특히나 신신당부를 들어왔을 게 분명하다.

"뭐, 네 덕분에 여자한테 덮쳐지는 일도 있다는 사실을 알게 됐지만."

"그런 일도 있긴 했죠!"

마이가 한 짓은 일단 제쳐두기로 하고, 사츠키 양은 뺨에 손을 대고서.

"돌이켜 보면 옛날부터 나한테 다정하게 대해주는 사람은 대부분 여자였다는 느낌도 들어. 엄마 직장 동료분도 나한테 여러모로 많이 신경을 써주셨고."

"이야— 하긴 그렇긴 해요. 기본적으로 남자애보단 여자애가 얘기하기도 편하고, 상냥하고, 귀엽고, 예쁘고, 좋은 향기도 나고, 보드랍고, 정말 최고죠. 그 마음 알아요."

알 수 없는 침묵이 흘렀다.

어?! 아니 저는 여자를 좋아하는 건 아니지만 말이죠?!

"……. 그렇게까지 말한 적은 없지만 뭐, 맞는 말이야. 결국 자라온 환경, 만나온 사람에 따라 다른 게 아닐까."

"그렇겠죠."

"애초에."

사츠키 양은 의기양양한 표정으로 선언했다.

"나는 연애적인 의미에서 사람을 좋아할 일은 없으니까. 전부 다 탁상공론에 불과하지만."

여태까지 실컷 말해놓고 이제 와서 오리발을 내민다고?!

"좋아요! 그럼, 자! 어디 한번 게임을 해보세요! 제가 옆에서 보고 있을 테니까!"

"상관은 없는데. 아직 해본 적 없거든."

게임을 킨 사츠키 양 옆으로 다가가 같이 화면을 들여다보았다.

윽…… 거리가 가까워……!

아냐, 아냐아냐, 딱히 별생각 안 들지만 말이죠. 그야 저는 여자를 좋아하는 게 아니니까요………… 라니, 그런 변명이 통할 리가 없잖아, 아마오리 레나코! 지금 옆에 있는 사람은 엄청난 미인에다 전 여친이라고!

"앗, 사츠키 양! 연애 시뮬레이션 게임을 할 땐, 주인공 이름에 자기 이름을 넣는 게 불문율이에요!"

"흐응. 이인칭 소설 같은 걸까."

그게 무슨 뜻인지 알아듣지 못했지만 나는 "맞아요!"라고 대꾸했다.

이리하여 코토 사츠키가 탄생…… 하긴 했는데.

남녀공학 학교에 입학한 평범한 남자 고교생 코토 사츠키가 이제부터 고교 시절 동안 귀여운 여자친구를 만들겠어— 라며 큰소리를 치는 장면에서 사츠키 양이 신음했다.

"우와, 뭐야 이게."

"네? 뭐가요?"

"『공부』도, 『운동』도, 『외모』도, 대부분의 능력치가 0이잖아. 얘는 고등학교 1학년 때까지 뭘 한 거야? 그냥 숨을 들이마시고 내

뱉었을 뿐?"

"아뇨, 그건 그냥 게임 사양이라서……. 지금부터 조금씩 능력치를 올리다 보면 마지막엔 기말고사에서 1등도 차지할 수 있어요."

"지금 이대로면?"

"『공부』가 0이라서 밑에서 등수를 세는 게 더 빠른 낙제점투성이인 남자 아닐까요……."

사츠키 양이 게임을 리셋하고 타이틀 화면으로 돌아왔다.

"앗, 갑자기 뭘?!"

"이런 무능한 녀석한테 감정 이입을 할 수 있을 리가 없잖아. 재시작이야."

"아앗?! 그렇다고 왜 『아마오리 레나코』라고 이름을 짓는 건가요?! 너무해!"

"좋아, 이걸로 됐어."

"좋은 점이 하나도 없어!"

화면 속에선 고등학교 1학년 아마오리 레나코가 정말 아무 생각도 없어 보이는 표정으로 웃으며 귀여운 여자친구를 만들겠어— 라며 두 팔을 번쩍 들고 있었다. 여친은 뭔 여친이야 이 바보! 일단 공부해!

"자, 아마오리. 이 세상에 너를 좋아해 줄 만한 사람이 있다면 좋겠네."

"있다고요! 연애 시뮬레이션 게임이니까!"

우선은 게임에 대해 설명했다.

먼저 능력치를 올릴 것. 일정 수치까지 올리면 여자애와 아는 사이가 될 수 있으니까, 그때부터 열심히 데이트를 하면서 호감도를 올릴 것. 그걸 반복하며 최종적으로 3학년 때 고백을 받는 게 목표다.

"어느 정도 친한 사이가 됐으면 그땐 내가 먼저 고백하면 되는 거잖아. 어째서 고백해 올 때까지 기다리기만 하는 거야?"

"아뇨…… 원래 그런 게임이라서."

"그래, 그렇구나. 여자애랑 사귀고는 싶지만 자기가 직접 나서는 건 무서워서 행동으로 나서질 못하는 겁쟁이인 거네. 아마오리 레나코는."

"아마오리 레나코라고 부르지 말아 줄래요?!"

게임을 진행하자 곧바로 어릴 적 소꿉친구인 여자애가 나타났다. 긴 머리카락에 머리띠를 한 애다.

"나, 나왔다—『미치노 테비키』 양!"

"뭐라고?"

"아뇨…… 얘, 테비키 양은 모든 능력치를 MAX에 가까운 수준으로 올리지 않으면 공략이 불가능하다고 일컬어지는 난공불락의 소녀거든요……. 별명이 이 게임 최종 보스예요. 아마 학교에서도 최상위 그룹일 거라서 저는 좀 거북하다고 해야 하나……."

"그래도 소꿉친구잖아?"

집에 가는 길에 테비키 양이 먼저 말을 거는 이벤트가 나왔다. 아마오리 레나코가 『같이 가지 않을래?』라고 권하자, 테비키 양은 단칼에 거절했다. 사츠키 양이 눈썹을 찌푸렸다.

"소꿉친구 아니었어?"

"그건 그런데요……. 능력치가 높지 않으면 조금의 여지조차 주지 않거든요. 심플하게 성격이 안 좋은 애라……."

"그렇구나. 소꿉친구라는 이유만으로 바보와 같이 다닐 생각은 없다는 뜻이네. 친근감이 느껴져, 테비키."

"같은 부류였어?!"

같이 가자는 제안을 거절당했는데도 아마오리 레나코는 실실 웃으며『오늘따라 내키지 않았던 걸까? 좋아, 다음에 또 권해 봐야지』라는 소리를 하고 있었다. 네가 무능해서 그런 거라고, 아마오리 레나코……! 이 녀석이 밉다.

그 뒤로도 몇 명인가 히로인이 등장했지만, 사츠키 양은 눈길도 주지 않고서 오로지『공부』스테이터스만 쭉쭉 상승시켰다.

쉬지도 않고서 공부만 연타하는 바람에 6월에는『스트레스』가『체력』수치를 넘어섰고, 병에 걸려 크게 앓고 말았다. 너무 아마오리 레나코스러워……!

"이건 뭐야?"

"적당한 타이밍에『휴식』을 골라서 컨디션 관리를 해줘야 해요."

"왜 공부를 하면서 휴식을 병행하지 않는 거야? 공부하겠다고 결심하면 쉬지도 않고 묵묵히 공부만 한다는 뜻? 그건 너무 어리석은 게 아닐까."

"저도 그렇게 생각해요!"

전면적으로 동감이었다. 컨디션 관리조차 못하는 이 아마오리 레나코라는 캐릭터가 점점 진심으로 마음에 들지 않기 시작했다. 멋진 친구들을 그렇게나 많이 뒀으면서 왜 옥상으로 도망치고 난리야, 너……. 잠깐, 그건 실제 아마오리 레나코였다.

"게다가 『휴식』을 선택하면 이번엔 하루 종일 잠만 자는데……. 매일 학교 마치고 집에 가면 하루에 6시간씩 공부하라고 강요하진 않았잖아. 1시간이라도 매일 꾸준하게 하는 게 중요한데."

"그게 불가능한 거예요. 아마오리 레나코한텐 그게 안 되는 거예요. 이 녀석은 하겠다고 결심하면 한 가지밖에 할 줄 모르고, 그 탓에 항상 주변에 폐를 끼쳐대기 일쑤인 녀석이에요."

"그래……."

그래도 노력한 성과가 나온 걸까, 여름방학 직전 시험에선 놀랍게도 전교 30등 이내에 드는 데에 성공했다. 나는 가슴속에 찡한 감동을 느꼈다.

"아마오리 레나코……!"

"뭐, 그래도 최소 커트라인은 넘은 걸까. 열심히 했는걸."

"헤헤헤……."

"너도 다음 시험에선 전교 30등 이내에 들었으면 좋겠네."

"?!"

져, 졌어……? 내가 『운동』도 『외모』도 아직 0인 아마오리 레나코한테……? 내가 패배자……? 취소해라……! 허억……, 방금 그 말……!

"좋아. 열심히 한 상으로 조금쯤은 놀아도 돼. 그렇지, 누가 좋을까."

"앗, 히로인에 대해선 전부 사츠키 양 취향으로 골라 주세요. 그게 연애 시뮬레이션 게임의 묘미니까요!"

"취향이라고 해도."

지금까지 만난 여자애들의 연락처 리스트를 빤—히 바라보는 사츠키 양. 잠시 고민하더니 사츠키 양이 전화를 건 상대는 학생회 소속인 마음 착해 보이는 여자애였다.

"오오…… 참고삼아 묻는데 왜 얘를?"

"테비키로 할까 고민하긴 했는데."

"그렇군요. 사츠키 양은 자기가 워낙에 능력이 출중하다 보니 척 봐도 능력 있어 보이는 사람을 좋아하는 거군요."

"내가 테비키라면 공부 외엔 무능한 남자애한테 데이트 권유를 받아도, 시간 낭비라는 이유로 무조건 거절할 테니까."

"너무해."

"그리고 어떤 여자든 일상 대화가 불가능한 수준이라 어떻게 해야 하나 싶었을 때, 유일하게 제대로 된 애처럼 보이는 애가 이 여자애였으니까."

"너무해."

코토 사츠키가 게임 실황 방송을 하면 채팅창이 엄청나게 불타오를 것 같았다.

그런 대화를 주고받으면서, 사츠키 양은 여름방학 동안 몇 번인가 그 여자애와 데이트를 반복했다. 처음에는 투덜거리면서 불평을 늘어놓으며 플레이하던 사츠키 양인데 점차 그 아이와 나누는 대화를 즐기는 듯한 기색을 보이기 시작했고…….

어라……?

"사츠키 양은 이런 온화한 성격의 타입을 좋아했군요. 왠지 의

외인걸요."

"딱히 그래서 그런 건 아니지만."

나는 깨달았다.

"아니 의외도 뭣도 아니잖아! 얘, 아지사이 양이랑 닮았잖아! 어쩐지!"

사츠키 양은 아지사이 양한테 무르다. 만약 내가 주먹밥을 만들다가 소금과 설탕을 헷갈려서 잘못 넣는다면 사츠키 양은 한 입 먹고서 바로 땅바닥에 휙 내던진 다음 발로 퍽퍽 짓밟겠지만, 똑같은 실수를 아지사이 양이 한다면 웃는 얼굴로 먹으면서 『맛있네』라고 말할 게 틀림없다.

그 정도로 아지사이 양을 아주 좋아하는 사츠키 양이니, 히로인도 아지사이 양과 닮은 여자애로 고르는 것은 자명한 이치였다.

"그렇지 않아. 하나도 안 닮았어."

"아니, 그래도! 말투도 그렇고, 뭔가 분위기 같은 게!"

"너는 세나의 특징을 겨우 그런 걸로 꼽는 거야? 세나의 가장 세나다운 부분은 부끄러워하지도 않고 망설임 없이 남에게 손을 내미는 그 인간성이잖아. 얼굴만 예쁘면 아무나 가리지 않는 너와 똑같은 취급하지 말아줬으면 좋겠어."

"게임을 막 시작한 지금 시점엔 그 인간성이 어떨지 아직 알 수 없으니까 느낌이 비슷한 애를 고른 거죠?!"

"정말이지……. 헛다리 짚는 소리만 일삼는구나. 그치? 세나. 다음엔 수족관에 가자."

"세나라고 했어! 지금 세나라고 불렀어!"

옆에서 왁왁 소란을 피웠더니, 사츠키 양이 "시끄러워"라면서 노려보았다. 너무해……. 나는 그저 사실만 말했을 뿐인데……!

여름방학 내내 놀고서 꽤 만족한 건지, 사츠키 양은 진행 상황을 저장하고서 휴대용 게임기를 내려놓았다.

"자, 쉬는 시간은 끝이야. 이번엔 현실의 아마오리 레나코의 『공부』를 상승시키겠어."

"『체력』과 『스트레스』 수치에도 제대로 주의를 기울여 주세요."

"징그러워."

최대한 귀여운 표정으로 올려다보면서 부탁했더니 욕을 먹었다. 그럴 수가. 설마 내 『외모』 능력치는 현실에서도 제로……?

여담이지만, 이날 이후로 가끔 사츠키 양한테 문자를 받게 됐다. 어떤 문자냐면, 어디어디까지 게임을 진행했다며 신나게 게임 진행 상황을 보고하는 문자긴 한데.

문제는 글을 쓰는 방식이 『아마오리 레나코가 드디어 기말고사에서 1등을 차지했어』라든가, 『아마오리 레나코가 체육 대회에서 단독 꼴찌를 기록했어. 좀 더 운동을 하도록 해』라든가, 『아마오리 레나코가 여러 여자애들 사이에서 좋지 않은 소문이 오가고 있는 모양이야. 사실 그렇긴 해』 뭐 이런 식이라.

아니 전부 게임에서야 맞는 말이겠지만! 그런데 이거 분명 나를 섬찟하게 만들면서 즐기고 있는 거죠! 사츠키 양! 하여간 장난꾸러기라니까! 젠장!

뭐, 그건 그렇다 치고서……. 나는 사츠키 양 맞은편 자리로 돌아가 별생각 없이 물었다.

"그런데 왜 갑자기 연애 시뮬레이션 게임 같은걸."

"뭐?"

"아뇨, 사츠키 양은 그런 쪽에는 조금도 관심이 없지 않을까 생각했어요. 연애라니 하찮아, 같은 말도 했었고."

"그건."

사츠키 양의 눈동자가 살짝 흔들렸다. 언제나 당당하고 자신만만하던 사츠키 양답지 않은 반응이었다. 왜 저럴까.

"마이가."

"마이가?"

앵무새처럼 되묻자, 사츠키 양은 눈을 꾹 감고선 담담하게.

"……그 바보가 이제부턴 분명 너랑 사귀는 동안 생기는 연애 고민을 나한테 가져올 테니까. 그때를 대비해서 미리 『사랑』이라는 걸 공부해 두려고 생각했을 뿐이야."

"아, 그렇구나!"

나는 수긍이 갔다.

"그러고 보니 사츠키 양네 어머니께서도 요즘 사츠키 양이 연애 소설들만 읽고 있다고 말했었죠. 그런 이유였군요!"

"맞아."

사츠키 양은 당당하게 말한 다음, 어째서인지 게슴츠레한 눈으로 나를 노려보기 시작했다.

"그래서? 그런 건데 왜? 뭔데? 불만이라도 있어?"

"엥?!"
왜 갑자기 트집을 잡는 거지?!
"불만이라니 없는데요?! 그저 사츠키 양은 참 상냥하구나, 싶어서……."
"내가 상냥했던 적은 인생에서 한 번도 없어."
"그치만 제 동생을 도와주기도 했고…… 지금도 마이를 위해 이렇게 게임까지……."
"…………. 쓸데없는 소리는 안 해도 돼."
"죄, 죄송합니다."
잠깐 침묵이 흘렀다.
어, 어째서일까, 어색해……. 내가 이상한 소리를 한 걸까.
좀 더 제대로 각 잡고 사과하는 편이 좋을까……?!
"아마오리는."
"네, 넵!"
사츠키 양은 눈을 가늘게 뜨고서 나를 응시했다.
"즐거워? 지금, 그, 현실에서 네가 플레이하는 연애라는 거."
"어, 그게……. 뭐…… 아마도요."
"자기는 연인 같은 건 바라지 않는다. 소중한 친구를 원할 뿐이라고 주장했던 주제에."
"그건 그런데! 지금도 여전히 그런 마음이 조금은 있긴 한데요!"
하지만 뭐라고 해야 할까……. 손 부근을 내려다보면서 더듬더듬 말했다.
"어느 쪽이든 결국은, 똑같은 관계구나, 싶어서……."

"……똑같다?"

"음…… 그게……. 사람이 다른 누군가를 소중히 여기고 아끼는 마음은 아마, 뭐라고 해야 하나, 원시 시대에도 분명히 존재했을 거란 말이죠……. 그건 비단 남녀뿐만 아니라 여자끼리의 관계에서도."

사츠키 양은 잠시 가만히 있다가 "계속해 봐"라며 뒷말을 재촉했다. 네, 넵.

"그런 감정과 마음은 아주 오래전부터 존재했지만, 음, 그 감정에 이름이 붙은 게 나중이었을 뿐 아닐까, 해서요……. 두 사람은 제게 연인이 되어주길 바란다고 했고, 저는 그『연인』이라는 관계에 최선을 다하겠다고 약속했지만, 그 근본에 존재하는 건 그저 두 사람이 소중하다는 마음이 아닐까……."

그러니까 결국은.

"마이도, 아지사이 양도 행복해졌으면 좋겠다고 바라고 있어요. 두 사람이 저를 원한다면 그 기대에 부응해 주고 싶고…… 이 바람은 우리의 관계가 친구든, 연인이든, 가족이든, 변함이 없어서……. 그러니 결국 이름이 달라졌을 뿐 똑같은 인간관계라고 생각했는데요……?"

사츠키 양의 표정을 살폈다. 사츠키 양은 차가운 눈으로 나를 응시하고 있었다.

"친구끼리 서로 마음이 설레거나, 키스를 하지는 않는다고 생각하는데."

그건 명확한 차이점이잖아? 라고 말하는 사츠키 양에게 나는.

"……그, 그래도."
"뭔데?"
"앗, 아뇨!"
말하면 화를 낼 거라는 생각이 들어서 하려던 말을 재빨리 주워 삼켰다.
"말 안 해도 화낼 거야."
"어떻게 하면 제 마음을 읽는 걸 그만둘 건가요?!"
"됐으니까 빨리 말해."
"으으."
가슴 앞에서 손가락을 꼬물거리며 머뭇머뭇 입을 열었다.
"저는……. 사츠키 양이랑 키스했을 때도, 같이 욕조에 들어갔을 때도, 항상 가슴이 두근거리고 설렜으니까요……. 설령 친구 사이라고 해도, 존경하고, 동경하는 상대라면 당연히 그럴 수도 있지 않을까— 해서……."
"…………뭐?"
사츠키 양은.
처음으로 이 집에 와서 묵고 갔던, 그날 밤 키스했을 때와 맞먹을 정도로 얼굴이 새빨갛게 물들었다.
"너."
"아뇨, 그게! 죄송합니다! 이상한 소리를 해서!"
"……나를 좋아한다는 뜻이야?"
"네?! 아뇨, 그건 아니라고 생각하는데요! 그야 당연히 사츠키 양은 좋아하죠! 그치만 그런 의미가 아니라! 절대로요! 저한텐 이

미 연인이 있는걸요!"

황급히 양손을 내저었다.

사츠키 양은 뭔가 생각에 잠긴 것처럼 입가에 손을 대고서 시선을 비스듬히 떨어트렸다. 하지만 머리카락 사이로 엿보이는 귀는 명백하게 빨개져 있어서, 보는 나까지 덩달아 부끄러워졌다.

"이제 그만하죠! 이 얘기! 전 여친과 나누기에는 너무 거리낌 없는 것 같아요!"

그런데 사츠키 양은 혼자서 중얼거렸다.

"……거꾸로 말하면, 체감하고 있는 도중에는 그게 연애인지 아닌지 알 수 없고, 애매모호한 감정에 이름을 붙이는 시점에서 그게 연애라고 정의된다는 뜻……?"

"저기…… 사츠키 양?"

뭔가 어려운 말을 혼자 중얼거리던 사츠키 양이 얼굴을 들더니 고개를 좌우로 털었다.

"과연. 아마오리, 덕분에 참고가 됐어."

"허어…… 그건, 저기, 별말씀을요……?"

어쨌든 방금까지 사츠키 양한테서 느껴지던 다가가기 힘든 분위기가 깨끗하게 사라졌다. 잘은 모르겠지만 사츠키 양이 물어보고 싶었던 말에 잘 대답할 수 있었던 걸까.

이번에야말로 공부를── 시작하려고 했던 타이밍에 스마트폰이 울렸다.

"으왓, 죄송해요."

"별로 상관없긴 한데."

스마트폰을 들고 화면을 보자, 전화를 건 사람은 카호 짱이었다.

집에 나 혼자 있을 때처럼 인간관계의 창구를 전부 폐쇄해 둔 모드는 아니었기 때문에, 주저 없이 전화를 받았다. 여보세요, 하고 전화를 받자 카호 짱의 맑고 경쾌한 목소리가 귓가에 날아들었다.

『아, 레나찡! 내일 시간 있어?』

"어? 응. 공부해야 하니까 하루 종일은 아니지만 괜찮긴 한데."

서두르는 듯한 질문에 당황하며 대답했다. 그러자.

종이 폭죽을 터트리는 것처럼 카호 짱이 큰 소리로 말했다.

『드디어 세라라가 얘기를 해주겠대!』

"어? 정말로?"

『응! 어떻게든 약속을 잡아놨어! 뭐, 나한테 걸리면 이 정도쯤은 쉽지!』

그렇구나. 카호 짱은 그 이후로도 계속 끈질기게 교섭을 이어가 주고 있었구나.

여동생 일은 어느 정도 일단락됐다는 느낌도 들지만……. 그래도 사정을 들을 수 있다면 듣고 싶어!

"우와, 고마워, 카호 짱!"

『아…… 그런데 말이지, 그저 살짝, 음—…….』

"?"

말하기 힘든 것처럼 말끝을 흐리던 카호 짱이 목소리 톤을 한 단계 낮췄다.

『아무래도 세라라가 계속 피해 다니던 데에는 이유가 있었나 봐……. 뭐, 됐어. 이건 직접 만나서 말하기로 할까.』

"어? 뭔데?! 신경 쓰이는데!"

『그럼 내일 보자냥!』

전화가 끊겼다. 만나는 장소와 시간은 나중에 메시지로 보내줄 모양이다.

그건 그렇고…… 마침내 세이라 양인가.

뭘까…… 어떤 얘기를 들려주려는 걸까.

잠시 스마트폰 화면을 바라보고 있었더니 사츠키 양이 물었다.

"여동생 일?"

"앗, 맞아요! 카호 짱이 여동생 친구한테 연락을 해줘서."

"그래. 이걸로 또 좋은 쪽으로 일이 풀리면 좋겠네."

"어어, 그게, 네!"

카호 짱이 뭔가 불안하게 들리는 말을 했다는 점은 일단 제쳐두기로 하자……. 어차피 내일이 되면 알게 될 테니까…….

아니, 그래도 신경 쓰이네! 내일이라고 하면 반나절이나 남았잖아?! 하루는 참 길구나!

머리를 감싸 쥐고 끙끙대고 있자 사츠키 양이 어처구니없다는 듯이 탄식했다.

"그 상태론 집중 못 하잖아. 오늘은 여기까지 할까?"

"으……. 아, 아뇨! 더 하겠습니다! 하다못해 공부쯤은 제대로 해야 사츠키 양의 베스트 프렌드라고 당당하게 말할 수 있으니까요!"

"용돈을 타려고 그랬던 거 아니었어?"

"헤헷."

나는 코를 쓱 훔치며 멋쩍게 웃었다.
"역시 베프. 저에 대해선 뭐든 꿰뚫어 보고 있군요."
"…………나는 정말로 어쩌다 이런 애한테……."
사츠키 양은 또다시 후회스럽다는 듯이 얼굴을 찌푸렸다. 그러니까 대체 그게 무슨 뜻인데요?!

***

"좋아, 왔구나!"
역에서 합류한 카호 짱, 오늘은 머리에 캡을 쓴 스트리트 패션이었다. 이런 패션이 잘 어울리는 여자애를 보면 정말로 부러워. 카호 짱은 귀여우니까…….
"저기, 그래서 어디로 가는 거야? 패밀리 레스토랑 같은 곳에서 모일 거야?"
"맞아맞아—. 시부야에 있는 좀 세련된 곳이야!"
"읏?! 어째서 그런…… 머, 멀리 있는 가게를."
어째서 그런 아싸에겐 독 늪이나 마찬가지인 가게를…… 이라고 목 끝까지 나올 뻔한 말을 황급히 틀어서 거리를 핑계 삼는 쪽으로 바꿨다. 거리가 멀다는 건 언제나 문제가 된다. 만약 아시가야 고등학교가 조금만 더 멀었다면 나는 다른 의미에서 등교 거부를 선언했을지도 모른다.
전철을 타고 우리 동네에서 점점 멀어지는 동안 카호 짱이 의기양양하게 손가락을 폈다.

"훗훗훗. 그야 신빙성을 높이기 위해서지."
"신빙성……?"
"세라라를 불러내려고 나 엄청 노력했다고. 일단 칭찬부터 해줘!"
"어? 아, 네. 와— 대단하다—."
"진짜 못하네……."
"갑자기 칭찬해달라고 그래도 난감하다니깐!"
카호 짱이 차가운 목소리로 나를 매도하면 왠지 묘하게 등줄기가 오싹거린다. 평소 구김살 없이 명랑한 모습과의 갭 때문에 대미지가 두 배로 들어오는 걸지도 모르겠다.
나는 진지한 얼굴로 호소했다.
"그러면 안 돼. 카호 짱은 나한테 상냥하게 대해줘야지. 규칙이 그렇잖아."
"처음 듣는 소리인데!"
"채찍 담당엔 이미 사츠키 양이 있으니까 카호 짱이랑 마이랑 아지사이 양이랑 그밖에 모든 인류는 사탕을 담당해 줘야 해."
"사탕 담당이 많다냥……. 뭐 그런 레나찡 입맛에만 맞춘 세계관은 아무튼 좋다고 치고."
카호 짱이 우뚝 멈추더니 나를 올려다보았다.
응?
"한 가지 미리 말해두고 싶은 게 있는데. 나는 딱히 학교에 안 가더라도 상관없다고 생각하는 쪽이야."
"사츠키 양이랑 똑같아."

그 말을 카호 짱이 하니 신기하게도 위화감이 없었다.

"사 짱이랑 생각의 방향성은 아마 꽤 다르겠지만 말이지. 어떻게 해서든 이루고 싶은 꿈이 있고, 그걸 위해서 학교생활 말고 다른 곳에 시간을 쏟아야 한다면 학교를 그만두는 것도 어쩔 수 없다고 해야 하나—."

나는 고개를 갸우뚱했다. 여동생이 그런 케이스에 해당하지는 않는다고 생각한다.

"코스프레 업계에 있다 보면 꽤 여러 사람을 알게 되거든. 고등학교를 그만두고 일을 시작한 언니라든가, 방송인, 스트리머를 하는 사람도 있고. 검정고시를 보고 학력을 취득한 사람이라든가, 이런저런 케이스."

"헤에—……."

"다만 그런 길을 걷는다고 해도, 어디까지나 가족들의 이해가 전제되어야 한다는 점. 중학교 2학년이라고 해 봤자 아직 자립도 못 한 어린애니까. 자기 길을 자기 혼자만의 생각으로 정한다니 안 돼 안 돼, 안 된다냥."

척, 손가락을 치켜드는 카호 짱.

카호 짱은 예전에 코스프레 취미를 계속해도 좋다는 허락을 받기 위해 공부에도 노력을 기울이고 있다고 말했다.

촬영회도 열 수 있고, 스스로 돈을 벌 능력이 있으면서도, (어쩌면 그래서 더 그럴지도?) 가족들을 소홀히 대하진 않는 거겠지.

"그래서 나는 레나찡네 동생은 학교에 가는 게 더 좋다고 생각하는 거야. 흔해 빠진 소리긴 하지만 세상 모든 게 경험. 쓸모없는 경험 같은 건 없으니까. 만약 자기 힘으론 도저히 어쩔 수 없는 이유가 있다면 그 이유를 해결하기 위한 도움 정도는 주고 싶어.”

카호 짱이 뺨을 긁적이면서 시선을 피했다.

“뭐, 내가 정의감만으로 아무한테나 가리지 않고 참견할 정도로 착한 사람은 아니지만. 여동생은 나랑 같이 농구도 한 사이고, 세라라의 친구이기도 하니까. 내가 직접 만나러 가는 건 입장상 너무 지나친 참견 같아서 이런 식으로 레나찡한테 도움을 주고자 합니다.”

“네, 넷! 감사할 따름입니다!”

아주 훌륭한 소신 표명이었다. 어쩜 이렇게 똑 부러질까. 엄청 어른스러워. 멋져. 반하겠어. 총리대신이 되어 줬으면 해.

“암튼 뭐, 내 스탠스에 대해선 이해한 걸로 보고.”

카호 짱이 스마트폰을 꺼내서 보여줬다.

“사실은 계—속 세라라랑 연락이 닿지 않았거든.”

“뭐어? 어, 어째서?”

“좋지 않은 예감을 느낀 거겠지—. 부계정을 17개나 동원했는데 답장이 하나도 없었어.”

“그건 오히려 역효과 아닌가…….”

나였어도 만약 카호 짱이 17개 계정을 동원해서 연락을 퍼부으면 짚이는 구석이 하나도 없어도 도망칠 거라고 생각해.

“그런데 드디어 연락이 닿았구나?”

“으으응—.”

카호 짱은 귀엽게 고개를 저었다. 뭘까? 말장난일까?

"그치만 약속을 잡았다고……."
"마이마이가 말이지."
"아, 그랬구나. 그렇다면 오늘은 마이도 오는 거야?"
"으으응—."
다시 한번 카호 짱이 고개를 저었다. 어딘가 내숭을 떠는 듯, 혹은 나한테 장난을 치면서 즐거워하는 듯한 표정이었다.
"그럼 안 되지, 카호 짱! 카호 짱은 사탕 담당이잖아! 떽!"
"참 당연한 것처럼 주장하니까 그게 마치 기정사실이 될 것 같다냥."
카호 짱이 영문 모를 말을 중얼거렸다. 무슨 소릴 하는 걸까. 그치만 카호 짱은 만약 내가 **정신 불안증을 앓으면서 가정폭력을 휘두르는 남자친구 레나찡**이 된다 해도 **참을 수 없을 정도로 좋아하고 좋아해서, 부탁이야 제발 헤어지지 말아 줘, 라며 애원하는 여자**였을 텐데…….
카호 짱은 작게 혀를 쏙 내밀며(귀여워!) 웃었다.
"마이마이한테 계정을 빌렸어."
"…………엥?!"
"그 계정으로 불러내 봤더니 세라라 녀석, 단번에 미끼를 물더라."
"그, 그건………………."
나는 세이라 양과 처음 만났을 때를 떠올렸다. 나한테 적극적으로 들이대며 연락처 교환 직전까지 갔던 것도 마이한테 관심이 있어서였다.

그 정도로 마이의 팬이라는 거겠지만……. 그 마음을 이용했다는 뜻……?

반칙이라고 밖에 볼 수 없다. 아시가야의 여동생이자 퀸텟의 작은 악마……!

"뭐, 이것도 저것도 다 순순히 얘기해 주질 않으니까 그런 거지! 모두 레나찡 동생을 위한 일인걸! 정의는 우리에게 있다! 그치? 레나찡! 아니지, 레나찡 대장!"

"왠지 내가 주모자인 것처럼 되지 않았어?!"

나는 엄청나게 식겁했다.

"카, 카호 짱…… 일단 돌이라도 하나 갖고 있는 편이 좋지 않을까……. 호신용으로……."

"오, 좋은걸, 대장! 적당한 걸로 골라 가볼까!"

"그 대장이라는 소리 좀 그만할 수 없을까요?!"

가슴이 욱신거리기 시작했다.

카호 짱, 귀여운 미소를 짓고선 터무니없는 짓을 저지르는구나……. 사츠키 양과는 다른 의미에서 결코 적으로 돌리고 싶지 않은 애야…….

시부야 카페 가장 안쪽 자리에서 기다리고 있자, 딸랑딸랑 소리와 함께 가게 문이 열렸다.

"아, 괜찮아요~, 일행이 있거든요~♡"

가게에 들어온 사람은 세이라 양. 게다가 새로 산 티가 팍팍 나는 가을 패션으로 챙겨 입었다.

엄청 꾸미고 왔어…….

안 그래도 상당한 미소녀인데 화려함이 평소보다 5할은 증가했다.

“제일 안쪽 자리요—♡ 우후후후, 많이 기다리셨죠, 오우즈카마이 씨이♡”

테이블 좌석으로 다가와 앉아있는 사람을 확인한 세이라 양이 굳었다.

“아, 안녕.”

내가 고개를 숙였다.

세이라 양은 몇 번이나 눈을 깜빡거렸다.

“으에? 언니 선배……? 어째서 여기에——.”

뒤에서 나타난 누군가가 세이라의 등을 밀었다.

“으햣.”

귀여운 목소리를 내며 소파 좌석 안쪽으로 떠밀린 세이라 양. 출구를 차단하는 것처럼 캡 모자를 쓴 여자애가 그 옆에 앉았다. 스윽, 모자를 벗고서.

“세라라, 오랜만☆”

카호 짱이 눈높이까지 손을 올려 피스 사인을 그렸다.

그걸 본 세이라 양이 천천히 모든 상황을 이해하기 시작하는 모습을 눈앞에서 지켜보았다.

“…………………………….”

잠시 넋이 나간 채 멍한 표정으로 얼어붙어 있던 세이라 양.

그리고선.

“으.”

커다랗게 숨을 들이쉬더니.

“으아아앙!!”

오열했다.

우와아…….

“훌쩍, 훌쩍…… 자, 잘도, 잘도 이런 짓을 하셨군요, 나기뽀……!”

“이야— 아무리 그래도 미안한걸. 그 정도로 울 거라곤 생각 못 했다냥.”

“안 울었거든요!”

순도 100% 허세를 부리는 세이라 양.

세이라 양 앞에는 반쯤 깨끗이 비워진 팬케이크 접시가 놓여 있었다. 나랑 카호 짱이 사준 거다.

아무리 카호 짱이라도 펑펑 우는 중학교 2학년 여자애를 보고선 죄책감을 느낀 모양이다. 다행이야, 앞으로도 계속 친구로 지낼 수 있어.

“오구오구, 오구오구. 그래쪄요—. 그래요 우리 세라라 짱은 안 울었쪄요—.”

“갈 거예요! 거기서 비켜주세요!”

"자자, 진정해. 그래그래 마실 것도 한 잔 더 줄까용? 뭐 마시고 싶어용? 언니들이 다 사줄게용― 엘렐레 까꿍―."

"으~~! 그럼 메론 소다 플로트로……."

크응, 하고 코를 훌쩍이는 세이라 양의 눈은 빨갛게 부어 있었다.

"정말로 미안해, 세이라 양…… 이런 식으로 불러내서……."

나는 너무 면목이 없어서 죄책감에 짓눌릴 것 같은 심정으로 연이어 고개를 숙이며 사과했다.

"딱히…… 설레거나 그런 적 없으니까요."

홱, 고개를 돌리는 세이라 양. 그리고선 시선을 떨어트렸다.

"그게, 동경하는 오우즈카 마이가 세라라랑 만나준다고 그래서……. 코스프레 서밋에서 보고 큰 관심이 생겼으니까 잠깐 얘기를 나누자고 권해 주셔서……. 그래서 오늘만 계속 손꼽아 기다리고 기다리면서, 어제는 기대감에 잠을 이루지 못했다거나, 그런 적 없으니까요……."

"지이이이인짜로 미안해!!"

한 마디 한 마디 중얼거릴 때마다 점점 침울한 표정으로 변해가는 세이라 양에게 테이블에 머리를 박을 기세로 고개 숙여 사과했다. 맞은편에 앉은 카호 짱은 유쾌하게 웃고 있었다. 인간다운 마음 같은 건 없는 거냐?

"다음에 다시 자리를 마련해 줄 테니까……"

"……그 말은?"

세이라 양이 부모님의 원수라도 보는 듯한 눈으로 노려본다. 으으…….

"마이가 쉬는 날이 있으면……. 세이라 양한테 연락할 테니까…… 그때 다시 한번 같이 놀면 어떨까, 싶은……."

"…………."

미간 사이가 주름지도록 힘이 잔뜩 들어가 있던 세이라 양의 눈이 아주 조금 부드러워진 것 같은 느낌이 들었다. 게슴츠레한 눈으로 세이라 양이 입술을 비죽였다.

"그게 언제인가요?"

"그, 그건! 마이한테도 스케줄이 있으니까!"

"……또 배신할 생각이군요……."

"그게 아니라니깐?! 그보다 또라니 무슨 뜻?!"

"귀엽고 순진한 여중생을 그런 식으로 농락하고, 속이고, 철저하게 이용해서……. 빨아먹을 대로 빨아먹은 다음 버리는 거죠……. 다 쓴 걸레마냥…… 다 쓴 걸레마냥!"

가게 안에 울려 퍼지는 세이라 양의 새된 외침. 카페 안의 여자들이 일제히 우리 쪽을 주목했다. 얼굴이 뜨거워지는 걸 느끼며 나는 필사적으로 손을 내저었다.

"거, 걱정하지 마! 뭣하면 지금 여기서 마이한테 연락해 둘 테니까! 그럼 안심이지?!"

"어차피 그 계정도 저를 속일 생각으로 예전부터 미리 만들어 둔 오우즈카 마이 사칭 계정이겠죠?"

"사기꾼의 수법이잖아?!"

"레나찡한텐 이런저런 전과가 있으니까냥."

"뭘 자기는 아무 관계없다는 표정으로 태연하게 아이스 밀크를 마시고 있는 거야! 전부 카호 짱 때문이잖아!”

절규했다. 귀엽고 순진한 중학생의 신뢰도는 카호 짱 때문에 바닥까지 떨어지고 만 모양이다. 왠지 여동생 일이 다 해결된 다음에도 세이라 양과의 관계는 회복되지 못할 것 같은 느낌이 들기 시작했어…….

“자, 자자! 마이한테 지금 메시지 보낼 테니까! 봐봐! 응?!”

나는 서둘러 마이한테 메시지를 보냈다. 『여동생 친구가 마이 팬이라 꼭 만나고 싶다고 하는데 다음에 같이 어울려 주실 수 있을까요!』라고.

내 스마트폰에 표시된 문자를 가늘게 뜬 눈으로 응시하는 세이라 양.

“……일단 보내만 놓고 저한테 이런 식으로 보여줘서 믿게 만든 다음, 상대방이 문자를 확인하기 전에 전송 취소를 누를 속셈인가요.”

“내가 뭘 어떻게 해야 하는 거야!”

세이라 양이 나한테 스마트폰을 들이밀었다.

“녹화.”

“어?”

“지금 여기서 언니 선배의 발언을 영상으로 기록할게요. 학생증 갖고 계세요?”

“가, 갖고 있는데…….”

“그럼 제가 지금 보낸 글을 카메라를 보며 읽어주세요.”

세이라 양이 텍스트 파일로 작성한 글을 보냈다. 나는 가슴 앞에 학생증을 올리고서 세이라 양이 스마트폰으로 찍고 있는 화면을 보았다.

어색하게 방긋 웃는 얼굴을 짓고서 입을 열었다.

"아, 아시가야 고등학교 1학년, B반, 출석번호 2번, 아마오리 레나코입니다……. 이번에 여동생 친구에게, 정말 심한 짓을 저지르고 말았으므로, 그에 대한 보상을 하도록 하겠습니다……. 만약 제가 또 약속을 어길 경우엔 위자료로 1억 엔을 반드시 지불하겠습니다……."

"그럼 언니 선배, 여기서 가슴을 까주세요."

"그딴 짓을 할 수 있겠냐!"

터무니없는 소리에 비명을 지르자 칫, 하고 혀를 차며 스마트폰을 집어넣었다. 보아하니 방금 걸로 간신히 용서해 줄 모양이다. 그건 그렇고 1억 엔이라니…….

"약속 이행은 올해 안으로 부탁드릴게요. 기한을 넘길 경우엔 이 영상을 온 세상에 퍼트릴 거니까요."

"맙소사……."

약점을 잡혀버렸다. 내 인생은 세이라 양의 손가락 하나로 파멸하게 되는 걸까…….

"그럼 다음은 나기뽀 씨. 당신이에요."

"후냥?"

"아니 뭘 녹화하고 있는 건가요?!"

카호 짱은 카메라를 들고 있었다. 인형처럼 사랑스럽게 미소를 지으며.

“세라라가 마이의 소중하고 소중한 **친구인 레나찡을 협박하는 현장**.”

“하아?!”

세이라 양이 카호 짱의 멱살을 잡았다.

“그만두세요! 모처럼 마이 씨와 만날 수 있을지도 모르는데, 그런 걸 들켰다간 제 호감도가 바닥까지 떨어지게 되잖아요!”

시선을 피하며 모른 척 휘파람을 부는 카호 짱. 그 모습에 헉, 하고 깨닫는 세이라 양.

“설마, 이 암고양이는 그걸 노리고……?!”

“억제력이라는 거다냥.”

세이라 양의 손에서 해방된 카호 짱이 “우후후” 하고 웃었다.

이건 다시 말해…….

나도 카메라를 들이댔다.

“알겠어. 카호 짱, 잠깐 가슴 좀 까줄 수 있어?”

“그건 또 왜?!”

“서로서로 견제하는 구도가 완성되지 않을까 해서…….”

세이라 양이 내 약점을 잡는다. 카호 짱이 세이라 양의 약점을 잡는다. 그렇다면 내가 카호 짱의 약점을 쥐지 않으면 균형이 맞지 않는 거 아닌가……?

“그래그래 알겠어. 어휴 정말이지, 레나찡은 진짜 왕변태라니까……. 단둘이 있을 때 하자……♡”

“야 인마! 표현!”

세이라 양의 눈이 동그래졌다.

"엇……. 두 사람은 그런 사이인가요……?"
"아니얏—!"
"그럼그럼. 몸뿐인 관계라고."
"카호 짱, 콘택트렌즈 확 벗겨버려도 될까?!"
무슨 상상을 했는지 세이라 양은 살짝 얼굴을 빨갛게 물들이면서.
"……역시 고등학생은 진도가 빠르네요……. 아무튼 그게 아니고, 오늘 여기에 저를 불러냈다는 건 아마 그 일 때문이겠죠."
"으, 응."
세이라 양의 오해를 풀기도 전에 화제가 넘어가고 말았다.
그러고 보니 요우코 짱도 내가 카호 짱이랑 사귀는 사이라고 착각하고 있었지……. 내가 무슨 소리를 해도 듣질 않으니까 이제 그냥 아무래도 좋지만…….
"동생 일 말인데……."
간신히 본론에 들어가 운을 떼자, 세이라 양의 표정이 흐려졌다.
"그걸 얘기하고 싶지 않으니까 피해 다녔던 건데요…… 알고는 계신 건가요?"
윽. 힐난하는 말투에 나는 조그맣게 고개를 끄덕였다.
"……응. 미안해. 하지만 어떻게 해서든 듣고 싶어. 세이라 양은 무슨 일이 있었는지 알고 있지? 안다면 가르쳐 줬으면 좋겠어."
세이라 양은 자기 앞에 놓은 멜론 소다 플로트 위에 얹힌 아이스크림을 스푼으로 찌르면서 흔들리는 눈빛을 보였다.
"그런 걸 들어서 어쩌시려고요. 언니 선배는 궁금증이 해소되어서 후련할지도 모르지만 단순한 호기심이라면 그만두는 편이 낫다고 생각해요."

"그런 게."

아니라고 생각하는데…… 말이 잘 나오지 않았다.

카호 짱이 옆에서 말을 보태주었다.

"레나찡은 그런 이유로 묻는 게 아니야."

"윽."

"진심으로 여동생을 걱정하고 있어. 아무리 나라도 그저 반 친구를 위해 이렇게까지 하진 않아. 계정을 빌려준 마이도 마찬가지야. 레나찡이 진심인 걸 아니까 우리도 진심으로 돕고 있는 거야."

카, 카호 짱……!

나한테 아무리 짓궂게 굴어도, 장난을 쳐도, 카호 짱의 이런 말은 나에게 큰 위안이 되었다. 자기는 그런 게 아니라고 말하지만 나는 잘 알아. 카호 짱은 정말 좋은 애야! ……어라, 이거 평소에 가정 폭력 당하는 여친 같은 사고방식 아닌가?

"……그런가요."

세이라 양은 한숨을 삼킨 표정을 짓고는, 그리고선.

"좋아요. 얘기해 드릴게요."

"정말?!"

고마워! 라고 말하려고 한 나를 향해 세이라 양이 손바닥을 내밀었다.

"감사 인사는 됐어요. 아마 이걸 얘기하고 나면 저는 하루나한테도, 언니 선배한테도 원망을 살 거라고 생각하니까요."

"……어?"

원망이라니, 어째서…….

내가 동요하는 사이에.

세이라 양이 천천히 얘기를 꺼냈다.

"처음에는 가벼운 말다툼이었어요. 미나토가 좋지 않은 소문을 꺼내서. 그냥 그 정도뿐인 사소한 일이었죠. 그런데 하루나가 과민 반응을 하더니."

"소문……?"

"하찮은 소문이었어요. 얼토당토않은 소리예요. 다만 그 일로 하루나가 미나토를 무시하기 시작했죠. 저는 어째서 그렇게까지 구는 건지 영문을 알 수 없었어요. 어린애 같은 짓 그만두라고 몇 번이고 하루나한테 말했어요. 그런데 걔는 듣지도 않고."

나도 카호 짱도 묵묵히 세이라 양의 얘기를 들었다.

"그랬더니 미나토도 미나토대로 욱하기 시작해서. 그야 당연하죠. 왜 그렇게까지 대놓고 무시하는지 도무지 알 수 없었으니까요. 그래서 교실은 내내 험악한 분위기였고요."

세이라 양이 테이블 위에 올린 주먹을 꾹 쥐었다.

"또 한 번 큰 싸움이 벌어졌어요. 미나토가 하루나한테 시비를 걸었고, 그리고."

꾸욱, 하고 세이라 양이 어금니를 악물었다.

"하루나가 미나토를 때린 거예요."

나는 눈을 부릅떴다.

"때려……?"

무슨 말인지 알면서도, 무슨 뜻인지 이해가 가지 않았다.

내 동생이? 욕실에서 웃고 있던 여동생의 얼굴과 세이라 양의 말이 괴리되어 있었다.

더 이상 참지 못하겠다는 것처럼 세이라 양이 테이블을 내리쳤다.

"그렇다고요! 미나토의 얼굴을 때렸어요!"

나도 모르게 몸을 내밀었다.

"그것만큼은 해선 안 될 짓이잖아요! 퍼렇게 멍까지 만들고! 저는 코스플레이어다 보니…… 그래서 여자애한테 얼굴이 얼마나 중요한지 알고 있다고요!"

심장이 쿵쿵거렸다.

"무슨 이유가 있더라도 저는 걔를 절대 용서할 수 없어요!"

세이라 양의 말을 듣자 마치 내가 얻어맞기라도 한 것처럼 머리가 어지러워졌다.

하루나가, 미나토 양의 얼굴을 때렸어……?

여름방학 날, 우리 집에 놀러 왔던 세이라 양과 미나토 양의 모습을 떠올렸다.

그때 세 사람은 무척이나 친한 사이처럼 보였다.

실제로는 어땠을지 모르긴 하지만, 그래도, 하지만…….

고개를 숙인 나에게 카호 짱이 "레나찡" 하고 걱정스럽게 말을 건넸다.

모처럼 카호 짱이 마련해 준 자리인데 아무런 반응도 할 수 없었다.

"그런 녀석, 이제 학교에 안 오는 편이 더 나아요. 와 봤자, 아무도 하루나 따위 상대해 주지 않을 거예요. 자기도 그걸 아니까 도망친 거겠죠. 걔는 비겁한 녀석이에요."

"잠깐, 세라라."

카호 짱이 말이 너무 심하지 않냐는 듯 눈빛을 보내는데도 세이라 양은 딱 잘라 말했다.

"저는 하루나도 소중한 친구라고 생각했어요. 가끔 잘난 척하는 게 짜증 날 때는 있지만 착한 애라고 생각했어요. 그런데 뭐에 화를 내는지도 알 수 없이 영문 모를 분풀이를 하는 하루나를 그냥 보고 넘어갈 정도로 마음 넓은 사람은 아니라서요."

그 말은 지금 이 자리에 없는 동생을 향한 절교장처럼 들렸다.

세이라 양은 후우, 하고 한숨을 쉬었다.

"……미나토도 그날 이후로 학교를 쉬고 있어요. 연락을 해봐도 전혀 답장도 없고요. 저는 미나토가 걱정이에요. 하루나 같은 애는 제 알 바 아니고요."

그렇게 내뱉는 세이라 양의 말에 아무런 대답도 돌려주지 못했고.

정신을 차려보니 두 사람과 헤어져, 집에 가는 길을 걷는 중이었다.

"……."

다녀왔다는 말도 없이 묵묵히 거실로 들어가자, 하루나가 소파 위에 누워서 휴대용 게임을 하는 중이었다.

내가 온 걸 눈치챈 하루나는 깜짝 놀란 기색이었다.

"우왓. 도둑인 줄 알았어."

우두커니 서 있는 나를 보고서 눈썹을 찌푸리는 하루나.

"어? 뭐야? 그런 어두운 표정 짓고서. 이번엔 지갑 잃어버렸어? 스마트폰 액정이 깨졌어?"

"아냐, 그냥……."

하루나의 얼굴을 볼 수 없었다.

목소리가 재생된다.

『괴롭힌다고 학교를 쉴 바에야 있는 대로 복수해 준 다음 근신 처분을 받겠지.』

웃으면서 하던 그 말, 당연히 농담이라고 생각했는데.

여동생이 손바닥에 붙이고 있던 반창고.

그 상처는…… 미나토 양을 때려서 생긴 상처였구나.

나는 대체 어떻게 해야 좋은 걸까.

이대로 두 달 기다렸다가, 사건의 열기가 가라앉았을 때쯤 학교에 가는 하루나를 배웅하며 이것으로 만사 해결이라고 받아들이면 되는 걸까.

"?" 하고 고개를 갸웃거리는 하루나한테 아무 말도 못 한 채, 나는 거실에서 나왔다.

등 뒤로 목소리가 들린다.

"언니도 참 이상하다니깐."

읏…….

아무 말도 하지 못한 채 반쯤 도망치는 것처럼 내 방으로 돌아왔다.

침대에 얼굴을 묻었다.

세이라 양의 증오마저 엿보이는 표정과 하루나의 아무 일도 없다는 듯이 태연하게 웃는 표정이 눈앞에 어른거렸다.

꿈을 꾸었다.

누군가가 울고 있었다.

울고 있는 사람은 여자아이.

아직 어렸던 여동생이었다.

『언니~! 언니~!』

그 아이는 내 소매를 붙잡고서 펑펑 울고 있었다.

나는 뭔가 위로조차 되지 않는 말을 건넸다.

당연하게도 그 말엔 여동생의 눈물을 그치게 할 만한 힘이 없었고.

나는 어떻게든 나까지 덩달아 울지 않으려고 힘주어 눈물을 참는 게 고작이었다.

전혀 기억나지 않는다. 인싸를 목표로 삼은 뒤부터 인생의 밀도가 하도 높아지다 보니 그것 말고는 전부 조금씩 잊어가고 있는 걸지도 모르겠다. 이런 일도 있었던가.

혹은 그저 내가 보고 싶어서 만들어 낸 환각……?!

그런 것치고는 엉엉 우는 여동생의 모습이 너무나 선명했다.

그러고 보니…… 어렴풋한 기억이 떠오르기 시작했다.

초등학교 3학년 때. 나와 여동생은 미아가 되었다.

골목을 달리는 크레이프 트럭이 보여서 어디까지 가나 쫓아가 보자며 뛰었다. 세상 어딘가에 크레이프 가게 차량이 모이는 크레이프 나라가 있을지도 모른다는 생각이라도 했던 걸까.

내 뒤에는 당시 초등학교 1학년이었던 여동생이 아장아장 내 뒤를 따라오고 있었다.

지금이야 완벽하게 추월당했지만, 그 나이에 2살 차이라는 건 넘을 수 없는 벽. 여동생은 나보다 훨씬 작았고, 언제나 내 뒤를 졸졸 따라다녔다.

수면에서 거품이 부풀어 오르는 것처럼 또 한 가지 기억이 뚜렷한 형상으로 떠올랐다.

그랬다. 나는 그런 여동생이 귀찮았었다.

학년이 올라갈 때마다, 키가 자랄 때마다, 매일 새로운 걸 할 수 있게 되어서.

그런데 여동생이 있으면 결국 여동생한테 맞춰줘야 하니까. 그게 항상 귀찮게 느껴져서.

그래서 나는.

그날 크레이프 차량을 쫓아가면서 일부러 여동생이 나를 쫓아오지 못하도록 힘껏 뛰었던 거였다.

등 뒤로 여동생의 울음소리가 들리는데도 그걸 뿌리쳤었다――.

마음속에 안개가 자욱하게 끼었다.

뭐야, 처음부터 나한텐 언니 행세를 할 자격 따위 없었구나.

자기 편할 때만 동생한테 기대고, 이용하고, 그런 주제에 동생한테 차갑게 굴고.

이런 언니한테 고민을 털어놓을 리가 없지.

태어났을 때부터 한 번도 실수하지 않고, 마음 놓고 의지할 만한 언니가 되어 여동생을 진심으로 생각해 주는 마음을 가졌다면 좋았을 텐데.

하지만 이젠 틀렸어.

과거를 바꾸는 건 불가능하다. 설령 미래를 바꿀 수 있다고 해도, 항상 곁에 있던 동생은 이미 내 한심한 부분들을 너무나도 많이 봐 와서, 끝없이 적립된 불신의 빚을 갚을 길이 없다.

내가 하루나를 지켜줘야만 했는데.

이제 와서 후회해도 늦었다. **소매를 잡고** 울던 여동생이 뚝뚝 흘리던 눈물이 떠오른다.

나는, 언니인데도——.

＊＊＊

세이라 양한테서 여동생이 등교 거부를 선언한 원인을 듣고 난 다음.

어젯밤부터 하루나와 제대로 된 대화도 나누지 못한 채로 학교에 왔다.

하루가 지났는데도 여전히 머릿속이 혼란스러웠다.

"——레나 짱, 괜찮아?"

아지사이 양이 걱정스럽게 건네는 목소리에, 나는 깜짝 놀라 고개를 들었다.

"어? 아, 미안! 뭐더라, 무슨 얘기였어?"

지금은 점심시간. 교실에서 책상을 붙이고 함께 모여 점심을 먹던 도중이었다.

이 자리에 모인 사람은 퀸텟 친구들. 모두가 나를 주목하고 있었다. 마이, 사츠키 양, 아지사이 양, 거기에 카호 짱도.

"아, 저기……."

나는 말을 얼버무리려고 했지만, 시도는 실패로 끝났고 볼품없이 어두운 표정을 드러내고 말았다.

"미안……. 여동생 일로 또 고민이라."

다들 얼굴을 마주 보았다.

아지사이 양의 눈썹이 나를 위로하듯 부드럽게 처졌다.

"역시 레나 짱은 걱정되겠지……."

"……."

아지사이 양의 말에 마음속으로 고개를 저었다.

아마 그래서 그런 게 아닐 거야. 내가 지금 고민하는 건…….

조심조심 입을 열었다.

"있잖아, 다들 만약 가족이 나쁜 짓을 저지르고 있다는 걸 알게 되면…… 어떻게 할 거야?"

말을 던지고 나서야 깨달았다. 아니, 이런 식으로 말하면 은연중에 여동생이 나쁜 짓을 저질렀다고 자백하는 것 같잖아! 맞긴 한데, 그게 아니라!

지금은 내가 처한 상황보다는 친구들의 얘기를 듣고 싶어…….

유일하게 사정을 알고 있는 카호 짱이 한발 빨리 입을 열었다.

"그건 만약 여동생이 학교에 가지 않게 된 이유가 나쁜 행동 때문이라면 어떻게 해야 하나, 라는 거지? 레나찡도 참, 혼자 상상하면서 마음을 졸이다니, 걱정도 많다냥."

"어? 아, 으, 응! 맞아, 그런 뜻!"

지금은 자존심이고 뭐고, 카호 짱이 내려준 거미줄에 매달리기로 하자. 애초에 있었던 적이 없지만 말이죠, 자존심…….

"가족이 나쁜 짓을 저지른다면, 인가."

마이가 턱에 손을 대고서 생각에 잠겼다.

가장 먼저 말을 꺼낸 사람은 사츠키 양이었다.

"설교할 거야."

힘주어 선언했다.

"그 말은, 엄마한테?"

생각 없이 경솔하게 물었더니 사츠키 양의 시선이 한순간 날카로워졌다. 윽.

"……뭐, 그렇지. 그 사람은 툭하면 변변찮은 짓을 저지르니까. 갑자기 수상한 물건을 사 오거나, 공부를 방해하거나. 그럴 땐 논리정연하게 스스로 잘못을 깨닫도록 설교하곤 해."

그렇구나…… 대화로 잘 타이르는 타입…….

"사츠키 양이 정론을 들이대면서 설교하면 멘탈에 상당한 타격이 올 것 같네요……."

"그러면 좋을 텐데."

미간을 찌푸리는 사츠키 양에게 마이가 자연스레 옆에서 끼어들었다.

"하지만 이러니저러니 해도 사츠키는 상냥하니까, 결국에는『어쩔 수 없네』라고 말해주곤 하지."

“조금도 개선의 여지가 보이지 않으니까 포기한 거라고! 너랑 엄마한테!”

사츠키 양이 노성을 질렀다. 학교에선 좀처럼 보기 힘든, 큰 목소리를 내는 사츠키 양이다.

“나라면 바로 화를 내려나.”

아지사이 양이 부끄러워하며 말했다.

“사츠키 짱처럼 잔소리로 끝낼 수 있다면 좋겠지만…… 말을 해도 전혀 듣질 않으니까 어느 순간 내가 참질 못하게 되거든. 그래서 아예 버럭—, 하게 돼.”

한숨의 무게만큼 눈썹이 축 처지는 아지사이 양. 어린 남동생이 둘이나 있는 누나는 힘들겠네.

사츠키 양은 동감이라는 듯이 크게 고개를 끄덕였다.

“그 마음은 이해해. 하지만 우리 엄마는 벌써 서른네 살이니까.”

충격적인 말에 머릿속의 고민이 훅 날아갈 뻔했다.

『젊어!』

나랑 카호 짱의 목소리가 하모니처럼 겹쳤다.

아니 그렇다는 건 뭐야? 사츠키 양네 어머니는 17살에 사츠키 양을 낳았다는 뜻? 내년이 되면 내가 그 나이잖아……!

다시 말해 내가 내년엔 마이와 아이를 낳게 될 가능성도 있다는…….

아니아니아니아니 그럴 일은 절대로 없어. 애초에 우리 둘 다 여자야!

하— 깜짝 놀랐네. 어쩐지 어머님이 언니로 보이더라니…….

얘기가 삼천포로 빠지기 직전에 다시 카호 짱이 나서서 원래 하던 얘기로 되돌렸다.

"나는…… 일단은『요 녀석!』하고 꾸짖을 거야. 저지른 순간 바로 꾸짖지 않으면 모르니까. 타이밍이 생명이지."

"맞아, 그게 중요하지"라며 아지사이 양이 끄덕이고 있었지만 카호 짱이 말한 예시, 강아지를 떠올리며 한 말이지? 가족…… 아니 뭐 가족은 맞나.

이걸로 얘기가 한 바퀴 돌았다…… 고 생각했는데 마지막으로 마이가 남았다.

"나는 어떠려나."

마이가 애매한 웃음을 지었다.

"좀처럼 말을 꺼내기 힘들지도 모르겠는걸."

웬일로 자신 없어 하는 목소리였다.

사츠키 양이 태연하게 말을 받았다.

"……딱히 상관없지 않겠어? 어차피 만약의 얘기야. 아주머니는 최소한 우리 엄마보다는 혼날 만한 짓은 하지 않잖아."

"나는 네 어머니는 훌륭한 분이라고 생각한다만."

"만약 한집에 같이 사는 게 아니었다면 나도 그렇게 말했을지도 모르겠네."

두 소꿉친구의 대화 다음으론 아지사이 양이 입을 열었다.

"마이 짱네 어머니는 그 오우즈카 르네 씨지. 가끔 TV에서 보면 항상 당당한 모습이니까. 나라도 확실히 좀처럼 말하기 힘들지도."

"그러게. 완벽하고, 훌륭한 사람이야."

아지사이 양이 쓴웃음을 짓자, 마이도 미소로 화답했다.

……너무 흔한 표현이지만, 역시 가족 사이의 일은 집집마다 제각각이구나.

퀸텟 친구들은 하나같이 훌륭한 애들이니까 나 같은 녀석보다 훨씬 더 요령 있게 인생을 살고 있겠지만……. 물론 태평하게 인생을 산다는 뜻은 아니고, 평소에 나보다 훨씬 더 노력을 기울이고 있겠지…….

"레나코는 어떻지."

"나는."

마이가 내 쪽으로 얘기를 돌려서 금방 대답이 나오진 않았다.

나는…… 어떻게 하고 싶은 걸까.

"아마 꾸짖는 편이 좋을 것 같다고 생각해. 그쪽이 옳은 행동이라는 느낌이 드니까."

"옳은 행동이라."

마이의 말은 무언가 의미를 담고서 돌려 말하는 것처럼 들렸다.

……뭘까.

그치만…… 여동생이 사람을 때렸다는 말을 들으면, 그건 언니로서 똑바로 혼을 내야 하지 않을까. 누나로서 착실하게 행동하는 아지사이 양처럼.

그러지 못하는 나는 언니로서 실격인 게 아닐까…….

"저기……. 짐작이지만, 레나 짱."

고개 숙인 내 손을 잡아주는 것처럼 아지사이 양의 목소리가 스며든다.

“옳다거나, 그르다거나, 그런 건 그다지 생각하지 않아도 괜찮지 않을까.”

“어?”

고개를 들었다.

아지사이 양은 다정하게 눈웃음을 지었다.

“나는 자주 동생들한테 혼을 내곤 해도……. 그래도 그게 올바른 행동이라서 하는 게 아니라, 그렇게 해야 한다고 생각하기 때문에 행동하는 거야.”

그건…….

“아마 다들 마찬가지라고 생각해. 카호 짱도, 사츠키 짱도.”

“……나는.”

마이가 흘린 말에 아지사이 양이 미소를 지었다.

“그것도 마이 짱이 어머니를 훌륭한 사람이라고 생각하니까 만약 뭔가 잘못된 것처럼 보이는 행동을 하더라도 괜찮을 거라는 신뢰가 있는 거지.”

“음…… 맞아, 그 말대로야. 고마워, 아지사이.”

“뭘.”

고개를 흔드는 아지사이 양.

네네— 하고 카호 짱이 손을 들었다.

“나도 모게코를 위해서 꾸짖는 거라고!”

“……나는, 몇 번이고 똑같은 식으로 민폐를 겪는 게 싫어서 말하는 것뿐이지만.”

"사츠키 짱도 참."

사츠키 양의 말은 아지사이 양의 쓴웃음과 함께 묻혔다. 사츠키 양은 분해 보였다. 저건 분명 진심이야…….

"그러니까 있지, 레나 짱도 옳고 그름이 아니라…… 그저 하루나 짱을 봐주면 되는 거야."

……하루나를.

"봐…… 나랑 마이 짱한테 해주는 것처럼."

"아……."

나는 새삼 아지사이 양을 바라보았다.

그 다음은 마이를.

나랑 사귀고 있는 두 사람을.

듣고 보니 옳고 그름으로 판단한다면, 내가 내린 결단은 온 세상 사람들한테 손가락질받아도 이상하지 않다. 손가락질은커녕 칼빵을 맞을 가능성도 있다.

그렇구나…….

나는 이미 한 번 그런 식으로 행동했었어

아니 그보다 그런 행동은 단 한 번밖에 쓸 수 없는 필살기라고 생각했는데……. 어쩌면 그런 게 아니었던 걸까.

뭐가 정답이고 뭐가 오답인지 고민할 필요가 없다는 뜻……?

……어쩔 수 없이 사람을 때려야만 하는 상황이 있긴 한지 어떤지는 나로선 상상이 안 가지만……. 그래도 그렇게 따지면 양다리를 걸치지 않으면 안 되는 상황이라니, 남들이 듣기엔 당장 말도 안 되는 소리라고 할 게 분명하니까.

나는 어쩌면 시야가 지나치게 좁아져 있었던 걸지도 모르겠다.

"……다들 고마워. 조금만 더 고민해 볼게."

그렇게 말하고서 고개를 숙이는 나에게 친구들이 따뜻한 말을 건네주었다.

일단은…… 그다음 내가 하고 싶은 행동은 정해졌다고 생각한다.

……아마도.

느릿느릿 집에 갈 준비를 마치고서 가방을 흔들며 복도를 걸어가고 있었을 때.

방과 후의 복도에서 누군가가 등 뒤에서 말을 걸었다.

"레—나코 쿤♪"

뒤를 돌아보았다. 그곳에는 언제나 명랑하고 귀여운 B반의 히로인이 서 있었다.

"아, 요우코 짱……!"

나도 모르게 몸을 굳히게 된다.

지난번엔 남자애들을 소개받을 뻔했으니까……!

"그렇게 긴장하지 않아도 돼. 봐봐, 오늘은 나 혼자야."

내 마음을 완벽히 읽어낸 요우코 짱은 양팔을 펼치며 웃었다.

"정말로……?"

"경계하는구나……."

뭐가 기쁜 걸까, 요우코 짱이 재미있다는 듯이 눈웃음을 지었다.

"앗, 아냐! 그래서 그런 건 아닌데! 사실 나 오늘도 볼일이 있어서! 그래서 또 거절하려니 미안해서 그래! 말을 꺼내주는 건 언제든 기쁘니까! 응!"

"후훗, 레나코 쿤은 상냥하구나."

"아, 아하하……."

실수했다. 켕기는 구석이 있을 때 나오는 웃음소리를 내버렸다. 안 돼, 인싸라면 뭔가 좀 더, 카호 짱처럼 웃어야 해!

"에이, 상냥하다니 그런 거 아니다냥. 냐하하."

"어? 갑자기 왜 그래? 앗, 왜 침울해진 거야?!"

안 되겠어. 『냥』이나 『냐』는 카호 짱이니까 귀엽게 받아들여지는 거야. 섣부르게 흉내를 낸 탓에 내 멘탈은 단숨에 빈사 상태에 몰렸다. 삼도천이 보이기 시작했다냥!

"아무것도 아냐……. 그, 그래서 어쩐 일이야?"

"아아 그렇지. 잠깐 레나코 쿤한테 물어보고 싶은 게 있어서."

"뭐, 뭘까요."

요우코 짱이 내 소매를 끌고 복도 구석으로 이동했다.

그리고선 얼굴을 불쑥 들이밀었다. 내 귓가에 작게 속삭이는 요우코 짱.

"있잖아, 사실은—."

"으, 응."

로커 안으로 끌려 들어갔던 일이 떠올라서 왠지 뺨이 뜨거워졌다.

거리가 가까운걸, 요우코 짱……. 계속 그런 식으로 행동하면 주변 사람들이 점점 착각하게 될 텐데……?

그런데 요우코 짱 입에서 나온 건 전혀 예상치 못했던 이름이었다.

"『나시지 코마치』 씨라고 알아?"

나는 내 귀를 의심했다.

"……뭐?"

요우코 짱을 바라보았다.

"어떻게."

"글쎄, 어떻게 일까요."

뒷짐을 진 요우코 짱은 속내를 알 수 없는 웃음을 짓고 있었다.

"저기……."

"후훗, 뭐 대단한 건 아니긴 해. 소문으로 들었을 뿐이라. 아는 사이? 인 것 같았으니까. 혹시 옛날 친구였나 싶었을 뿐이야."

"아, 으응, 그렇구나."

심장이 쿵쿵 뛰었다.

요우코 짱은 부드럽게 미소를 짓고 있다. 평소 모습 그대로다.

방금 본 웃음은 분명 기분 탓이겠지.

아는 사람이 있을 리가 없다.

나시지 코마치 양. 그녀는 중학교 시절 나를 따돌렸던 주모자다── 그렇다는 건.

"그, 그 소문은 누구한테 들었어?"

"음~ 누구였더라~. 아하하, 잊어버렸네."

"그, 그래."

큰일이다. 인싸의 가면이 벗겨지려 하고 있었다.

나는 반쯤 억지로 웃는 얼굴을 만들었다.

"그, 그러고 보니 같은 중학교였던 것 같아."

"아— 그랬구나. 말투를 들어보니 그렇게 친한 사이는 아니었나 보네?"

"그, 렇지."

그건 틀림없는 사실이다. 그녀는 내가 밉고 눈엣가시 같아서 견딜 수 없었을 테니까.

"흐응—."

눈꼬리를 접어 웃는 요우코 짱은 마치 사냥감을 점찍은 맹금류처럼 보였다.

"그런 거구나."

"어?"

"아니, 아무것도 아니야. 그냥 혼잣말. 미안, 이상한 걸 물어봐서."

뒤로 물러나는 요우코 짱.

"나도 참 여전히 눈치가 없어서……. 뭔가 이번에도 화제 선택을 실수한 걸까? 정말로 미안해. 다음엔 꼭 훨씬 더 즐거운 이야깃거리를 가져올 테니까!"

같이 로커 안에 숨어 있었을 때, 요우코 짱은 생각난 걸 바로 말해버리곤 해서 좀처럼 친구가 생기지 않는다고…… 고민을 털어놓은 적이 있었다.

"아, 아니야 뭘, 괜찮아."

얇디얇은 거죽 한 장으로 웃는 얼굴을 유지하며 과장해서 양손을 내저었다.

"먼저 말을 걸어준 것만으로도 기쁘거든. 그런 건 하나도 신경 쓰지 말고, 언제든 사양하지 않아도 돼. 정말, 응 정말로."

"레나코 쿤, 상냥해!"

꼬옥, 팔에 안겨들길래 나는 "아하하" 하고 붙임성 있는 웃음을 돌려주었다.

"그럼 다음에 봐!"

"아, 응. 잘 가……."

요우코 짱은 등을 돌려 순식간에 자리를 떠났다.

덩그러니 남겨진 나. 심장은 여전히 격렬하게 요동치고 있었다.

대체 뭐였던 걸까.

1년 만에 듣는 그 사람의 이름은 지금도 여전히 내 가슴속에 새까만 비를 흩뿌렸다.

설마 싶긴 하지만 요우코 짱, 나시지 양과 친구인 걸까…….

마음속에 울렁이는 응어리를 품은 채로 집에 왔다.

뱃속에 무거운 게 꽉 들어찬 듯한 이 기분은 몹시도 익숙했다. 매일 『학교 가기 싫네……』 하고 생각하던 시절의 나였다.

뭐, 그러다가 진짜로 안 가게 됐지만요, 하하하……. 하아.

"……다녀왔습니다."

일단 나시지 양 일은 마음속 서랍 안에 봉인해 두자. 하루 이틀로 해결이 될 만한 일도 아닐 테니까.

가능하다면 고등학교 생활을 보내는 동안 자연스럽게 잊혀 사라지면 좋겠는데…….

비척비척 방으로 걸어가던 바로 그때.
여동생의 방문이 살짝 열려 있었다.
나는 그쪽으로 시선을 돌렸다.
동생은 예전에 봤던 때와 마찬가지로 가슴에 안은 쿠션에 몸을 기대듯 앉아서 내가 빌려준 게임을 가지고 놀고 있었다. 이 방만 시간이 멈춰있는 것처럼.
그리고…… 조금도 즐거워 보이지 않았다.
마치 옛날의 나를 보는 것 같다.
재미있어서 게임을 하는 게 아니라, 그저 시간을 때우려는 것처럼, 오로지 하루하루를 넘기기 위해서만 컨트롤러를 쥐고 있던 그 시절.
가만히 문을 열었다.
"하루나."
"……응?"
고개만 돌려 나를 보는 여동생.
"아, 언니, 어서 와."
"응."
나는 여동생한테 보이지 않도록 뒤에 감춘 손바닥을 꾹 쥐었다.
"……."
"뭔데뭔데?"
우두커니 서 있는 나를 보고서 동생이 고개를 갸웃거렸다.
그 얼굴이, 눈동자가, 꿈속에서 봤던 어린 시절의 여동생과 겹쳐져서──.

——그랬어.

"떠올랐어."

"뭐?"

나는 그때 혼자서 크레이프 가게 차량을 쫓아갔고, 여동생을 내버려둔 채 달려갔다고 생각했었는데.

그게 아니었다.

왜냐하면 여동생은 내 소매를 잡고 있었으니까.

『——.』

나는 등 뒤로 들려오는 여동생의 울음소리를, 도저히 뿌리칠 수가 없어서 발걸음을 돌렸었다.

『————.』

『——.』

멈춰서서 울고 있는 여동생의 곁으로 돌아가자, 소매를 꽉 붙잡혔다.

혼자 두고 달려간 걸 거듭 사과하고서, 엉엉 우는 여동생이 어떻게든 울음을 그칠 수 있도록 열심히 달랬다.

그땐 이미 집에서 한참 떨어진 곳까지 온 상태라서 돌아가는 길을 잃은 상황. 어찌할 바를 모르면서도 우리는 걸었다. 올 때에 비해 돌아가는 길은 무척이나 멀었다. 아무리 걸어도, 걸어도, 집까지 도착할 수 있을 거란 느낌이 들지 않아 마음이 꺾일 뻔했지만.

그래도 동생 앞에서 나까지 울 수는 없으니까, 어떻게든 기운을 쥐어 짜냈다.

결국 집에 도착한 건 저녁이 다 되어서였다.

너무 꼴사나워서 잊어버리고 싶었던, 한심 가득한 추억.
그래도.
나는 틀림없이 여동생 곁으로 돌아갔다.
그래, 그랬어.
다행이다. 나는 마지막의 마지막 순간, 잘못을 저지르지 않았어.
그야 나는 **언니니까**.
"……언니?"
"응."
의아하게 묻는 동생에게 나는 조그맣게 고개를 끄덕였다.
"맞아."
"……뭐가?"
"언니니까."
"무슨 소리야?"
이제 동생은 나보다 키도 크고, 누가 언니인지 모를 정도로 쑥쑥 자랐지만. 그렇다고 동생이, 갑자기 동생이 아니게 되는 건 아니다.
그러니까 옳고 그름이 아닌, 내가 하고 싶은 대로 하는 거야.
"무슨 일이 있어도 나는 하루나 편이라는 뜻."
여동생의 눈이 동그래졌다.
"뭐야 그게. 언니 주제에 건방져."
동생은 어이가 없다는 듯이 웃었다.
나는 여동생 방에서 나와 내 방으로 들어왔다.
짐을 내려놓고서 스마트폰을 꺼냈다.

가슴에 손을 대고서 심호흡.

이름도 모르는 신에게 기도했다.

아마도 그 신은 퀸텟 친구 중 누군가의 얼굴을 가지고 있겠지.

＊＊＊

며칠 후 저녁. 내가 문자로 불러낸 상대가 모습을 드러냈다.

"……얼마나 됐다고 또 부르는 건가요."

불만스러운 표정과 함께 나타난 사람은 얼마 전에 만났던 여동생의 친구, 세이라 양이었다.

나는 근처에 있는 역 앞에서 세이라 양과 만났다.

반드시 물어보고 싶은 게 있었다.

"미안, 세이라 양. 와줘서 고마워."

"……어차피 또 하루나 일이겠죠."

"그렇긴 한데."

나는 살짝 고개를 갸웃했다. 세이라 양은 중학생답게 수수한 사복을 입고, 그 위에는 앞치마를 걸치고 있었다.

"그 차림."

"네? 아."

세이라 양은 그제야 처음으로 깨달은 듯한 목소리를 내더니, 황급히 손으로 가슴께를 가렸다.

"이, 이건! 마침 오늘은 집안일을 돕느라!"

가슴께에는 근처 세탁소의 로고가 붙어 있었다. 어라.

"오니가와라 세탁소?"

"윽……!"

싫어하는 음식을 눈앞에 들이민 것처럼 세이라 양의 얼굴이 와락 찌푸려졌다.

"……그래서 뭐요."

"어?"

나를 힘껏 노려본다.

"뭐 불만이라도 있어요?! 제 성은 오니가와라라고 하는데요?! 오니가와라라고요, 오니가와라! 네네, 웃고 싶으면 실컷 웃지 그래요?!"

"아, 안 웃어!"

크르릉, 짖으며 달려들길래 고개를 붕붕 흔들었다.

사람 이름을 듣고 웃는다니, 사람으로서 해서는 안 되는 일들 리스트 중에서도 상당히 상위권을 차지할 법한 매너 없는 짓이겠지.

나는 연장자로서 세이라 양의 마음을 열심히 달래주었다.

"귀, 귀여워, 오니가와라라는 이름! 세이라 양과 굉장히 잘 어울려!"

"지금 싸움 거시는 거라면 얼마든지 받아줄 텐데요?!"

"그게 아니라니깐! 오니라고 하니 뭔가 좀, 귀여운…… 그렇지, 귀여운 이미지도 있잖아?! 울어 버린 빨간 도깨비도 엄청 좋은 이야기고! 키부츠지 무잔 님도 대인기잖아!"

"하다못해 예시를 들 거라면 거기선 네즈코가 나와야겠죠?!"

큰일이다. 수습하려고 들면 들수록 점점 호감도가 수직 하락하고 있다는 느낌이 든다. 나는 정말 이야기 주제를 선택하는 능력이 쓰레기야.

"대체 뭔가요?! 이제 그만 가봐도 될까요?!"

"미, 미안, 보자고 한 이유가 있어……."

"하아아아아아아아……."

세이라 양은 흠뻑 젖은 목욕 수건도 단숨에 마를 정도로 성대하게 한숨을 내쉬었다.

"저는 더 이상 하루나에 대해 얘기하고 싶지 않은데요. 언니 선배, 자기 가족이라고 너무 오냐오냐하는 거 아닌가요?"

"그건…… 그런가. 그럴지도."

어차피 내 화술로는 조리 있게 말하지 못할 테니까 나는 그저 솔직한 마음을 토해내기로 했다.

"나는 하루나를 믿고 싶어."

세이라 양이 불쾌하다는 듯이 콧방귀를 뀌었다.

"……제가 거짓말을 하고 있다는 소리인가요?"

"그런 게 아니라."

시선을 떨구면서.

"믿고 싶다는 건, 정말 했느냐, 하지 않았느냐가 아니고……. 하루나한테도 분명 사정이 있었던 게 아닐까 생각해."

걔는 이유도 없이 사람을 때리지 않는다.

"만약 자기가 잘못했다는 걸 알고 있다면 똑바로 그 문제와 마주한 다음 극복하길 바란다고 해야 하나……. 그런 점들까지 전부 통틀어서 하루나를 믿고 싶다고 표현해야 할까……."

"잘은 모르겠지만……."

세이라 양은 눈썹을 치켜들었다.

"사정…… 사정인가요. 어떤 사정이 있다고 한들 사람을 때렸다는 사실에는 변함이 없다고 생각하지만 말이죠."

"……응."

맞는 말이다. 내가 바꿀 수 있는 건 결국 나 자신뿐. 내 마음속 생각을, 가족에 대한 정을, 다른 사람에게 있는 그대로 전달하는 건 불가능하니까.

떨군 시선 끝에 있는 건 산 지 얼마 안 된 신발. 벌써 완벽하게 길이 들어서 뒤꿈치가 쓸리는 일도 사라졌다. 나를 업어주었던 여동생의 따뜻한 체온을 떠올렸다.

세이라 양은 포기했다는 것처럼 다시 한번 한숨을 쉬었다.

"……하지만 그래서는 언니 선배는 납득하지 못하겠죠. 좋아요. 이번엔 제가 뭘 해주길 바라는 건가요."

"세이라 양."

나는 고개를 들었다.

"괜찮아?"

"왠지 편하게 이용당하는 느낌이 들어서 화가 나긴 해도, 뭐."

세이라 양은 앞치마 차림으로 팔짱을 끼었다.

"하루나의 언니라면 제가 포기할 만도 하죠. 제멋대로에 항상 사람을 마구 휘두르고…… 그래도 일단은 친구였으니까요."

"……그렇구나."

나는 푹 고개를 숙였다.

"고마워, 세이라 양."

하루나와 친하게 지내줘서 고맙다는 마음도 함께 담았다. 그건 하루나가 직접 노력한 결과니까 내가 왈가왈부할 일은 아닐지도 모르지만.

"아무튼 오우즈카 선배한테는 잘 말해주세요!"

"응, 알겠어."

허리에 손을 올리고서 단단히 당부하는 세이라 양의 당찬 모습은 어딘가 카호 짱을 닮았다는 느낌이 들어서, 살짝이지만 웃음을 지을 수 있었다.

본론으로 돌아가 세이라 양에게 말했다.

"사실은——."

내 얘기를 들은 후, 세이라 양은 방금까지 어이없어하던 표정은 거짓말이었던 것처럼 경악했다.

"진심인…… 아니, 제정신인가요?"

"응."

어떨까. 고개를 끄덕이면서도 내가 지금 제정신인지 어떤지 솔직히 자신이 없었다.

목격자가 아무도 없는 상황에서 학교 유리창을 깨트린 듯한, 뭔가 엄청난 일을 저질러 버렸다는 느낌도 들었다.

그래도 여기서 눈길을 피하는 건 뭔가 비겁하다는 생각이 드니까. 나는 눈꼬리에 힘을 주고서 세이라 양의 시선을 마주 보았다.

잠시 침묵이 흐르고, 세이라 양이 스마트폰을 꺼냈다.

"……좋아요. 그러면 가해자의 언니로서 각오는 하신 거겠죠."

"……윽."

그렇게 표현하자 몸이 움츠러든다.

하지만 결심했어.

나는 하루나의 편이 되겠다고.

"부탁이야, 세이라 양. **미나토 양**을 만나게 해줘."

***

일 초 일 초마다 몸이 차갑게 식어가는 기분이었다.

미나토 양은 바로 이쪽으로 온다고 했다.

저녁노을 아래, 나는 미나토 양이 지정한 공원에서 점점 길어지는 그림자를 바라보며 여동생이 때린 사람을 기다리는 중이다.

세이라 양은 옆에 없었다. 『같이 있고 싶지 않다』라고 말하고서 자리를 떠났기 때문에 나 혼자뿐이었다.

지금 나는 분명, 터무니없는 짓을 저지르려 하는 거겠지.

왜냐하면 이건 여동생한테 맞은 사람을 직접 만나서 『네가 맞을 만한 이유가 있어서 맞은 거 아니야?』라고 묻는 거나 마찬가지인 행동이다. 싸웠던 상대의 언니가 나타나서 그런 소리를 지껄인다면 그야말로 처맞아도 할 말 없는 짓이라고 생각한다.

하루나의 편이 되겠다는 건 상대방의 편을 들지 않겠다는 뜻.

"무언가를 선택한다는 건, 그걸 제외한 나머지는 선택하지 않는다는 뜻……."

구기대회를 겪은 끝에 배울 수 있었던 결론. 나는 몸을 떨었다.

그건 여전히 내 마음이 약하기 때문에.

하지만, 그래도…… 아무리 연약하다고 해도…… 나는 하루나의 언니니까. 나는 하루나를 믿어주고 싶어. 여태껏 쭉, 언제나 나에게 힘을 빌려주었으니까.

"그래……. 힘을 내야지……."

스스로를 격려하는 것처럼 혼잣말을 중얼거렸다.

내가 데리러 오기를 기다리며 울고 있던 어린 시절의 여동생을 떠올리면, 이곳에 서서 버틸 수 있겠다는 느낌이 들었다.

만나기로 한 상대가 오기를 바라면서도, 계속 나타나지 말아 달라고 빌었다. 그런 모순으로 가득 찬 나를 향해.

저벅, 저벅, 다가오는 발소리가 들렸다.

극도의 긴장감을 품고서 뒤를 돌아보았다.

틀림없다. 나를 향해 걸어오는 사람은 여름방학 때 봤던 그 아이다.

하루나보다 약간 더 큰 키. 가지런히 정돈된 보브 컷이 그리는 윤곽은 청초한 느낌과 함께 그녀의 깔끔한 인상을 더욱 두드러지게 만들어 주었다.

얼굴에 누군가에게 맞은 흔적은…… 이미 남아 있지 않았다.

그래도 아직 학교를 쉬고 있는 걸까.

미나토 양은 모르는 선생님한테 호출당한 학생처럼 멍한 표정으로 내 앞에 섰다.

긴장 탓에 입안이 꺼끌거렸다.

"저, 저기, 그게."
만나면 무슨 얘기를 꺼낼지 미리 생각해 뒀을 텐데도 통 속에 약간 남은 케첩처럼 좀처럼 나오질 않는다.
미나토 양의 시원한 입꼬리가 살짝 벌어졌다.
"오늘은 하루나 일로 하실 얘기가 있다고 듣고 나왔어요."
"아……."
나는 가슴 앞에 손을 모으면서 고개를 끄덕였다.
"마, 맞아. 미안, 갑자기 불러내서. 와줘서 고마워. 나는 저기."
모르스 신호처럼 말을 더듬거리는 나를 향해 미나토 양이 대뜸 말했다.
"하루나의 언니시죠."
"응. 그, 여름방학 때 보고 오랜만이지. 제대로 인사를 나눈 적이 없었구나."
지금 이 자리에 어울리는 표정, 어조, 태도는 뭘까. 뭐 하나 정답을 알지 못한 채로 나는 조심스럽게 대화를 이어갔다. 설령 그렇다 해도 도망칠 수는 없는 노릇.
"아마오리 레나코입니다. 언제나, 하루나가 신세를 지고 있어요."
괜찮아. 나라면 할 수 있어. 나는 언니니까…….
"별로, 그렇지는."
시선을 피하는 미나토 양.
으……. 그야 크게 싸운 입장에서 듣기에는 웃기는 소리처럼 들릴지도 모르겠다. 첫마디부터 실수하고 말았다…….
아냐아냐, 그래도……!

몇 번을 실패하든 다시 만회하면——.
가볍게 뺨을 누른 미나토 양은 자기소개를 겸한 내 인사를 받아 말을 꺼냈다.
그런데 그 순간.
설마 이런 폭탄이 떨어질 거라곤 상상하지 못했다.
미나토 양이 입을 열었다.

"**나시지 미나토**입니다. 안녕하세요."

——.
소리가 귀에서 멀어진다.
현기증이 났다. 미나토 양이 투하한 폭탄이 내 발밑을 산산이 박살 내버린 것 같았다.
지금, 미나토 양이 말한 그 이름.
"뭐?"
그건.
"나시지…… 양?"
"네."
날붙이가 들어 있지만, 안을 들여다볼 수는 없는 상자 속. 함부로 손댔다간 상처를 입을지도 모른다. 그런데도 나는 거기에 손을 집어넣지 않고서는 견딜 수 없었다.
"미나토 양한텐 설마…… 그, 언니가, 있나요?"
나를 정면으로 응시하는 미나토 양의 얼굴에선.

낯익은 이목구비가 있었다.

"네, 있는데요……."

누가 봐도 수상하기 짝이 없는 내 태도에 미나토 양은 곤혹스러운 듯이 눈을 굴렸다.

어색한 분위기를 털어버리려는 것처럼 툭 말했다.

"나시지 코마치. 고등학교 1학년이에요."

그 말이 들린 순간.

머릿속에 중학교 시절의 모든 기억이 되살아났다.

――――――――.

――――――.

정신을 차렸을 때 나는.

호흡이 가빠서, 숨을 쉴 수가 없어서.

그 자리에서 도망치고 있었다.

머리 한구석에서 목소리가 들린다.

혹시, 하루나가 미나토 양을 때린 이유는――.

――나 때문?

WATA-
Friends?
Lovers?
NARE

눈앞이 분노로 새빨개졌던, 그 순간.

하루나는 주먹을 휘둘렀다.

둔탁한 소리와 함께 비명이 터졌다.

허억, 허억, 하는 거친 숨소리.

미나토가 엉덩방아를 찧은 채, 뺨을 누르며 나를 올려다보고 있었다.

『뭐야…… 어째서! 이상해, 하루나! 알 수 없는 고집이나 부리고, 바보 같아!』

하루나가 한 발짝 내디디려고 하자, 그 순간 세이라가 끼어들었다.

『그만해! 친구잖아!』

『——크.』

이를 악물었다.

한 번 더 주먹을 내리치는 대신.

미나토를 향해, 하루나는 소리를 질렀다.

『——————————.』

그 목소리에 헉, 하고 눈을 떴다.

이곳은 내 방이었다.

"……어라? 나."

화면에는 켜둔 채로 방치해 뒀던 랭크 매치 결과 창. 결과는 패배.

"아…… 그렇구나."

아무래도 게임이 끝난 직후 가볍게 잠이 들었던 모양이다.

생활 리듬이 불규칙하게 변하고 있다. 아직 한낮인데 졸음을 참기가 힘들다.

부활동을 하지 않게 되어서 그런 걸까, 상쾌한 피로감을 느끼는 일도 없어졌다. 수면의 질이 점점 나빠지는 느낌이 든다.

몇 번쯤 나가서 달리기 운동도 해 봤지만, 평일 한낮에 밖에서 뛰고 있는 여중생은 어지간히 눈에 띄는 모양인지 남들의 시선이 자꾸만 신경 쓰여서 금방 그만뒀다.

지금은 아침 일찍, 아니면 밤늦게 집 근처를 빙글빙글 뛰고 있다.

하품을 눌러 참았다.

"지루해……."

양손을 쭉 내밀고서 뒤로 풀썩 드러누웠다.

올려다본 천장은 오늘도 변함없는 풍경.

손 틈 사이로 빛이 들어온다.

"……."

깨끗해진 손바닥. 안쪽도, 바깥쪽도, 상처는 깔끔하게 나았다.

다만 사람을 때렸던 불쾌한 감촉만이 끈덕지게 달라붙어 있다. 그 기분 나쁜 감각은 시간이 지나도 지워지지 않을지도 모른다.

"……성가셔."

벌렁 누워서 적당히 스마트폰을 만지작거렸다.

공부도, 게임도, 경쟁할 상대가 없어서 그런가, 보람이 없다. 시간은 남아도는데도 하루하루는 순식간에 지나가 버린다.

공원에서 라켓을 휘두르고는 있다. 그럼에도 하루가 지날 때마다 시합 감각을 잃어가고 있다는 느낌이 든다. 피가 뚝뚝 떨어지는 것처럼 내 몸 안에서 소중한 무언가가 점점 빠져나가는 기분이다.

아지사이한테, 사츠키한테, 그리고 마이한테 들었던 말이 때때로 고개를 치켜들었다. 이따금 마음속의 약한 부분을 파고드는 날도 있었다.

하지만, 결심했다.

두 달.

지금은 아무리 지루하고, 마음이 불편하더라도, 결심한 일을 굽힐 생각은 없다.

반드시.

"아— 진짜."

하루나는 양팔을 쭉 들어 올렸다.

"심심해 죽겠네—!"

혼자서 방 안에서 아무리 외쳐봤자 그 목소리는 누구에게도 닿지 않는다.

WATA-
Friends?
Lovers?
NARE

"코토 씨, 혹시 뭔가 숨기고 계시지 않나요?"

사츠키는 옆을 걷고 있는 소녀에게 시선을 던졌다.

"왜 그렇게 생각하는데."

"음—. 탐정의 감?"

테루사와 요우코가 가면을 뒤집어쓴 것처럼 생긋 웃었다. 사츠키는 한숨을 내쉬었다.

"딱히 숨기는 게 있든 없든 아무래도 좋잖아. 우리는 어디까지나 아마오리 레나코와 오우즈카 마이가 헤어지도록 만들기 위해서 손을 잡았을 뿐이니까."

"그렇긴 한데요 뭔—가 찜찜하단 말이죠. 요전번에도 남자애랑 미팅하는 걸 방해하기도 했고요. 하루라도 빨리 바람을 피웠다는 증거를 잡은 다음 들이밀면 되지 않을까요—?"

"그런 강제적인 수단으로는 괜히 아마오리한테 경계심만 심어 줄 게 불 보듯 뻔해."

지금 두 사람이 있는 곳은 퀸 로즈 본사 빌딩.

엘리베이터에 올라, 요우코가 5층 버튼을 눌렀다.

하나씩 올라가는 층수를 바라보며 요우코가 말했다.

"역시 레나코 쿤에 대해선 누구보다도 잘 알고 계시네요."

"……뭐?"

"아뇨, 그냥요~. 그저 저도 탐정 끄트머리 축에는 드는 만큼 정보 수집에는 나름대로 자신 있단 말이죠♪ 어쩌면 **여자친구분**의 비밀에 대해서도 파악하고 있을지도 모른다고요?"

"흐응. 아무래도 좋아."

"어라라라? 그런가요?"

표정을 들여다보려고 드는 요우코를 손바닥으로 제지하면서.

"네가 하는 말은 경박해."

"어?"

"어떤 게 네 진심인 건지 모르겠어. 신용할 수 없다는 뜻이야."

그렇게 말하자 잠시 동안 요우코는 입을 다물었다.

요우코는 뒷머리에 손을 대고선 입을 비죽였다.

"……하아. 이것도 탐정의 직업병이라고 해야 하려나요."

"뭐가?"

"아뇨아뇨, 아무것도요. 뭐, 좋아요. 저도 하하 호호거리며 일을 하는 건 아니니까요. 당분간은 얌전히 있겠다고요—. 할 일도 다 해놨고 말이죠—."

"그래. 어느 쪽이든 너는 아직 아마오리한테 경계 당하고 있으니까. 어차피 나한테 맡기는 것 말곤 뾰족한 방법이 없을 거야."

"으음— 하긴 그렇죠. 조금만 더 빨리 친해질 수 있으면 좋을 텐데요. 생각보다 가드가 단단해서. 의외로 빈틈이 없죠, 레나코 쿤."

그저 단순히 낯가림이 심각할 뿐이지만. 남한테 듣는 레나코에 대한 평가는 언제나 어딘가가 어긋나 있어서 사츠키는 묘한 기분이 든다.

"자자자, **레나코 쿤 쪽은** 당신한테 맡길게요. 저는 사장님이 맡긴 게스트를 돌보는 역할을 맡았으니까요."
"……게스트?"
"후후후후."
의미심장하게 웃는 요우코를 보니 짜증이 나서, 그렇게 나온다면 나도 절대 묻지 않겠다고 속으로 결심했다.
사츠키와 요우코를 태운 엘리베이터의 문이 열렸다. 엘리베이터에서 내린 두 사람은 복도를 걸었다.
그때 사츠키의 스마트폰이 울렸다.
전화는 마이다. 하필 이럴 때.
마이와 나누는 대화는 되도록 남한테 들려주고 싶지 않았다. 아무리 사소한 대화라고 해도.
"아, 저는 신경 쓰지 말고 받으시죠."
눈치가 있는 것 같으면서도 전혀 눈치 없는 발언이었다.
"……먼저 가 있어."
"네네."
요우코의 등을 바라보면서 전화를 받았다.
"……. 여보세요."
『사츠키인가.』
"내 전화니까 당연히 그렇겠지."
『네가 목욕하러 들어갔을 땐 아주머니가 받을 때도 있어.』
자기도 모르게 혀를 찰 뻔했다.
"다음부턴 목욕할 때도 스마트폰을 챙겨서 들어가도록 하겠어. 알려줘서 고마워."

『별말씀을.』

부드러운 마이의 목소리. 낌새를 보아하니 그저 심심해서 전화를 걸었을 뿐인 모양이다.

"……뭐 하고 있었어?"

『이쪽은 마침 잠깐 시간이 빈 참이거든. 커피를 마시며 숨을 돌리던 중이야. 캔 커피는 조금 맛이 별로인걸. 네가 타 준 커피가 훨씬 맛있어.』

"그런 싸구려 인스턴트."

『하지만 어째서일까. 어쩌면 비장의 조미료로 애정을 듬뿍 담아 준 덕분일까?』

"혹시 슈퍼에서 팔고 있으면 다음에 사 오도록 할게."

저편에서 들리는 웃음소리.

평소 같으면『볼일이 없다면』하고서 금방 전화를 끊었을 참이겠지만.

마침 좋은 기회다. 사츠키는 아주 살짝 망설인 다음 마이에게 물었다.

"그러고 보니 마이. 최근 주변에 뭐 별일은 없어?"

그 말에 마이는 아무런 의문도 없이 대답했다.

『별일인가. 있지.』

"그게 뭔데?"

『너 말고 다른 소꿉친구가 나를 염려해서 전화를 걸었었어.』

사츠키는 미간을 찌푸렸다.

"……. 그거 별일이네."

『맞아. 처음엔 나도 모르는 나에 대한 안 좋은 소문이 바다를 넘어 전해진 건가 싶었어.』

“인기인은 괴롭겠네.”

사츠키는 걸음을 옮겼다. 이만큼 들었으면 충분하다. 그만 전화를 끊으려고 했다.

그랬을 때였다.

『……사츠키. 마침 지금 메시지가 왔는데.』

마이의 목소리가 딱딱하게 굳어 있었다.

『아니, 뭐라고 해야 할까……. 청천벽력이라고 표현해야 좋을까.』

“무슨 일이야?”

수화기 너머에서 마이의 당혹스러운 심정이 전해져 온다.

『내 **약혼자**라고 칭하는 사람이 일본에 온 모양이야.』

“……………….”

사츠키의 시선 끝. 목적지인 사무실에는 먼저 도착한 요우코와.

그리고 또 한 사람── 키가 큰 은발의 소녀가 서 있었다.

그 미모는 퀸 로즈 안에 있어도 백금처럼 유달리 빛나 보였다.

이쪽을 눈치챈 소녀는 굳어 있던 표정을 풀고선 기쁜 듯이 손을 흔들었다.

사츠키는 표정을 바꾸지 않고서 마이에게 물었다.

“그거 혹시.”

『그래.』

마이가 말했다.

사츠키의 눈앞에 있는 그 소녀의 이름을.

『루시 르페베르다.』

후기

평안하세요, 미카미 테렌입니다.

자, 이렇게 전해드렸습니다. 6권. 이야— 선언했던 대로 256페이지 이내로 마무리 지을 수 있었네요. 그야 당연하죠, 한 에피소드를 두 권으로 나눠서 내는 거니까 글이 그렇게 길어질 리가 없다고요. 그 두꺼운 5권도 반으로 나누면 한 권에 240페이지니까요.

6권, 320페이지……? 말도 안 돼…….

…………. 알겠습니다. 계산을 맞추기 위해서 **7권은 192페이지 분량으로 내겠습니다**.

그치만 이대로는! 저는 예정된 페이지 내로 이야기를 마무리 지을 능력이 없다고 자백하는 거나 마찬가지잖아요! 잘못한 건 내가 아니야! 레나코다! 이 수다쟁이 같으니!

제 자신의 결백도 이만하면 증명이 됐다고 생각하니 언제나처럼 후기를 시작하겠습니다.

1 : 6권의 내용을 돌아보기 (6권 내용에 대한 스포일러 없음)

자, 그런 연유로 전후 편 구성입니다. 6권은 대충 정리하면 아마오리 레나코의 잘난 여동생인 하루나의 이야기를 하면서, 그 외의 다른 이야기를 진행한다, 그런 내용입니다.

이번 전후 편을 통해서 레나코가 험난한 인간 사회를 살아가기 위한 힘을 얻을 수 있도록 하고자 합니다. 모든 걸 극복해 나가는 거야, 레나코.

그나저나 큰일이네……. 전후 편 구성에서 전편이 끝난 후기라는 건 뭘 써야 좋을지 모르겠어……. 무슨 말을 해도 후편의 스포일러가 될 듯한 느낌이 들어……. 화제를 바꾸자!

2 : 이번 권의 표지 이야기

라이트노벨에서 가장 표지가 중요한 권이라고 하면 몇 권일까요.

정답은 당연히 1권이겠죠. 라이트노벨은 한눈에 내용을 훑어본 다음 재미있는지 어떤지 단숨에 판단하기가 힘드니까요. (책 안은 거의 글자로만 가득 채워져 있으니까!) 그만큼 표지, 띠지, 시놉시스 등을 포함한 커버 디자인이 특히나 중요 선전 포인트입니다.

편집자에게 있어선 이 부분이야말로 솜씨를 과시할 찬스! 라고 여기는 분도 많지 않을까 생각합니다. 이야기의 인상, 기대감, 이 책을 읽어줬으면 하는 타겟층 등을 어떻게 커버 디자인만으로 전달할 수 있을 것인가, 이 세상의 편집자들은 언제나 그런 고민을 머릿속으로 하고 계십니다.

와타나레도 거기서 예외가 아니라, 1권은 수많은 회의를 거쳤던 기억이 납니다.

그럼 6권 표지는 어떨까요. 물론 표지가 중요하지 않은 권은 없습니다. 커버를 보고 관심을 가져 책을 집어주시는 분이 언제나 계시니까요.

그렇다곤 하나, 1권만큼 치밀한 이론과 전략을 세울 필요가 없다는 것도 사실. 그 작품의 또 다른 각도에서 보이는 매력을 그려낼 수 있으면 좋겠죠.

그리하여 이번 권은 이런 표지가 되었습니다. 여태까지 보여드렸던 단면과는 또 다른 와타나레의 매력을 전달할 수 있는 훌륭한 표지로 완성됐다고 생각합니다. 흐뭇.

참고로 제가 담당자님에게 부탁드렸던 건『**슈퍼 미소녀 하루나의 뒤에 서서 백합 작품의 표지에선 있을 수 없는 표정을 짓고 있는 주인공(레나코)**』입니다.

그야말로 와타나레라서 가능한 표지네요. 빛나고 있어……. (타케시마 씨 고마워—!)

3 : 타케시마 씨한테 캐릭터 디자인을 부탁드렸어!

약간의 스포일러가 되겠습니다만 6권에는 또 한 사람, 새로운 캐릭터가 등장합니다. 이걸로 시즌 2의 주요 캐릭터는 전부 다 모였다고 생각합니다. (어쩌면 한 명 더 나올지도.)

새로운 캐릭터는 타케시마 씨가 열심히 캐릭터 디자인을 해주신 점도 있고, 어떻게든 최종적으론 꼭 여러분이 좋아하실 수 있도록 최선을 다할 테니까 7권 이후의 전개도 기대해 주셨으면 합니다.

드디어 요우코 짱도 일러스트가 나왔습니다. 이 아이도 시즌 2에선 메인으로 활약하게 될 예정이라서 더더욱 이미지가 샘솟네요! 휘유—!

그럼, 슬쩍 마무리하겠습니다.

이래저래 매번 마감이 아슬아슬할 때까지 고민하는 부분이 바로 그 권의 마무리입니다. 6권도 『어디까지 정보를 풀 것인가』를 마지막의 마지막까지 조절했습니다. 독자의 예상을 뒤집는 일에만 신경 쓰느라 기대까지 배반해버리면 끝장이니까요…….

되도록 7권은 빨리 전해드릴 수 있도록…… 그, 열심히 하고 싶다고 생각합니다……. 뭘 쓸지는 다 정해놨으니…… 쓰기만 하면 되니까……! 기다려 주시길……!

그럼, 감사 인사를 시작하겠습니다.

타케시마 에쿠 선생님, 몇 번이고 말씀드립니다만 **『속삭이듯 사랑을 노래하다』 애니메이션화 축하드립니다**! 이번에 보내주신 독서 감상문이 아닌, 독서 감상 그림은 저 혼자 보고 즐기기엔 너무 아까운 나머지 특별히 부탁드려서 이번 6권 말미에 수록했습니다. 헤이―! (독자 여러분과 하이파이브)

더욱이 이 책을 만들기 위해 도와주신 모든 분들께 감사드립니다.

또한 만화판을 담당해 주시고 계시는 뭇슈 선생님에게도 커다란 감사를. 코믹스 6권도 나와요―! 원작 3권 에피소드도 슬슬 클라이맥스네!

그리고 또 하나의 걸즈 러브 코미디 **『백일함락』**도 잘 부탁해! 먼저 와타나레 7권을 쓰게 될 테니 조금 기다리시게 되겠지만, 8권은 아야의 멋진 이야기니까요……!

그러면 다음은 후편. 과거와의 담판을 그린 7권에서 만나 뵙도록 하죠!

미카미 테렌이었습니다!

WATA-
Friends?
Lovers?
NARE

타케시마 에쿠
6권 원고를 읽었을 때 그린 감상 일러스트입니다. 너무 낙서라 죄송해요…!
마이레나 만세
무서워!! 테루사와—!!
활짝
미안! 질투했어?
조금은…
응…
좋아——
고마워
하하하
왜 왜 그러시죠?
응응? 무슨 형인데? 어? 무슨 형?
사츠키 양 귀여워어——
부, 부탁드립니다!
뭣…
마지막 장면— 우와—

본편을 다 읽은 후에 읽어주세요.

“바래다주셔서 감사합니다.”

“응, 내일 보자.”

그건 아지사이와 레나코를 집까지 바래다준 다음, 돌아가는 길에 생긴 일이었다.

리무진에 탄 사람은 운전수인 하나토리 히토에와 오우즈카 마이.

하나토리는 백미러 너머로 자기 주인, 마이의 기색을 살폈다. 여동생이 등교 거부를 선언했다며 레나코가 털어놓은 고민을 들은 마이는 무언가 계획을 세우는 모양이었다.

“하나토리 씨.”

갑자기 부르는 목소리.

“네.”

“오늘은 고마워. 매번 이렇게 운전수 일을 시켜서 미안해.”

엄밀히 말하자면, 하나토리는 마이의 말마따나 운전수가 아니다. 정확한 포지션은 퀸 로즈 소속 모델인 오우즈카 마이의 매니저다. 마이의 모델 일과 관련이 있다면 모를까, 사적인 부분까지 관여해야 할 의무는 없다.

“그 점은 이미 몇 번이고 말씀드렸습니다만 제 근무 시간 내라면 얼마든지 편하게 시키셔도 됩니다. 급료는 넉넉하게 받고 있으니까요.”

"온천 여관까지 데려다줄 수도 있고?"
"지금 출발한다면 시간이 좀 걸리겠군요."
"후후, 고마워."
마이의 말에 하나토리는 살짝 고개를 숙였다.
실제로 그다지 상관없었다. 설령 턱짓으로 부려 먹거나 지시하더라도, 하나토리에게 마이는 공주님이었으니까. 평민에 불과한 자신과는 신분부터 다르다. 그러니 당연한 일이다.
그런데 마이는 언제나 따뜻하게 감사의 인사를 건네준다. 하나토리가 해주는 일들을 당연한 것처럼 받아들이거나 거들먹거리는 경우는 전혀 없다. 진정으로 고귀한 사람이란 바로 이런 분을 두고 말하는 거겠지.
"아, 실수했는걸."
"왜 그러시는지?"
"아니, 슬슬 하나토리 씨한테도 아지사이를 소개해 주려고 생각했는데 또 기회를 놓치고 말았어."
"별말씀을. 마음에 두지 마시길."
세나 아지사이가 누군지는 알고 있다. 등하교할 때 마이나 코토 사츠키와 함께 있는 모습을 종종 보기도 했고, 무엇보다 온천 여관에 갔을 땐 유카타를 입는 걸 도와주기도 했다.
어떤 사람일까? 정도의 흥미는 있지만 그건 세나 아지사이에게 관심이 있다기보다는, 마이와 친하게 지내는 사람이 어떤 사람인지 확실하게 알아두고 싶다는 하나토리의 충성심에서 비롯한 흥미였다.

"분명 하나토리 씨도 아지사이가 마음에 들 거야."

"그렇습니까?"

"그럼. 아지사이는 사츠키와도 친해."

두 사람이 같은 그룹에 속해 있다는 거야 안다. 하지만 말투로만 보면 오히려 마이가 아지사이를 아주 마음에 들어 하는 것처럼 보였다.

"세나 님은 어떤 분인가요?"

"깨끗하고 고결한 사람이야. 굉장히 이타적이고, 자신보다는 타인의 행복만을 생각하지. 그래서 인망도 있고, 누구나 아지사이를 좋아해. 존경할 만해."

마이는 사람의 장점을 잘 찾아내는 편이지만, 이 정도로 덮어놓고 칭찬하는 일은 좀처럼 없다.

"선량한 분이군요."

"후후. 그렇지."

듣고 보니 하나토리에게도 짚이는 점이 있었다.

옷 입는 걸 도와줄 때 잠깐 말을 나눴을 뿐인데도, 이 사람한테 나쁜 인상을 가지긴 힘들겠다는 생각이 들게 만드는 사람이었다.

예능 업계는 경쟁 사회다. 숫자가 모든 걸 나타내고, 남을 짓밟아서라도 자기가 가진 상품 가치를 드러내지 못한다면 언젠가는 도태된다.

그런데 드물지만, 개중에는 특별한 사람이 존재한다. 주변 사람들이 이 사람을 도와주고 싶어, 하고 생각하게 만드는 카리스마이자 인품을 가진 사람이다. 하늘이 내린 재능이라고도 할 수 있겠지.

마이가 바로 그렇지만 세나 아지사이에게도 확실히 비슷한 느낌을 받았다.

"세나 님은 혹시 소속된 사무소가 있습니까?"

"내가 아는 한, 그렇지는 않은걸."

"그렇습니까."

무심코 핸들을 쥔 손에 힘이 들어갔다. 도쿄는 굉장하다. 과연 일본의 수도. 그런 재능을 가진 여고생을 흔하게 볼 수 있다니. 정말로 시골에서 상경하길 잘했다.

마이와 아지사이. 스포트라이트가 비치는 세계에 두 사람이 서 있는 모습을 상상하게 된다. 그건 필시 아름다운 광경이겠지――.

그러다 문득 정신을 차렸다.

(아냐…… 마이 님의 옆자리는 코토 님이셨지……!)

이런 위험했다. 다른 사람도 아닌 자신이 이런 배신을.

"아가씨. 오늘은 뭔가 드시고 싶은 건 없으십니까?"

"응, 전적으로 맡길게. 하나토리의 요리는 언제나 맛있거든."

"황송한 말씀입니다."

자신의 불경함을 반성하면서 차를 몰았다.

참고로 그러는 동안 아마오리 레나코의 얼굴이 머릿속에 떠오르는 일은 단 한 번도 없었다고 한다――.

“그래서 있지― 온라인 샵은 초고속으로 매진되는 바람에 아예 타이밍을 놓쳐서.”

“그거 아쉬웠겠네.”

카호의 얘기를 싱글싱글 웃으면서 듣는 아지사이.

학교 쉬는 시간. 이날은 카호가 아지사이 자리에 찾아와서 이야기꽃을 피웠다.

방금까지는 레나코도 있었지만, 지금은 매점에서 오늘 먹을 점심을 고르러 간 참이다. 점심시간 피크 때만큼은 아니더라도 아시가야 고등학교의 매점은 항상 붐비는 곳이다. 아마 한동안은 돌아오지 못하겠지.

“으앙―. 아 짱 위로해 줘―.”

“그래. 옳지옳지, 착하다…….”

마치 애교부리는 고양이처럼 머리를 들이미는 카호에게 아지사이도 언제나처럼 손을 뻗는 순간.

헉, 하고 깨달았다.

(이, 이거……. 스킨십……?!)

그렇다, 바로 얼마 전의 일이었다.

아지사이는 레나코에게 『질투했어……?』라고 물었고, (레나코의 반응은 둔감하기 짝이 없었지만) 그래도 여자친구로서 너무 다른 애랑 딱 달라붙어 있는 건 좋지 못한 행동이겠지! 하고 마음을 고쳐먹었다.

그랬는데.

"? 아 짱?"

"아, 아니야, 아무것도 아냐, 아무것도."

카호가 몹시도 순수하고 사랑스러운 눈으로 바라본다.

"그럼 위로해 줘—!"

"으, 응……"

쭈뼛거리며 손을 뻗었다. 섬세한 카호의 머리카락은 동생들과는 만지는 느낌이 전혀 달랐다. 여자애 특유의 부드러운 감촉이었다.

(조금만…… 조금만이야…….)

카호는 눈꼬리를 휘며 웃었다.

"치유된다냥."

(으으…… 귀여워…….)

그렇다. 반박하기 힘든 사실로서 코야나기 카호는 정말 귀엽다.

아시가야의 여동생이라고 불리는 카호는 남자애들뿐만 아니라 여자애들한테도 인기가 좋다. 여자는 기본적으로 귀여운 걸 좋아한다. 귀여움에 더해 응석 부리는 솜씨까지 발군인 카호는 다이렉트로 모성을 자극하는 타고난 매력을 갖고 있다.

"하아— 아 짱, 반만 앉게 해주라—."

한바탕 쓰다듬 받고서 만족한 카호의 그다음 요구는 지금 앉아 있는 의자에 절반만 자기도 앉게 해달라는 부탁이었다.

별반 평소와 다를 것 없는 부탁이다. 그다지 난색을 표할 일도 아니다. 그렇지만――.

"그건 좀……."

"엥?!"

아지사이가 머뭇거리자 카호의 눈이 휘둥그레졌다.

"어째서?! 안 되는 거야?!"

"그게……."

"혹시 배라도 아파?"

"그래서 그런 건 아니지만……."

걱정을 끼치고 말았다. 작게 고개를 갸웃하는 카호에게 아지사이는 뭐라 표현하기 힘든 우물쭈물하는 목소리로 말했다.

"별다른 이유가 있는 건 아니고……."

"아하. 귀여운 나한테 짓궂은 장난을 치고 싶어졌다 이거지. 아짱도 그럴 때가 있었구나."

"그, 그게 아니야."

귀엽게 포즈를 취하는 카호를 보며 허둥지둥 손을 내저었다.

"됐어됐어, 아 짱은 언제나 상냥하게 대해주니까 가끔이라면 짓궂게 굴어도 괜찮아. 어떡할래—? 내 귀에 강제로 피어스 구멍이라도 뚫어볼래?"

"평생 가는 상처잖아?!"

깜짝 놀라 태클을 걸었더니 카호가 깔깔대며 웃었다.

"그래도 아 짱이라면 뭐 괜찮겠지 싶어서. 누적 포인트야, 누적."

"그럴 정도로 내가 뭘 해준 게 없는데……?"

"무슨 소리야! 상냥하게 대해주고 있는걸! 지금도 이거 봐봐!"

"뭘?"

카호가 까딱까딱 손짓하기에 몸을 내밀었더니 카호는–그 타이밍을 틈타 "에잇"하고 살짝 틈이 생긴 의자 위에 몸을 비집어 넣었다. 앗, 싶었을 때는 이미 늦었다.

"헤헤헤, 또 이렇게 상냥하게 대해주잖아."

그렇게 명랑하게 웃는 카호를 보며 아지사이는.

"어, 어휴 참."

하고 곤란하다는 듯이 눈썹을 늘어뜨리는 것 말고는 달리 도리가 없었다.

"그래서 있지있지, 얼마 전에 찾아낸 동영상이 진—짜 웃겨서—."

방긋방긋 웃으며 스마트폰을 꺼내는 카호의 모습에 아지사이는 작게 한숨을 내쉬었다.

(으으……. 미안해, 레나 짱…… 역시 갑자기 달라지는 건 불가능할지도…….)

까불대는 남동생들에 비해, 카호의 순수하고 밝은 모습은 너무나도 눈부셨다.

(……그치만 카호 짱이 귀여운걸.)

마치 애착을 가진 곰인형이라도 되는 것처럼 카호를 꼭 껴안았다. 카호는 신경 쓰는 기색도 없이 즐겁게 얘기를 늘어놓았다. 아지사이에게 이 시간은 (안타깝지만) 힐링의 시간이었다.

"언니, 나 이제 게임 실력이 꽤 늘었거든. 이제 언니 실력은 넘어선 거 아니려나."

"훗."

무슨 소릴 하나 했더니……. 복도에서 마주친 여동생의 말에 나는 입꼬리를 말아 올리며 웃었다.

여동생의 등교 거부는 여전히 계속되고 있다. 집에 있는 동안 여동생은 나름 착실하게 공부도 하고는 있는 모양이지만 대부분의 시간은 게임에 푹 빠져 있는 상태다.

불쌍한 녀석. 그래서 착각에 빠지고 만 거겠지.

"동생. 축구를 6년 동안 쭉 해온 사람과 축구를 시작한 지 아직 1주일밖에 안 된 초보자. 어느 쪽이 더 뛰어나다고 생각해?"

내가 묻자, 여동생은 주저하는 기색도 없이 대답했다.

"재능 있는 쪽."

후후후.

"아하하하! 제법 건방진 소릴 하는구나, 동생아!"

여동생이 씨익 웃는다.

"하긴 그렇겠지. 언니의 유일한 아이덴티티인걸. 도저히 인정할 수 없겠지. 눈 깜짝할 사이에 나한테 게임 실력을 추월당했다고는 말이야."

여동생이 손짓하는 대로 방에 따라 들어갔더니…….

"……과연. 랭크는 나름 많이 올린 모양이야."

놀랍게도 여동생은 최고 랭크에 도달해 있었다.

처음으로 플레이하는 사람도 손쉽게 즐길 수 있는 게임이긴 하다. 랭크도 금방 쭉쭉 오른다. 하지만 어림잡아 2주 만에 이만한 급성장이라니 확실히…… 아예 재능이 없는 건 아닌 모양이다.

동체시력. 판단 능력. 뛰어난 손재주. FPS에 필요한 능력은 운동선수한테 필요한 능력과 얼추 공통 분모가 있다. 실제로도 노력과 반복연습이 몸에 익은 스포츠 선수라면 실력이 늘기 위한 밑바탕은 이미 완성되어 있다고 말해도 과언이 아니겠지.

다만——.

"지식과 경험. 동생에겐 그 두 가지가 압도적으로 뒤처져 있어."

나는 손가락 두 개를 세우면서 단언했다.

내 말을 들은 여동생은.

크게 어깨를 으쓱하면서 한숨을 쉬었다.

"하여간 입으로는 천하장사란 말이지."

"……뭐야?"

"아까부터 쫑알쫑알 입으로만 짹짹거리고 말이야. 언니, 한판 붙어 보자고. 어느 쪽이 위고, 어느 쪽이 아래인지. 가장 알기 쉬운 방법으로 승부를 내보면 어때."

"설마 진심으로 나를 이길 수 있다고 생각해?"

"생각 안 했으면 말하지도 않았겠지?"

우리의 시선이 격렬하게 맞부딪히면서 불꽃을 튀겼다.

"후후."

"하하."

사나운 웃음이 한차례 교차하고, 폭풍이 휘몰아치며, 화르륵 불꽃이 타올랐다——.

그건 그렇고.

"그래서 어떻게 대전할 생각인데?"

"아빠 거를 빌리면?"

"게임 소프트가 없잖아!"

"에이……."

입을 비죽이는 여동생. 그런 표정 지어도!

"그럼 사 와."

"언니가 사 와."

"내가 왜 두 개나 사야 하는데?! 승부하고 싶은 건 하루나잖아!"

"부전패야—!"

"나 참……."

왁왁 소리치던 여동생은 포기한 것처럼 지갑을 꺼냈다.

"뭐 괜찮겠지……. 요즘은 한동안 용돈도 안 썼으니까…… 끄으응."

"옷 한 벌만 참으면 되는 거잖아……. 왜 그렇게 내키지 않아 하는 거야……."

게임은 한 개 사면 몇십 시간 넘게 즐길 수 있다. 아무리 생각해도 게임이 훨씬 더 가성비가 좋은데……. 자매의 금전 감각은 하늘과 땅 차이였다.

여동생은 한층 더 분하다는 듯이 나한테 외쳤다.

"절대로 안 질 거야! 언니!"
"그건 내가 할 소리야!"

다음 날. 아빠한테서 빌려온 게임기에 여동생이 사 온 타이틀을 설치했다. 쓰던 계정을 복사해서 로그인. 이걸로 준비는 다 갖춰졌다.
『그럼 로비로 들어갈게.』
"응."
옆에서 나란히 붙어서 플레이하려고 TV까지 옮기기는 귀찮았기 때문에 우리는 각자 자기 방에서 게임을 하는 중이다.
방은 바로 옆이니까 목소리를 크게 높이면 들리겠지만 계속 소리를 지르면 부모님께 혼날 것 같아서 보이스 채팅용 앱을 연결해 뒀다.
스마트폰 너머로 듣는 여동생의 목소리는 어딘가 어른스럽게 들려서 평소 맨날 보던 여동생이 아닌 것처럼 느껴졌다.
……왠지 긴장되기 시작했네.
『좋았어— 마구 도륙을 내주겠어—.』
"살의가 철철 흘러넘치잖아!"
어처구니없을 정도로 입이 험악한 여동생과 팀을 맺고서 매칭 시작.
……평소에 자주 갖고 놀던 게임이라곤 해도, 요즘은 여동생한테 계속 빌려준 상태였으니까 솔직히 말해 실력이 좀 떨어졌을지도 모르겠다.

진짜로 지면 어쩌지…….

여동생은 나를 한바탕 실컷 놀릴 테고…… 하지만 금방 질리겠지. 애초에 게임에 관심이 없는 애다. 만족한 뒤엔 나한테 이겼다는 사실조차 금방 잊을지도 모른다.

하지만 나는………….

내가 막 엄청나게 게임을 잘한다고 생각하지는 않지만……! 그래도 최소한 여동생한테 뭐 하나라도 이길 수 있는 점이 없으면 정신적으로 위기에 봉착하게 될 거야…….

이후부턴 FPS 게임을 킬 때마다 『그치만 나, 여동생한테도 졌었지……』 하는 생각이 들 거고, 『몇 년씩 플레이했으면서도 여동생한테 맥없이 질 정도로 재능이 바닥을 기는 내가 계속 게임을 해봤자 무슨 의미가 있는 걸까……』 하고 마음이 공허해져서…….

그렇게 평생 다른 사람이 플레이하는 영상만을 구경하며 살아가는 존재가 될 거야…….

시, 싫어……! 게임을 하고 싶어! 이건 내 유일한 취미란 말이야! 유일한 취미를 여동생한테 박탈당하고 참을쏘냐……!

딱 잘라 말해서 이번 승부는 일방적으로 리스크를 짊어진 승부다.

여동생은 설령 진다고 해도 기껏해야 2주밖에 플레이하지 않은 초보자. 반면 나는 스스로의 존엄성이 걸려 있다. 나는 왜 이런 승부를 받아들인 걸까! 설마 여동생이 진짜로 게임을 사 올 거라곤 생각 못 하잖아?! 으아아아앙!

마음이 점차 패닉 상태에 빠지는 와중에 매칭이 됐다.

『어라…… 같은 팀이잖아!』

“진짜네.”

나는 진심으로 안도했다.

『어째서?!』

“아니…… 이 게임은 원래 그래. 자동으로 팀이 나뉘거든.”

『우우—.』

게임이 시작됐다.

『내가 오른쪽으로 갈 거야.』

“그래그래.”

『좋아, 해치웠다!』

“뒤에서 온다. 두 명.”

『으겍. 무리!』

“걱정 마. 할 수 있어 할 수 있어.”

『죽어죽어죽어죽어—!』

“입이 험하네…….”

게임이 끝나고 우리는 근소한 차이로 승리했다.

『좋아써!』

“휴우—.”

『다음 판이야말로 적 팀으로……! 아니, 또 같은 팀!』

“다 운이야, 운.”

『으윽. 그럼 이번에도 내가 먼저 돌격할 테니까.』

“오케이— 난 고지대에서 저격할게.”

또 그렇게 몇 판쯤 게임을 계속했고…….

『드디어 적 팀!』

기뻐하는 기색이 역력한 목소리로 외치는 여동생이었지만 정작 게임이 시작된 다음엔.

『결국 한 번도 못 마주쳤어!』

“그럴 때도 있지.”

뭐라고 해야 하나, 정면으로 어디 한번 붙어보자! 싶은 게임은 한 판도 나오지 않았고.

『내가 생각한 거랑 다른데!』

“뭐, 기본적으로 팀플레이 게임이니까 말이지…….”

불만스러워하는 여동생을 다독였다. 이건…… 아무래도 승패 확정! 이라는 분위기는 아닌 것 같았다.

잘 생각해 보면 당연한 일이다. 진짜로 누가 더 잘하는지 확실하게 겨뤄보고 싶었으면 내가 마이랑 사츠키 양과 게임을 했을 때처럼 일대일로 승부를 냈어야 한다. 그러지 않고서야 이기는 것도 지는 것도 거의 운에 좌우되는 게 당연하다.

……그리고 내 입으로 굳이 『일대일로 붙자』라고 말할 필요는 없다! 왜냐하면! 지기 싫으니까!!

『젠장—. 아, 다음 게임은 나, 무기 바꾸고 올게.』

“뭐 쓰게?”

『지금 좀 연습 중인 무기가 있거든. 이게 어렵단 말이지. 혹시 팁 같은 거 있어?』

“어, 그거라면——.”

그렇게 한 시간쯤 지났을 때, 여동생은 깨달았다.

『이거 그냥 언니랑 같이 게임하고 노는 거잖아?!』

"뭐…… 그렇죠."

『끄으응.』

"아, 그래도 정말 실력이 늘었어. 대단해. 제대로 게임이 돌아가는 판세를 읽으면서 움직이고 있는 데다 이제 좀처럼 죽지도 않게 됐고."

『……뭐, 그렇지! 매일 하니까 실력이 느는 것도 당연하잖아!』

인싸답게 희노애락이 뚜렷하게 드러나는 쾌활한 여동생의 목소리가 왠지 모르게 듣기 좋아서.

……승부가 아니라, 이렇게 함께 노는 거라면 또 같이 해도 괜찮지 않을까, 하는 생각이 들었다.

『좋아—, 다음에야말로 언니를 쳐죽이겠어—.』

"입이 험해……."

"그나저나 사츠키 양은 어디까지 진행하셨나요?"

점심시간. 사츠키 양을 붙잡고서 얘기를 꺼냈다.

"어디까지?"

"게임 말이에요. 연애 시뮬레이션."

"아아. 꽤 많이 진행했어. 지금 3학년 여름쯤이었던가."

"오오…… 이제 곧 깨겠네요!"

저번에 사츠키 양네 집에 갔을 때 같이 연애 시뮬레이션 게임을 하고 놀았다. 같이 했다고 해야 하나, 사츠키 양이 플레이하는 걸 구경했다고 표현하는 쪽이 정확할지도.

그때 사츠키 양은 『공부 0』, 『운동 0』, 『외모 0』인 주인공한테 『아마오리 레나코』라고 이름을 지어줬다. 그 탓에 잔뜩 약이 올랐지만, 그래도 사츠키 양과 게임 얘기를 나눌 수 있게 된 건 기뻤다.

"세이브 구경해 볼래?"

"어? 그래도 되나요. 그건 그렇고 학교까지 게임기를 들고 온 건가요."

"아르바이트 쉬는 시간에 꺼내서 하니까."

"뭣이라……."

나라면 다른 사람 앞에서 휴대용 게임기로 게임을 했다간 오타쿠 취미가 들킬지도…… 싶은 생각에 절대로 못 했을 텐데, 오히려 사츠키 양처럼 평소에 게임을 안 하는 사람일수록 편견이 없는 걸지도 모른다. 가방에서 문고본 책을 꺼내 읽는 것과 다를 바 없는 감각 아닐까.

그렇지만 교실에서 당당하게 게임을 하는 건 차마 엄두가 나지 않는다.

"앗, 그러면 옥상으로 가요."

밖으로 나오니 역시 제법 공기가 차가워져 있었다. 벽에 등을 기대고서 사츠키 양이 플레이하는 게임을 옆에서 들여다보았다.

"지금 대충 이런 느낌."

"오…… 스테이터스가 엄청 많이 상승했어!"

"그렇지. 슬슬 이제는 아마오리 레나코라고 부르기 힘들지도 모르겠어."

"그게 말이 되나요??"

내가 레벨업하면 아마오리 레나코가 아니게 되는 거야? 포켓몬이야?

"다른 스테이터스도 제법 많이 올랐고, 특히 『공부』는 거의 최대치 직전이네요—."

"얼마 전에는 드디어 전교 1등에 도달했어. 2등으로 전락한 테비키가 굳이 찾아와서는 『지고 말았네. 레나코 군은 대단해』라며 증오 넘치는 얼굴로 미소를 건네는 게 참 기분 좋더라."

"사츠키 양의 인식은 일그러졌어……."

등수를 추월당한 미치노 테비키 양은 열심히 노력한 주인공을 다시 보게 된다는 가슴 따뜻한 이벤트였을 텐데…….

"다음 시험 때는 아마 테비키도 죽어라 노력해서 전교 1등을 되찾기 위해 덤벼들겠지. 그때부터가 진정한 승부야."

그런 게임이 아닐 텐데 말이지, 하고 속으로 생각하면서도 사츠키 양이 즐거워 보이니 다행이라고 안도했다. 이 게임이 시대에 구애받지 않고 사랑받는 이유는 연애 요소뿐만 아니라, 3년간의 고등학교 생활과 청춘을 체험할 수 있는 학원 시뮬레이션으로서의 완성도도 훌륭하기 때문이다.

다만, 역시나 신경 쓰이는 부분은 바로 연애 파트.

"학생회 소속 여자애와의 관계는 어떤가요? 진전이 있나요?"

"진전이 있냐고 물어도. 그저 끝없이 데이트를 되풀이하고 있을 뿐이거든."

"뭐, 그런 게임이니까요……."

"원래는 친구 관계조차 아니었던 고등학생 남녀가 10번도 넘게 단둘이서 데이트를 했는데 그러고도 뭔가 특별한 이벤트가 전혀 없다니, 이 정도면 가능성이 아예 없다고 생각해. 포기하는 편이 낫지 않을까? 아마오리 레나코."

"이건 전체 이용가 게임이니까요!"

내가 마이랑 첫 키스를 했던 때는 둘이 처음으로 놀러 갔던 날이었다. 아니지, 먼저 수영장도 갔다가, 그전에 우리 집에 두 번 놀러 오기도 했으니까 네 번째인가? 하지만 그 사이에 단둘이 카페에 간 적도 있었지…….

"뭐 어때요, 고등학생다운 순수한 연애라는 느낌이 나서 좋잖아요."

"……. 그러네."

지극히 일반적인 의견을 내세우는 나를 보며 사츠키 양은 뭔가 하고 싶은 말이 많아 보이는 표정을 지었다.

"왜 그러는데요?!"

"아니, 네 입에서 『순수함』 같은 단어가 나왔다는 점에 놀라움을 감추지 못했을 뿐이야. 그래, 그 단어를 알고는 있었구나."

"제 생각에 저는 꽤 순수한 편이라고 생각하는데요……."

"훗."

"코웃음쳤어?!"

그런 대화를 나누는 사이에 게임에서 하교 이벤트가 발생했다. 상대는 사츠키 양의 히로인, 아지사이 양을 닮은 학생회 여자애였다.

같이 하교하지 않을래? 하고 권하는 주인공. 그러나 거절당했다.

"어라?"

"세나한테 무슨 잘못이라도 했어? 아마오리."

"제가 그런 게 아닌데요!"

현실에서 아지사이 양한테 거절당한다면 『뭔가 다른 볼일이 있나 보네―』라고 생각하고 넘어갔겠지만.

"혹시 요즘은 권할 때마다 거절당하고 있나요?"

"맞아. 비교적."

"으으음…… 이건 혹시……."

나는 사츠키 양한테서 게임기를 건네받아 먼저 세이브를 한 다음 주인공의 평판을 살펴봤다. 이건 주변 여자애들이 주인공을 어떻게 생각하고 있는지 알 수 있는 기능이다.
그랬더니…….
"완전 미움받고 있잖아!"
"대체 뭘 한 거야, 아마오리."
"그러니까 제가 그런 게 아니라고요!"
현재까지 등장한 대부분의 히로인 캐릭터에게『싫어』라고 밉보인 주인공을 보자 위가 쿡쿡 쑤시기 시작했다. 벌써 3학년 여름인데……!
"설마…… 폭탄이 터진 건가요……?"
"폭탄?"
"이 게임엔 상당히 독특한 시스템이 있어서요……. 주변 여자애들을 너무 방치하면 폭탄이 폭발해서 모든 애들의 호감도가 확 떨어지는 시스템이라……."
"무슨 말인지 이해가 잘 안 되는데."
"마음에 안 드는 여자애랑도 데이트해서 호감도를 올려두지 않으면 안 된다고요!"
"그런 못된 행동을 해야 한단 말이야? 이름을 아마오리 레나코라고 짓지 않아도?"
"아마오리 레나코가 아니더라도 그래요! 아니, 누구보고 못됐대!"
나는 머리를 감싸 쥐었다.
3학년 여름 시점에 모든 히로인한테 미움을 산 상태여서야 개별 엔딩을 보는 건 불가능에 가깝다.

"지금부터 만회하는 건 상당히 어렵겠네요……."

여자친구를 만들겠다는 목표를 품고 고등학교에 와서 마침내 전교 1등이라는 타이틀을 손에 넣을 정도로 노력한 아마오리 레나코. 그런데 그렇게 노력했는데도 여자애들한테 관심을 주지 않았다는 이유만으로 미움을 샀다는 사실에 나도 모르게 눈물이 날 것 같았다.

너는 그렇게나 열심히 노력해 왔는데…… 인간관계 유지가 서투르다는 이유만으로……. 어쩜 이렇게 가여울 데가…… 아마오리 레나코…….

"왜 멋대로 포기하는 거야, 아마오리."

"어?"

사츠키 양이 엄격한 시선으로 나를 응시했다.

"졸업하기 전까지 아직 모르는 거잖아. 어쩌면 네 노력을 인정해 주는 사람이 한 명쯤은 있을 수도 있는 거 아냐."

"사츠키 양……."

나는 눈물이 그렁그렁한 눈으로 사츠키 양을 마주 보았다.

사츠키 양은 힘주어 고개를 끄덕였다.

"마지막까지 스스로의 노력을 믿도록 해."

"……네, 넷!"

그날 밤, 사츠키 양한테서 문자가 왔다.

『아마오리 레나코는 누구에게도 사랑받지 못하고 쓸쓸하게 고등학교를 졸업했어.』

최악이야!!

내가 연인이 될 수 있을 리 없잖아, 무리무리! (※무리가 아니었다?!) 6
쇼트스토리 소책자

2024년 7월 15일 1판 1쇄 발행

저 자 미카미 테렌
일 러 스 트 타케시마 에쿠
옮 긴 이 정백송
발 행 인 유재옥
담 당 편 집 정영길

부 사 장 이왕호
이 사 조병권
출판본부장 박광운
편 집 1 팀 박광운
편 집 2 팀 정영길 조찬희 박치우 정지원
편 집 3 팀 오준영 이소의 권진영
디자인랩팀 김보라
디지털사업팀 박상섭 김지연 윤희진
라이츠사업팀 김정미 맹미영 이윤서
영업마케팅팀 최원석 박수진 이다은
물 류 팀 허석용 백철기
경영지원팀 최정연
인쇄제작처 ㈜코리아피엔피
발 행 처 ㈜소미미디어
등 록 제2015-000008호
주 소 서울시 마포구 토정로222, 502호 (신수동, 한국출판콘텐츠센터)
판매 및 마케팅 (070) 8822-2301

ISBN 979-11-384-2835-4 (04830)
ISBN 979-11-6611-240-9 (세트)